Laska i kij

Laska i kij

Sebastian Proba

Eliasz

Zapach owiec był w tej okolicy bardzo intensywny, ale po dwóch dniach zwykle przestawało się go zauważać. Właściwie mieszczuch z delikatnym nosem mógłby powiedzieć, że przy dużych zagrodach po prostu śmierdzi zwierzęcymi odchodami. Dla pasterza jednak zapach stad był zapachem domu i życia. Był czymś co przenika codzienność na dobre i na złe, na zdrowie i chorobę, zarówno owiec jak i ludzi. Łączył ludzi z przyrodą. Oprócz zapachu był tu też nieustanny ruch i pobekiwanie w pełnej gamie intonacji: od słabych i cienkich pobekiwań jagniąt, przez głośniejsze ale również wysokie, czasem jakby nieśmiałe, głosy owiec, aż do mocnych i znacznie niższych głosów baranów. W to wszystko wplatał się także dźwięk dzwonków, jakie niektóre, co bardziej niesforne i kłopotliwe owce, miały zawiązane na szyjach, żeby w razie czego można było je łatwiej znaleźć.

Była już połowa miesiąca Adar i z tego powodu owce były bardziej ożywione niż przez ostatnie tygodnie. Zbliżała się pora wyjścia na pastwiska po zimowej przerwie. Pogoda w końcu sprzyjała odradzaniu się świeżej trawy, a zwierzęta dobrze już wyczuwały, że tam, poza płotem, czeka na nie lepsze pożywienie niż przez ostatnie miesiące dostawały w zagrodzie. Ludzie także wyczuwali nadchodzącą wiosnę. Będąc głęboko złączeni z przyrodą mogli nawet bez kalendarza powiedzieć, że czas otrząsnąć się z zimowego bezruchu. Żyli przecież w rytmie pór roku, wysiewów, żniw, wypasów, strzyżenia, winobrań i orki.

Wyżyna Judzka była szczególnie ulubiona przez pasterzy. Nachylone zbocza niezbyt wysokich gór w większości nie nadawały się pod pola uprawne. Były za to znakomitymi pastwiskami. A stad w Judei były setki, ponieważ jagnięcina i baranina były prawie jedynym rodzajem mięsa jaki jedli Izraelici. Na szczęście miejsca na pastwiska nie brakowało i pasterze mogli wędrować ze swoimi stadami po ogromnym terenie między górami Hebronu na południu, a górami Samarii na północy. Od zachodu wyżyna judzka stopniowo zniżała się ku morzu Śródziemnemu, natomiast na wschodzie przechodziła w jałowe tereny pustyni judzkiej, by nagle gwałtownie opaść w depresję morza Martwego. W górach Samarii, na północy, pastwiska także były obfite, mimo to pasterze judejscy unikali zapuszczania się na tamte tereny. Niektórzy z powodu pogardy dla Samarytan, inni z powodu obaw o swoje bezpieczeństwo. Dość powiedzieć, że niechęć, a nawet wrogość, między obiema krainami była silną i wielowiekową tradycją.

Podobnie jak owce, które wyraźnie się niecierpliwiły oczekując wyjścia na wypas, Eliasz również odczuwał zew wędrówki. Był pasterzem od siódmego roku życia, kiedy to ojciec zabrał go po raz pierwszy ze stadem w drogę. Ciężko mu było wysiedzieć zimą w Betlejem. Wiadomo – stada trzeba było pilnować nawet zamkniętego w zagrodzie. W tym celu pasterze pełnili straż nocną grupami, a w ciągu dnia każdy zajmował się swoimi owcami. Niemniej jednak, mimo że nie pozbawione ważnych prac, te zimowe miesiące były dla Eliasza udręką. Nie miał rodziny, choć skończył już dwadzieścia osiem lat. Jakoś się nie trafiło, a pasterski tryb życia również nie sprzyjał poszukiwaniu żony. W dodatku Eliasz był raczej typem samotnika. Patrząc na niego, ludzie widzieli wysokiego mężczyznę z ciemnymi, ciągle zwichrzonymi włosami i czarną brodą. Patrząc mu w oczy, widzieli życzliwość i pogodę ducha, ale także jakieś zapatrzenie w dal, jakby ten człowiek ciągle czegoś wypatrywał. Ludzie go lubili bo zawsze był spokojny i pomocny. On sam, choć nie odrzucał towarzystwa tych, których uważał za przyjaciół, to nie szukał go też na siłę. Kiedy więc musiał pozostawać w jednym miejscu i pracować blisko z innymi, nie czuł się z tym tak dobrze jak wędrując z pastwiska na pastwisko.

Inni pasterze pracowali co najmniej dwójkami, zwłaszcza kiedy mieli bardzo duże stada. Eliasz wolał zajmować się małym stadem, z którym mógł poradzić sobie samodzielnie. Takim było stado Anny i Szymona. Mieli oni w Betlejem dość duże gospodarstwo – sad oliwny, winnicę i pola uprawne. Nie byli bardzo bogaci, ale to wszystko, w połączeniu ze stadem trzydziestu siedmiu owiec, zapewniało ich rodzinie w obfitości wszystkiego co potrzebne. Byli oboje bardzo dobrzy, a Eliasza traktowali jak przyjaciela rodziny, choć był przecież tylko najemnym pracownikiem. Eliasz zajmował się ich stadem już od dziesięciu lat i zawsze kiedy był w Betlejem czuł się otoczony ich serdeczną troską.

Teraz także, wiedząc, że Eliasz szykuje się do wyjścia na pastwiska, Anna wyposażała go w zapas jedzenia i wiele dobrych rad. On słuchał jej uprzejmie stojąc przy płocie zagrody, ale jednocześnie wpatrywał się uważnie w stado.

— Eliaszu, słyszysz co mówię? — Anna potrząsnęła go za ramię, uśmiechając się.

— Popatrz na tę małą tam — Eliasz zignorował pytanie wskazując palcem jagnię, które, pobekując cichutko, uparcie wtykało łebek pod ogrodzenie — Będzie z niej niezłe ziółko. Założę się, że tego roku będę za nią biegał co najmniej kilka razy.

— Masz już dla niej imię? — Anna nie gniewała się z powodu jego zachowania. Znała go długo i wiedziała, że to właśnie dzięki uwadze, jaką poświęcał owcom, jest tak dobrym pasterzem. Ich zwierzęta miały wspaniałą wełnę i bardzo rzadko chorowały. Eliasz w zamyśleniu przeczesał palcami brodę.

— Ziółko — stwierdził krótko. — Może to samospełniające się proroctwo, ale w końcu znam się na owcach, na pewno będzie pasować.

Anna zaśmiała się głośno. Była nieco młodsza od Eliasza i była matką czwórki dzieci. Ubrana była w suknię z grubej wełny, zafarbowanej na zielono, i również wełniany płaszcz. Mimo ciężkiej pracy jaką musiała się zajmować w gospodarstwie zachowała jednak pogodną twarz, a śmiech dodatkowo ją odmładzał.

— Niewielu pasterzy nadaje jeszcze owcom imiona — stwierdziła.

— Gdy mają duże stada jest to trudne, dlatego ja wolę pracować z mniejszym i znać moje owce nawet po imieniu — odparł Eliasz. — Wtedy mogę lepiej o nie dbać.

— Mówiłam wcześniej — przypomniała pasterzowi Anna – żebyś tydzień przed Paschą koniecznie przyszedł do domu. Szymon chce mieć na święto baranka z naszego własnego stada i nie kupować u obcych.

— Zrobię jak chcecie Anno — Eliasz skinął poważnie głową. — I tak muszę przyjść drugi raz po święcie, bo to będzie najlepszy czas na strzyżenie tych owiec, które właśnie wtedy będą przed wykotami. Będziecie mieli piękną wełnę.

Pasterz znów zapatrzył się w stado. Nie lubił dużo mówić i teraz jakby wyczerpał się w tej rozmowie. Anna odeszła do swoich zajęć, a on przyglądał się jednej z owiec, szturchającej nosem urodzone dwa tygodnie wcześniej jagnię.

***

Tego dnia Eliasz miał wreszcie wyruszyć na wypas. O świcie wyszedł z domu swoich gospodarzy, gdzie przy owczarni miał swój pokoik. To nie była owczarnia dla całego stada. Było ono trzymane w zagrodzie, położonej na polach za miastem. Przy domu było miejsce dla owiec chorych albo tych, które miały rodzić młode, ponieważ wtedy wymagały szczególnej opieki. Dom Anny stał jedną ścianą do wewnątrz wielkiego placu, na którego bokach były też inne domy. Na przeciwległym końcu całość krawędzi placu zajmowała wielka betlejemska gospoda. Do głównych drzwi domu Anny wchodziło się po trzech schodkach, od nich zaś tylko kilka kroków było do furtki w płocie oddzielającym ogród od placu. Między schodami a furtką posadzone były winorośle, oplatające wbite w ziemię żerdzie i rozwieszone na łączących je rzemieniach. Latem dawały one oprócz owoców także cień, ale teraz były tylko gołymi łodygami, ze sterczącymi gdzieniegdzie resztkami liści. Eliasz wyszedłszy z tyłu domu, przeszedł między winoroślami do furtki, a za nią skierował się przez pokryty błotem plac w stronę wspólnych zagród. Gdy wyszedł spomiędzy zabudowań, przystanął na drodze i zapatrzył się we wschodzące właśnie słońce.

— Szema Israel — zaczął szeptać modlitwę poranną — Adonai Eloheinu, Adonai Ehad... Słuchaj Izraelu, Pan jest Twoim Bogiem, Panem jedynym. Będziesz miłował Pana Boga swego całym swoim sercem — słowa modlitwy płynęły z serca pasterza — z całej swojej duszy i ze wszystkich sił... — Eliasz zawsze gdy odmawiał tą modlitwę czuł, jak blisko niego jest Najwyższy — ... przywiążesz te słowa do swojej ręki jako znak, niech one ci będą ozdobą przed oczami. Wypiszesz je na odrzwiach swego domu i na swoich bramach...

Zakończywszy modlitwę pasterz ruszył do swoich owiec, rozmyślając przy tym, jak bardzo te słowa wpływają na jego codzienność. Każdy Izraelita miał wypowiadać tą poranną modlitwę, a ona zaczynała się przecież od

„słuchaj". I Eliasz słuchał. Od najmłodszych lat. I wszędzie słyszał te słowa. Mówił mu o nich wiatr, pędzący z górskich grzbietów na pastwiska, i beczenie owiec. Słyszał je w uderzeniach deszczu o ziemię i w piorunach, których echo odbijało się od szczytów gór. Słyszał ich brzmienie w brzęczeniu owadów na łąkach i w delikatnym szumie strumyków. Ja jestem Panem, twoim Bogiem – Bogiem Abrahama, Izaaka i Jakuba. Ja cię wywiodłem z niewoli, Izraelu. Ja odnowiłem przymierze z tobą, moim ludem, przymierze które zawarłem kiedyś z twoimi praojcami. Eliasz szedł zamyślony trzymając te słowa w sobie jak największy skarb. Różnił się w tym od wielu innych ludzi, których znał. Inni wiele mówili, dyskutowali, popisywali się na różne sposoby. On milczał i słuchał. Była w nim też silna tęsknota i oczekiwanie. Wiedział dobrze na co czeka. Bóg dał Izraelowi wielką Obietnicę – obietnicę, której spełnienie powinno być już bardzo blisko.

Owce powitały pasterza radosnym pobekiwaniem. Kiedy otworzył bramę zagrody wybiegły zaraz na drogę i rozproszyły się na jej poboczach szukając świeżej trawy. Eliasz patrzył jak bardzo młode jagnięta podskakując, podbiegają niezdarnie w różnych kierunkach, nawoływane głośnym beczeniem przez swoje matki. Ogarnął wzrokiem całe stado, poprawił torby, którymi był obwieszony, wsparł się na długiej lasce i zwrócił na południe. Ruszył powolnym krokiem wydając przy tym co kilka metrów charakterystyczny okrzyk: „*aik aik leeee*". Na ten głos owce zwracały głowy w jego kierunku i zaczynały iść za nim. Eliasz nawoływał co jakiś czas, uważnie patrząc czy wszystkie zwierzęta ruszyły w drogę. Trzeba było pilnować zwłaszcza jagniąt, jeszcze nieprzyzwyczajonych do pasterskiej dyscypliny. Po kilku minutach stado szło już posłusznie więc pasterz mógł przyspieszyć kroku.

Droga wiodła ich na początku prosto na południe, w kierunku Hebronu. Stado szło szurając kopytkami, a dzwonki na szyjach niektórych owiec pobrzękiwały nieregularnie. Eliasz chciał wejść na hale pod nieco wyższymi górami niż te w Betlejem. Kiedy droga się rozwidliła, starsze owce idące przed nim skręciły w lewo, ale niektóre młodsze wybrały drugą odnogę, więc Eliasz znów zaczął nawoływać: „*aik aik aik leeee*".

Niestety to nie wystarczyło i kilka jagniąt musiał zawracać laską. Ostatnim maruderem okazała się Ziółko, zainteresowana jakimiś pierwszymi kwiatkami. Pasterz w końcu wziął ją na barki i pobiegł za stadem. Droga wznosiła się teraz łagodnie i wspinała się po porośniętych trawą grzbietach wzgórz, które z dnia na dzień były coraz bardziej zielone, a nawet ukwiecone. Te łąki nie były jednak najlepsze dla owiec. Eliasz wiedział, że trzeba uważać co dokładnie i w jakiej ilości jedzą zwierzęta. Do pastwisk, do których zmierzał było już niedaleko i wkrótce, po kolejnej godzinie wędrówki, stado dotarło na miejsce. Łąka rozciągała się na lekko nachylonej przełęczy między dwoma niewielkimi górami. Powietrze było rześkie. Mimo, że dochodziła już czwarta godzina dnia, na tej wysokości nie czuło się zwykle upału. A przecież teraz ledwo zaczynała się wiosna więc słońce nie dawało się we znaki tak jak latem. Pasterz zatrzymał się, a owce zaczęły skubać świeżą, soczystą trawę. Zdjął z ramion wszystkie torby i położył przy samotnym głazie, leżącym na samym środku łąki. Nie mógł jednak odpocząć. Przechodził między owcami, ciągle obserwując gdzie się przemieszczają i co jedzą. Jego czujność pozwoliła mu w porę dostrzec owcę oddalającą się w kierunku zachodniego zbocza.

— Hej, Śnieżna! Wracaj tu zaraz! — zawołał uciekinierkę.

Ale takiego gagatka jak ona nic dało się zawrócić samym wołaniem. Uzyskał przynajmniej tyle, że Śnieżna przestała biec i zatrzymawszy się przy kępie trawy, próbowała udawać, że nic oprócz przeżuwania jej nie interesuje. Eliasz podszedł i zagonił ją w kierunku stada. Niedługo później musiał zawracać dwa baranki, Kędziora i Kopytko, z kamienistej ścieżki, na której łatwo było natknąć się na żmiję. Potem jeszcze Ziółko postarała się udowodnić, że imię do niej pasuje. Wpychała łebek pod leżące luzem, wśród niskiej w tym miejscu trawy, kamienie, i tak poruszyła kilka z nich, że wywołała niedużą lawinę. Oczywiście przestraszyło ją to, więc becząc głośno odskoczyła wszystkimi czterema kopytkami, po czym pobiegła do matki napić się mleka.

Praca pasterza polegała nie tylko na pilnowaniu niesfornych owiec. Musiał też zwracać uwagę na to ile i jakich roślin jedzą, i kiedy powinny pić. Owce nie były specjalnie mądrymi zwierzętami, większość z nich mogła jeść aż do przejedzenia jeśli nie zostały powstrzymane. Trzeba było także zmieniać pastwiska i pilnować szlaku, tak żeby przed zmrokiem dotrzeć do jednej z górskich zagród. Eliasz był bardzo doświadczonym pasterzem więc większość tej pracy wykonywał bez specjalnego zastanawiania się czy planowania. Przechadzał się teraz między owcami, zamyślony jak zawsze. W końcu wyciągnął prosty flet i zaczął grać. Tęskna melodia popłynęła nad pastwiskiem i odbiła się słabym echem od szczytów gór. Eliasz grał tak jak się modlił – wkładał w muzykę całe serce. Właściwie jego granie także było modlitwą, również mówiło o oczekiwaniu na wypełnienie się Obietnicy.

Eliasz wiedział, że jest niewykształconym prostakiem. Jak każdy chodził przez kilka lat do szkoły przy synagodze, nigdy jednak nie uważał siebie za kogoś, kto rozumie Święte Pisma lepiej niż inni. Nie tylko on czekał na Mesjasza, ale dziwiło go, że tak wielu innych ludzi oczekuje na niego jak na Mściciela i Króla Wojownika. On sam pamiętał jak Obiecany został nazwany w proroctwie Izajasza – Książę Pokoju. Teraz kiedy przed zbliżającym się zmrokiem dochodził ze swoim stadem do górskiej zagrody rozmyślał o tym zapowiadanym panowaniu Mesjasza „w pokoju bez granic".

Owce wyczuwając nadchodzący wieczór, zawołane, posłusznie wbiegły do zagrody, a pasterz zamknął jej bramę. Przyjrzał się jeszcze raz uważnie czy są wszystkie, zwłaszcza jagnięta. Uśmiechnął się widząc Ziółko, która trącała łebkiem bok mamy, żeby się dostać do kolacji. Upewniwszy się, że wszystkie są bezpieczne, Eliasz wyciągnął z torby hubkę i krzesiwo, i używając przygotowanego w szopie przez innego pasterza drewna, rozpalił nieduże ognisko. Wydoił jedną z karmiących owiec i z ciepłym mlekiem przegryzł trochę chleba, który dała mu Anna. Potem umył się w płynącym nieco niżej strumieniu i zawinął się przy ognisku w swój płaszcz, położywszy pod głowę jedną z toreb. Słońce zdążyło się już schować za szczytami gór i właśnie zapadał zmrok. Patrzył jak niebo czernieje i stopniowo pojawiają się gwiazdy. Nie zasypiał. Cały czas czujnie nasłuchiwał odgłosów gór. Zagroda co prawda miała solidny płot ale Eliasz wiedział, że niebezpieczeństw nie ma co lekceważyć. Pobekiwania owiec już dość dawno ucichły i pasterz słyszał tylko spokojne oddechy zwierząt.

Po dwóch godzinach od zapadnięcia zmroku wstał od ognia i obszedł zagrodę dookoła. Wszystko było w porządku. Stanął na chwilę po jej przeciwnej do ogniska stronie i bez jego oślepiającego światła popatrzył na niebo pełne gwiazd. W zimnym górskim powietrzu miesiąca Adar, były one widoczne o wiele lepiej niż w Betlejem, gdzie w ich obserwacji przeszkadzał dym z palenisk. Tutaj człowiek miał wrażenie, że ziemia ustąpiła niebu i teraz ona sama była ukrytą widownią, a ono stało się właściwą scenerią wszelkich wydarzeń. Stojąc w chłodzie nocy Eliasz rozmyślał o hojnej ręce Stwórcy, który tak obficie obsiał nieboskłon swoimi dziełami. Kiedy wrócił do przygasającego ogniska, zawinął się szczelniej w płaszcz, dorzucił kilka drew i zapadł w czujny sen.

Lewi

— Na pewno chcesz go zabrać już w tym roku? – pytanie zadane drżącym głosem przez kobietę, stojącą na progu małego domku, rozbrzmiało tysiącem obaw, jakie może mieć tylko matka wobec swojego dziecka.

Przyglądała się jak jej mąż, rosły mężczyzna o gęstej brodzie i bujnej czuprynie, okalającej dużą głowę, pakuje torby. Podniósł na nią wzrok i uśmiechnął się.

— To bystry i dzielny chłopak, da sobie radę – odpowiedział krótko. Głos miał bardzo niski, wydobywający się z potężnej piersi jak z dna głębokiej studni. Żona pochyliła się nad nim i złapała go za rękę.

— Tobiaszu, on dopiero skończy siedem lat, powinien być jeszcze ze mną – prawie płacząc powiedziała do męża, który nadal uśmiechał się do niej z czułością

— Nic mu się nie stanie. Wiem, że się martwisz Rebeko. Każda matka boi się wypuścić dziecko spod swoich skrzydeł. Przynajmniej trochę. To jednak musi się stać, a ty możesz być spokojna. Przecież będzie ze swoim ojcem, który też potrafi o niego zadbać. - Tobiasz pocałował żonę w czoło i dodał:

— Zresztą chłopak sam tego chce, możesz go zapytać. – Mężczyzna nie odwracając się podniósł rękę nad głowę i kiwnął. — Chodź tutaj synu, wiem, że stoisz tam za rogiem domu i słuchasz co mówimy.

Kilka kroków za plecami Tobiasza dało się słyszeć ciche, szybkie szurnięcie, jakby ktoś gwałtownie przesunął się, przyciśnięty do ściany. Nastąpiła chwila ciszy, po czym zza domu wysunęła się nieśmiało ciemnowłosa głowa, a potem drobne ciało chłopca. Podszedł powoli do ojca i stanął przed nim.

— Jestem abba, wołałeś mnie. – jego głos był cichy i

prawie piskliwy. Chłopiec był teraz bardziej podobny do matki niż do ojca. Ona była raczej niska, tak że przy wysokim mężu wydawała się dziewczynką. Syn miał podobnie jak ona pociągłą twarz i kręcące się, ciemne włosy. Cała jego postura wskazywała, że nie wyszedł jeszcze z lat dziecięcych. Rebeka zauważyła, że gdy wyszedł ze swojej kryjówki nie podbiegł od razu do niej, jak to zwykle bywało, tylko stanął przed ojcem. Patrząc na niego wiedziała już jaka będzie odpowiedź na pytanie jakie miała mu zadać. Ponieważ ona milczała, nadal przejęta całą tą sytuacją, odezwał się Tobiasz.

— Lewi, czy wiesz co wydarzy się jutrzejszego dnia – zapytał poważnie syna.

— Wiem abba, wyruszysz z owcami na pastwiska, jak co roku o tej porze. – głos dziecka drżał nieco. Chłopiec słyszał rozmowę rodziców i był nie mniej przejęty niż matka.

— Czy chciałbyś tego roku po raz pierwszy wyruszyć ze mną?

— Tak abba, bardzo bym chciał – niezbyt głośno, ale zdecydowanie odpowiedział Lewi.

Po chwili milczenia Rebeka opanowała swoje obawy, podeszła do syna i przykucnąwszy, położyła mu ręce na ramionach.

— Chodź więc przygotować swoje rzeczy. Jutro pójdziesz z ojcem w drogę – powiedziała już spokojna, przynajmniej na zewnątrz.

Lewi posłusznie podążył za matką do domu. Był on mały i skromny. Składał się tylko z trzech niedużych izb, połączonych kuchnią. Jedna służyła jako warsztat tkacki, druga jako pokój małżeński, a w trzeciej spał Lewi. W palenisku w kuchni trzaskał ogień i choć miało ono ujście dla dymu w postaci komina, to jednak ściany nad nim były dość mocno okopcone. W kuchni zwykle oprócz zapachu chleba bądź podpłomyków, czuć było również dym.

Pozostałe izby przylegały do kuchni, wybudowane w taki sposób, żeby jak najlepiej wykorzystać ciepło paleniska. Miesiąc Adar bywał jeszcze chłodny, mimo zaczynającej się wiosny. Lewi patrzył jak matka otwiera na oścież zamkniętą dotąd okiennicę i wpuszcza do jego izby światło dnia. Wyciągnęła z drewnianej skrzyni lnianą torbę. Lewi spakował do niej ubrania podane przez mamę, a osobno ułożył wełnianą suknię, skórzany pas i płaszcz z grubo tkanej wełny.

Podekscytowanie chłopca było nie mniej intensywne niż niepokoje Rebeki. Lewi dotychczas spędzał więcej czasu z matką, niż z ojcem. Tobiasz co prawda zabierał go nie raz do zagrody, gdzie chłopak przyglądał się strzyżeniu owiec albo też sam przynosił owcom jedzenie i wodę, częściej jednak pomagał matce dbać o warzywnik, przynosić wodę i drwa do paleniska i pielęgnować niewielki sad. Poza tym spędzał czas na zabawie z kolegami. Lewi wiedział już, że w Betlejem są ludzie bogatsi i biedniejsi. Pracowitość rodziców powodowała, że nie był nigdy głodny i miał się w co ubrać. Niektórzy jego koledzy nie zawsze tak mieli. Było kilku takich, których ojcowie zginęli albo których mamy chorowały. Inni znowu byli wyraźnie bogatsi, lepiej ubrani, czasem opowiadający o przysmakach jakich mogli kosztować na świątecznych ucztach. Lewi niekiedy rozmyślał o tym, jakby to było być bogatym, ale nie zazdrościł im. Miłość i poczucie bezpieczeństwa jakie dawali mu rodzice powodowały, że był zadowolony z tego co miał. Starał się naśladować mamę w pracy, uczyć od niej i być pomocnym. Ciągnęło go też mocno do świata ojca. Odkąd pamiętał, każdego roku kiedy ojciec wczesną wiosną wychodził z owcami na wypas, odczuwał żal. Był to żal podwójny: za ojcem, którego zobaczy znowu dopiero za parę tygodni i za byciem częścią tego czym on żyje.

Teraz miało się to zmienić. Po raz pierwszy pójdzie z ojcem na górskie pastwiska, daleko, tak daleko jak jeszcze nigdy nie był! I to już jutro. Lewi po przygotowaniu ubrań poszedł do szopy z tyłu domu, ponieważ mama poprosiła go o drewno. Szopa była zbudowana przy niewielkiej skale, która była jej tylną ścianą. Słońce przeciskało swoje promienie między ciasno zbitymi deskami kiedy chłopak nabierał na ramię garść suchych gałęzi. Do drugiej ręki wziął grubsze polano, które niedawno sam odrąbał małą siekierą od niewielkiego pieńka. Nie potrafił jeszcze porąbać drewna tak jak ojciec, ale był dumny z tego jednego kawałka.

Na szopę padł mały cień i Lewi obejrzawszy się ujrzał Michała, syna sąsiadów, rówieśnika, z którym często się bawił.

— Cześć Lewi – rzucił chłopak – co robisz?

— Niosę mamie drewno do paleniska.

— A nie mogła sobie sama po nie przyjść? – Michał wyglądał na zaskoczonego, choć przecież znał Lewiego odkąd byli maluchami.

— Mogłaby pewnie, ale poprosiła mnie o pomoc. – Lewi był zdziwiony pytaniem. Pomaganie mamie było dla niego naturalne. Spełniał bez dyskutowania każdą jej prośbę i robił to z ochotą, bo widział jak się do niego uśmiecha z wdzięcznością. Poza tym ojciec też przynosił jej często drewno, a nawet chodził po wodę do źródła, co zazwyczaj robiły kobiety, więc Lewi uznawał, że pomaganie w ten sposób jest naturalne.

— Słyszałem kiedyś – dodał Michał – jak mój ojciec mówi do swojego brata, że Najwyższy stworzył kobietę jako pomoc dla mężczyzny, więc słuszne jest, że kobieta wykonuje prace domowe.

— Przecież każdy musi pracować i trzeba sobie nawzajem pomagać. – odpowiedział mu Lewi – nie wyobrażam sobie, żeby mama miała oprócz tkania, wykonywać też wszystkie prace w domu, a ja bym się tylko włóczył.

Michał wzruszył ramionami i zajął się odrywaniem odstającego od nieobrobionej deski szopy, wióra. Ojciec przybił jesienią kilka nowych desek, wymieniając starsze, które spróchniały ze starości. Deski były surowe, jak to na szopę, więc odstawały na nich dłuższe i krótsze wióry. Lewi zabrał drewno i ruszył w kierunku domu, kiwając głową na Michała, żeby szedł za nim. Ścieżka była wyłożona płaskimi kamieniami, żeby nie trzeba było brnąć w błocie podczas deszczowych dni.

— Mój ojciec zabiera mnie jutro ze sobą na wypas – powiedział dumnie do kolegi.

— Naprawdę? Pójdziesz w dalekie góry? O, też bym tak chciał. – Michał był zachwycony.

— Przecież twój ojciec jest kupcem, mógłby cię zabrać w podróż. – stwierdził Lewi.

— Zawsze mówi, że tylko bym mu przeszkadzał i że zabierze mnie jak stanę się synem prawa.

— O, to dopiero za pięć lat – zdziwił się Lewi.

— Niestety. A tymczasem ja się tak okropnie nudzę – jęknął Michał.

— Zapytaj mamę w czym możesz jej pomóc, na pewno się ucieszy – zaśmiał się Lewi i wszedł do domu, żeby dać swojej matce drewno. Gdy wyszedł, Michał wyglądał na nieco zamyślonego. Przywołał go ręką i ruszył do bramy.

— Chodź, pójdziemy do zagrody zobaczyć jagnięta. Któregoś dnia widziałem jak małe baranki stukają się łebkami. Mówię ci, myślałem, że pęknę ze śmiechu. – powiedział i ruszył biegiem drogą wiodącą poza Betlejem. Michał biegł za nim.

Przy zagrodach kręciło się kilku pasterzy. Rozpędzeni chłopcy wskoczyli na deski ogrodzenia zagrody, w której Tobiasz trzymał stado jednego z betlejemskich kupców. Dobiegli do płotu z takim impetem, że deski zachwiały się i zatrzeszczały pod wpływem ich ciężaru. Jeden z pasterzy skrzywił się na ten widok i zawołał:

— Hej! Uważaj synu nosiwody, bo połamiesz

ogrodzenie!

Lewi spojrzał na niego zaskoczony. Był to Juda, syn Abiasza, człowiek niemiły, często rzucający pogardliwe komentarze gdy tylko była okazja komuś dopiec. To w połączeniu z faktem, że Juda był dosyć potężnie zbudowanym człowiekiem, powodowało, że dzieci zwykle się go bały. Lewi, nauczony szacunku wobec starszych, nie mógł jednak nie zareagować na obrazę swojego ojca.

— Moim ojcem jest Tobiasz, pasterz. Dlaczego go znieważasz? – zapytał hardo swoim dziecięcym jeszcze głosem.

— Nosi wodę ze źródła do domu, jak kobiety, więc nazwałem go nosiwodą – rzucił od niechcenia Juda.

— Jeśli mój ojciec pomaga mamie przynosić wodę to wypełnia przykazanie miłości bliźniego i nie ma się czego wstydzić – nie ustępował Lewi. Michał patrzył na niego ze zdumieniem, ale i podziwem. Juda podszedł i pochylił swoją wykrzywioną twarz do twarzy chłopca.

— No proszę, rabbi – syknął pogardliwie, a kropelki jego śliny prysnęły na policzek chłopca – jesteś mądrzejszy niż doktorzy, mówiący że kobieta jest stworzeniem gorszym od mężczyzny i ma mu służyć?

Lewi zadrżał i lekko się cofnął. Usłyszał za swoimi plecami kroki, a następnie znajomy tubalny głos.

— Czyżbyś miał coś do mojego syna Judo? – Tobiasz stanął między nim i Lewim, o dobrą głowę wyższy od drugiego pasterza. – Co się tu dzieje?

— Twój syn obraził mnie, traktując jak głupca! skłamał perfidnie Juda.

— Czy to prawda synu? – zapytał Tobiasz Lewiego.

— Nie abba. Ten człowiek nazwał ciebie nosiwodą, więc mu powiedziałem, że nie masz się czego wstydzić okazując miłość i pomagając mamie – odpowiedział chłopak, a Michał potwierdził to zdecydowanie kiwając głową.

— Jak słyszę Judo, mój syn cię nie obraził tylko odpowiedział mądrze na twoje słowa. Zostaw go więc w spokoju. – Tobiasz z błyskiem w oku położył synowi dłoń na ramieniu, po czym poprowadził go do bramy zagrody.

— Jeszcze jedno – rzucił przez ramię do oddalającego się Judy – To czy ja noszę wodę ze źródła, czy drewno z szopy, czy może nawet zajmuję się gotowaniem strawy, to nie jest twoja sprawa. Pilnuj swojego nosa przyjacielu.

Chłopcy weszli za Tobiaszem do zagrody i zaraz poszli głaskać jagnięta, które ciekawe i ufne podchodziły do nich i skubały brzegi ich ubrań jakby to były jakieś nieznane źdźbła trawy. Jeden baranek przyciskał łebek do rąk zachwyconego Lewiego i chodził za nim krok w krok. Kiedy chłopcy wyszli za bramę maluch zaczął głośno beczeć. Jego głos doganiał ich jeszcze, gdy szli w stronę miasteczka.

***

Lewi obudził się sporo przed świtem i kiedy tylko usłyszał, że ojciec wyszedł z izby, wstał szybko z posłania, ubrał się i wybiegł za nim do kuchni. To był jego wielki dzień, więc podekscytowanie momentalnie przegnało z jego głowy senność. Rebeka uśmiechnęła się widząc go w gotowości.

— Synu kochany, wyglądasz jakbyś chciał już teraz pobiec do zagrody. Zjedz najpierw śniadanie i spakuj z ojcem zapasy. – poczochrała go po kędzierzawej głowie i zaczęła wyciągać upieczone poprzedniego dnia podpłomyki i chleby. Zjedli razem chleb, ser i oliwki. Matka patrzyła jak Lewi niecierpliwie pochłania jedzenie, głaszcząc go po ramieniu. Dla niej nie było to po prostu wyjście na wypas. Wiedziała, że od tego dnia Lewi stopniowo przestanie być jej małym synkiem, a zacznie się stawać synem swojego ojca, który nauczy go, czym jest praca pasterza. Starała się nie okazywać smutku czy wzruszenia, ale w środku była bardzo poruszona. Lewi był jej pierworodnym i jedynym dzieckiem, i teraz miała go w pewnym sensie stracić. Pocieszała ją jedynie myśl, że Tobiasz nie może trzymać Lewiego cały czas przy sobie, ponieważ chłopiec musi też chodzić do szkoły. Musiała znieść trzytygodniową rozłąkę, aż doczeka się powrotu męża i syna przed Paschą.

Kiedy byli już gotowi, Lewi uściskał mocno mamę, obwiesił się torbami tak jak ojciec, po czym wyszedł przed dom. Słońce ledwo co zaczęło wynurzać się zza wschodniego horyzontu. Poranek był na tyle chłodny, że ich oddechy zmieniały się w słabo widoczne obłoczki pary. Mimo to niebo zapowiadało ciepły i słoneczny dzień. Lewi stał dwa kroki za ojcem, kiedy ten, wyprostowany i skupiony, półgłosem odmawiał Szema. Chłopiec starał się wsłuchać w modlitwę i powtarzać ją szeptem. Tak samo jak innych Izraelitów, jego lata, odkąd pamiętał upływały dzieląc się na dni zwyczajne, spędzane w synagodze szabaty i dni wielkich świąt. Dopiero jednak teraz, gdy był nieco starszy, zaczynał myśleć o Bogu w nieco bardziej dojrzały sposób.

Lewi wyprzedził ojca i dobiegł do zagrody. Wspiął się na nierówno zbite, szorstkie deski ogrodzenia i wypatrywał małego baranka, który poprzedniego dnia tak za nim chodził. Gdy Tobiasz otworzył bramę, zaczął nawoływać swoim własnym charakterystycznym *elah, elah, alleeee*. Choć w zagrodzie były owce z trzech różnych stad to jednak tylko te, którymi opiekował się Tobiasz zareagowały na jego wołanie i zaczęły wybiegać przez otwartą bramę. Lewi patrzył jak ojciec uważnie sprawdza czy wszystkie zwierzęta wyszły, po czym zamyka bramę. Baranek Lewiego dreptał przy matce. Zawołany przez chłopca zabeczał i zaczął podskakiwać wszystkimi kopytkami naraz, czym wywołał jego zachwyt i śmiech.

— No to ruszamy w drogę synu – powiedział Tobiasz, wsparty na pasterskiej lasce, tak długiej, że sięgała mu nieco ponad głowę swoim zagiętym w dół końcem. Był obwieszony torbami, a za pas miał wetknięty gruby mocny kij oraz sporej wielkości nóż. Lewi stał obok niego otoczony przez owce tak ciasno, że prawie nie mógł się ruszyć. One także były pobudzone tym, że wychodzą na wypas. Na kolejne zawołanie ojca, który sam zaczął iść drogą, zwierzęta posłusznie ruszyły całym stadem, wśród pobekiwań i hałasu dzwonków.

— Dokąd idziemy abba? – zapytał go Lewi, gdy idąc od położonej na wschód od miasteczka zagrody minęli betlejemską gospodę. Chłopiec szedł lekkim krokiem, podskakując od czasu do czasu.

— Przejdziemy przez pastwiska na zachód od miasteczka. – odparł Tobiasz – Tamta część Judei jest bardziej zalesiona, a góry są niższe niż na południu. Musisz się wprawić w wędrówkach synu.

— Czy będziemy szli całymi dniami? – zdziwił się Lewi.

— Nie! Owce mają przecież jeść, a nie tylko chodzić. – zaśmiał się pasterz – Ale i tak chodzenia będzie dużo, w dodatku ciągle w górę i w dół, twoje nogi to odczują.

Pasterz z uśmiechem poklepał syna po ramieniu swoją wielką dłonią. Zawsze robił to delikatnie, ale Lewi i tak miał wrażenie, że przygniata go do ziemi nieduży worek ziarna. Przechodzili właśnie obrzeżem miasteczka, blisko ostatnich zabudowań. Wszędzie już rozpoczął się kolejny dzień pracy. Z kominów unosił się dym, a wśród domów można było wyczuć zapach chleba, który od rana wypiekały gospodynie. Ich miasteczko nosiło nazwę „Dom chleba" i to właśnie chleb był symbolem obfitości jaką się cieszyło.

Lewi z ojcem i stadem wyszli w końcu całkiem poza miasto. Ich droga schodziła teraz w dół, wąwozem między dwoma niewielkimi grzbietami wzgórz. Nie mniej po pewnym zaczęła znów wieść pod górę, a po kilku takich zmianach Lewi stwierdził, że ojciec miał rację co do nóg. Mimo to, radość z powodu wyruszenia na tak długą wędrówkę z ojcem, nie pozwalała mu myśleć o zmęczeniu. W którymś momencie, kiedy właśnie przechodzili przez porośniętą lasem dolinkę, chłopiec przypomniał sobie, że chciał ojca o coś zapytać.

— Abba do czego będzie ci potrzebny ten wielki kij?

— Mam nadzieję, że do niczego synu.

— Po co w takim razie go dźwigasz?

— To dla ochrony przed dzikimi zwierzętami. – Tobiasz poklepał sterczący mu zza pasa kij.

— A nie wystarczy do tego ten wielki nóż? – zaciekawił się Lewi.

— Jeśli wilk jest tak blisko ciebie, że możesz go dosięgnąć nożem – powiedział poważnie Tobiasz – to jego zęby są zbyt blisko twojego gardła. Nóż może się przydać, ale kij pozwala odgonić mniejsze zwierzęta, a nawet zranić te większe, trzymając je jednocześnie w dobrej odległości.

— Czy ja też mógłbym mieć taki kij? – zapytał chłopiec. – Będę mógł bronić owiec przed niebezpieczeństwem! – zawołał wojowniczo.

— Tak, przygotujemy coś dla ciebie jak dojdziemy na pastwisko. – Tobiasz uśmiechnął się i pogładził ręką po brodzie. – Teraz ty mi coś powiedz. O co chodziło z Judą wczoraj wieczorem?

— Było tak jak mówiłem abba. On cię obraził. – powiedział nieśmiało Lewi – A potem jeszcze mówił, że kobiety są gorsze od mężczyzn. I to było tak jakby obraził mamę.

— Dzielnie się zachowałeś, stawiłeś mu czoła synu. Jestem z ciebie dumny. – stwierdził Tobiasz z uznaniem.

— Abba, dlaczego ludzie mówią takie rzeczy? – Lewiemu sprawiły radość słowa ojca, ale nie mógł oderwać myśli od tamtej sytuacji. – Trochę wcześniej Michał powiedział, że jego ojciec powiedział, że Adonai stworzył kobietę jako pomoc dla mężczyzny więc ona ma mężczyźnie służyć.

— Oburza cię to? – dopytywał się Tobiasz.

— Przecież mama nie jest niewolnikiem ani służącą! – krzyknął poruszony Lewi. Szli przez chwilę w milczeniu. Kopytka owiec stukały na kamienistej drodze. Tobiasz spojrzał na Lewiego i powiedział poważnie:

— Masz rację synu. A ludzie mówią takie rzeczy, bo chcą rozumieć Pismo tak, jak im wygodnie, w taki sposób, który będzie zgodny z ich egoistycznym nastawieniem do drugiego człowieka. Ale posłuchaj tego:

Wznoszę swe oczy ku górom: skądże nadejdzie mi pomoc?
Pomoc mi przyjdzie od Pana, który stworzył niebo i ziemię.
On nie pozwoli zachwiać się twej nodze
Ani się nie zdrzemnie Ten, który cię strzeże.
Pan cię strzeże, Pan twoim cieniem, przy boku twym prawym.
Pan cię uchroni od zła wszelkiego: czuwa nad twoim życiem

Tobiasz mówił tonem śpiewnym i lekko uroczystym. Lewi znał ten psalm. Słyszał go wiele razy. Teraz przypomniał sobie również słowa wypowiedziane przez Najwyższego przy stwarzaniu człowieka: „nie jest dobrze, żeby mężczyzna był sam; uczyńmy zatem odpowiednią dla niego pomoc".

— Czy to o taką pomoc chodziło? Jak w tym psalmie? – zapytał ojca.

— Tak synu. Najwyższy dał praojcu Adamowi towarzyszkę jako ratunek, a nie jako służącą – odrzekł poważnie Tobiasz. – I cieszę się, że sam to wiedziałeś już wczoraj, kiedy broniłeś mnie i mamy.

— Nie wiedziałem! Ja tylko tak czułem abba. – rzekł Lewi.

— Ta wiedza, którą ma twoja dusza, ta którą czujesz, ma większą wartość niż cała mądrość doktorów. Daje ci ją twój Anioł więc bądź mu wdzięczny.

Lewi pomyślał, że byłoby pięknie zobaczyć Anioła. Zauważył, że rozmawiając zaczęli znów podchodzić pod górę. Był już dość zmęczony i powłóczył nogami, podczas gdy droga była coraz bardziej stroma. Na szczęście ojciec wskazał laską niedaleką już łąkę i powiedział, że to jest właśnie pastwisko, na które dziś mieli dojść. Lewi nie mógł się nadziwić, że ojciec zna takie drogi i dróżki, że mogli tu dojść i nie zabłądzić. Nie myślał przy tym, że Tobiasz jest pasterzem od prawie dwudziestu lat i jeśli chodzi o pastwiska to znał Judeę jak podwórko swojego domu.

— Dlaczego nie mogliśmy paść owiec na jednej z łąk, które mijaliśmy po drodze abba? – zapytał ojca.

— Niektóre nadawałyby się na pastwisko, rzeczywiście. – odparł Tobiasz – Ta za to jest blisko górskiej zagrody, w której owce będą nocować. Musisz też wiedzieć, że nie każda łąka ma takie rodzaje traw, które służą owcom. No i potrzebna jest woda.

Niewprawiony w wędrówce Lewi po trzech godzinach marszu ledwo już szedł. W pewnej chwili źle postawił stopę na kamieniu i zsunął się po ścieżce, wywołując niewielką lawinę toczących się kamyków. Nie było ich dużo, ale wystarczyło, żeby przestraszyć małego baranka, który cały czas trzymał się blisko chłopca. Baranek odskoczył i odbiegł do przodu, podczas gdy jego matka przyzywała go głośnym beczeniem. Lewi w myślach zaczął nazywać malucha Łatką, z powodu ciemniejszego znamienia z prawej strony pyszczka. Rzucił się za nim i złapał na ręce, ale baranek wyrwał się mu i pobiegł z powrotem do matki. Tymczasem całe stado dotarło już na pastwisko i owce rozproszyły się we wszystkich kierunkach. Lewi położył niesione przez siebie torby tam, gdzie ojciec i zapytał czy może teraz odpocząć. Tobiasz kazał mu się położyć na torbach z ubraniami, a sam poszedł między pasące się owce.

Pozycja słońca wskazywała, że jest około trzeciej godziny dnia. Byli w górach, a wiosna dopiero się zaczynała, więc Lewi leżał teraz otulony płaszczem i gładził ręką lekko chropowatą skałę, która wystawała z ziemi jak nierówna i niewielka kopuła. Po dużym wysiłku odpoczynek smakował jak najlepszy chleb mamy, dopiero co wyciągnięty z pieca. Lewi odczuwał go tak samo w zmęczonych nogach, jak w dotyku miękkich materiałów pod plecami, chropowatości skały i w widoku białych chmur płynących powoli po błękitnym niebie. W tej błogości zmęczenie powoli spływało z jego ciała i gdy wciągnął głęboko rześkie powietrze, poczuł się wspaniale. Pastwisko leżało na łagodnym stoku wzgórza, po jednej stronie mając drogę, którą przyszli, a po drugiej strome zbocze drugiego wzgórza. Chłopiec przyglądał się jak ojciec czujnie obejmuje wzrokiem całe rozproszone stado, na co pozwalało mu ułożenie pastwiska. Wiedział, że owiec trzeba pilnować, ponieważ szybko mogą wpaść w kłopoty. Właśnie teraz zobaczył, jak ojciec zagania dwie z nich, które zapuściły się za daleko w górę zbocza.

Jak każde dziecko w takiej sytuacji, Lewi szybko się znudził odpoczynkiem. Choć nadal był obolały, to jednak wokoło było tyle do zobaczenia, tyle rzeczy go ciekawiło, że zerwał się z legowiska i pobiegł do ojca. Ten chwilę później wysłał go w stronę drogi, żeby zagonił kilka młodszych owiec, które schodziły z pastwiska. Reszta dnia upłynęła chłopcu na bieganiu za owcami i oglądaniu miejsca, do którego przywędrowali.

Nigdy jeszcze nie był w tych stronach. Chodził z rodzicami do Jerozolimy na niektóre święta, ale w górach zachodniej Judei był pierwszy raz. Zapytawszy ojca o zgodę, wspiął się na najwyższy punkt pastwiska i podziwiał widok na doliny i kolejne wzgórza. Betlejem także leżało między wzgórzami, ale tutaj było znacznie więcej drzew i krzewów, więc krajobraz był inny.

Trochę ponad godzinę przed zmierzchem Tobiasz zebrał owce i razem z Lewim poszli dalej ścieżką przez przełęcz. Wkrótce potem zaczęli schodzić łagodnie w dół, aż w końcu doszli do górskiej zagrody. Następne dni były podobne do siebie: wędrówka, spokojny czas na pastwisku, przygotowanie się na noc. Być może ktoś inny zżymałby się na taki tryb życia, ale dla Lewiego nie było to nudne. Każdego dnia z niezmiennym entuzjazmem pomagał ojcu w każdej pracy, która była do wykonania. Stopniowo poznawał wszystko co pasterz musi wiedzieć. Ojciec uczył go na jakich rodzajach ścieżek można się natknąć na żmiję i pokazał, jak ją przegonić. Opowiadał mu godzinami o rodzajach traw, pokazywał w jakich miejscach rosną które rośliny, pokazywał które są dla owiec szkodliwe, a które im służą. Chłopiec stopniowo uczył się rozpoznawać, kiedy owce powinny przestać jeść w danym miejscu i kiedy powinny pić. Baranek Łatka często mu towarzyszył, gdy chodził między pasącymi się owcami, mając za pasem kij podobny do ojcowskiego, choć oczywiście mniejszy. Jeden jego koniec był nieco cieńszy dla dobrego chwytu, drugi za to był uwieńczony zgrubieniem, które nadawało kijowi wygląd maczugi. Lewi czuł się bardzo odważnie i od czasu do czasu przechodził między owcami z groźną miną, trzymając rękę na kiju.

Po tygodniu przestał odczuwać ból nóg i sprawnie pomagał ojcu pilnować owiec, biegając za niesfornymi jagniętami. Z Łatką nie miał problemu, bo baranek trzymał się go jak wierny pies. Kiedy tylko Lewi przysiadał gdzieś pod drzewem albo w trawie, Łatka kładł się obok niego. Co jakiś czas przypominał sobie o głodzie i wtedy biegł do matki napić się mleka, po czym znowu szukał Lewiego becząc cienko. Noce spędzali z ojcem przy ognisku, doglądając co jakiś czas owiec w zagrodzie. Chłopiec przyzwyczaił się do spania pod rozgwieżdżonym niebem, z głową opartą na torbie albo kawałku drewna. Często przed zaśnięciem albo wybudzony z czujnego snu, wpatrywał się w rozpostartą nad jego głową głębię i wsłuchiwał się we własny oddech, odgłosy gór oraz szept lekkich podmuchów wiatru. Nieraz miał wrażenie, że te powiewy to słowa wypowiadane przez góry. A może to były bezgłośne słowa Aniołów? Gdyby Anioł mówił do niego to jego poruszające się skrzydła przecież wywoływałyby właśnie takie lekkie podmuchy. Przychodziły mu do głowy strzępy psalmów, które słyszał podczas szabatów lub świątecznych uroczystości. Wiatr przynosił mu słowa Pisma, które znał ze szkoły i od rodziców. Ciągle i ciągle pojawiała się w nich wszystkich wielka Obietnica. Najczęściej przypominał sobie proroctwo Balaama „wschodzi Gwiazda z Jakuba". I tej gwiazdy wypatrywał na nocnym niebie.

Którejś nocy Lewi spał mocniej niż zwykle. Z głębokiego snu wyrwał go nagle głośny okrzyk Tobiasza, który zerwał się z posłania i pobiegł na tył zagrody. Owce beczały głośno i słychać było w ich głosach strach i ostrzeżenie. Lewi wyplątał się szybko z płaszcza i złapał swój kij. Wetknął prędko przygotowaną na taką sytuację prostą pochodnię do tlącego się jeszcze ognia i, tak jak uczył go ojciec, pobiegł drugą stroną ogrodzenia, oświetlając sobie drogę. Nie wiedział co się stało. Biegnąc słyszał tylko swój gwałtowny oddech i bicie serca. Nagle światło pochodni wydobyło z mroku nocy widok, który zatrzymał go w miejscu. W chwili krótkiej jak mrugnięcie powiek Lewi dostrzegł świeżo wykopaną pod ogrodzeniem dziurę i szakala, trzymającego w zębach szyję baranka i ciągnącego go powoli po trawie. Ogień zaskoczył zwierzę i spowodował, że się zatrzymało, a chłopiec nie zdążył się nawet przestraszyć. Od razu ogarnął go gniew i rzucił się do przodu unosząc kij. Od szakala dzieliło go kilkanaście kroków. Kiedy drapieżnik warknął głośno szczerząc zęby, Lewi stanął w miejscu z uniesionym kijem, sparaliżowany nagle nieokreślonym lękiem. I wtedy, w świetle pochodni, zobaczył na pyszczku baranka małe znamię. Łatka! Wściekłość ogarnęła chłopca jak ogień. Wrzeszcząc dziko znów zamierzył się na drapieżnika. Ten odskoczył parę kroków do tyłu i w tym samym momencie otrzymał silny cios wielkim kijem Tobiasza, który zaszedł go z drugiej strony. Uderzenie spowodowało, że szakal puścił swoją zdobycz i tym razem to jego skomlenie przeszyło powietrze. Tobiasz zdążył drugi raz zdzielić uciekające teraz zwierzę kijem. Ciągle skomląc szakal zniknł w ciemności nocy.

Wrzask Lewiego zmienił się teraz w krzyk rozpaczy. Chłopiec uklęknął przy baranku i zaczął nim potrząsać, jakby chcąc go obudzić. Spadała na niego na zmianę żałość i gniew. Kiedy dotarło do niego, że Łatka jest martwy poderwał się gwałtownie z miejsca i z uniesionym kijem chciał się rzucić w pogoń za szakalem. Tobiasz dogonił go kilkoma długimi skokami, złapał i mocno przytulił. Czuł jak jego syn się trzęsie i jak szybko bije mu serce. W ramionach ojca Lewi zaczął po chwili żałośnie płakać.

— Łatka! Mój malutki! – zawołał przez łzy – Ojcze, to był mój przyjaciel! Dlaczego? Dlaczego to się stało?

— Już dobrze, uspokój się synu – powiedział łagodnie Tobiasz. Ściskał go nadal mocno w ramionach, aż chłopiec przestał się trząść.

– Posłuchaj! Wiem, że to było dla ciebie straszne, ale musisz teraz być dzielny. Mamy jeszcze inne owce, o które musimy zadbać. Potrzebuję twojej pomocy synu. – przemawiał do niego cicho i spokojnie. Lewi skinął przyciśniętą do ramienia ojca głową.

— Musisz teraz przejść powoli z pochodnią wzdłuż ogrodzenia i patrzeć czy gdzieś jeszcze nie ma podkopu. Ja tymczasem wejdę do zagrody i policzę owce. Łatką zajmiemy się za chwilę. Dasz radę synu? Pomożesz mi?

Lewi puścił ojca i kiwnął głową, przełykając łzy. Gdy podniósł porzuconą wcześniej pochodnię i kij, wzdrygnął się zobaczywszy, że na rękach ma krew. W tej samej chwili poczuł na ramieniu dłoń ojca. Spojrzał mu w twarz. Miłość i zrozumienie jakie na niej wyczytał dodały mu siły. Przeszedł powoli wzdłuż ogrodzenia, pochylając pochodnię tak, żeby dobrze widzieć ziemię przy płocie. Nie znalazł więcej żadnej dziury. Gdy powrócił do ogniska, ojciec stał już tam, trzymając na rękach zabitego baranka. Przy olbrzymiej postaci pasterza baranek wyglądał na jeszcze drobniejszego. Lewi poczuł ucisk w gardle, a do oczu napłynęły mu łzy.

— Synu, odmówimy teraz berakę – powiedział poważnie Tobiasz. Zamknął oczy i uniósł twarz ku niebu. Lewi patrzył na niego. Ojciec wyglądał uroczyście jak kapłan, składający ofiarę Najwyższemu na ołtarzu rozgwieżdżonego nieba.

— Baruch atah Adonai, Eloheinu melech ha-olam… Błogosławimy Ciebie, Odwieczny Panie, Królu wszechświata, za to, że dałeś człowiekowi całe stworzenie pod opiekę i we władanie. Ono przebywa z nami, a potem staje się częścią nas, tak jak my jesteśmy z Tobą i stajemy się częścią Ciebie.

Słowa wypowiedziane głębokim głosem Tobiasza, choć ciche, rozbrzmiały echem wśród gór i w sercu Lewiego. Beraki towarzyszyły Izraelitom na co dzień i przy świętach, ale ta jedna, wypowiedziana tutaj i teraz, poruszyła duszę chłopca w niezrozumiały dla niego sposób. Pasterz położył baranka na kamieniu i przykrył płaszczem. Dorzucił drew do ognia i kazał synowi położyć się spać. Kończyła się dopiero druga straż nocna, więc do poranka było jeszcze sporo czasu. Tobiasz poczekał, aż Lewi zaśnie głęboko, po czym, po drugiej stronie ogniska, zajął się oprawianiem i pieczeniem zabitego baranka.

***

Lewi wyczerpany nocnymi wydarzeniami spał twardo do późnego poranka. Tobiasz, wiedząc jak trudne było dla chłopca to doświadczenie, pozwolił mu wypocząć. Zanim chłopiec się obudził mięso baranka było już w porcjach, a po nocnej pracy pasterza nie pozostał ślad. Tobiasz chciał oszczędzić synowi kolejnych zbyt trudnych jeszcze dla niego doświadczeń, bo i bez nich kolejne godziny miały nie być łatwe.

Obudziwszy się, Lewi od razu przypomniał sobie to co się stało i wpadł w przygnębienie. Poszedł się umyć do strumienia, a gdy wrócił, zaczął zagarniać gałęzią popiół, porządkując wygasłe ognisko. Tobiasz podszedł do niego.

— Jak się czujesz synu? – zapytał z troską.

— Jestem jednocześnie smutny i rozgniewany – odparł Lewi.

— Dlaczego?

— Abba, czy to musiało się stać? Przecież Łatka był taki malutki i taki kochany! – uniósł się gwałtownie chłopiec – A ten szakal? Przeklęty złodziej i zabójca! Nienawidzę go! – ostatnie słowa Lewi wypowiedział mocno podniesionym głosem. Tobiasz położył mu rękę na głowie, przyciągnął do siebie i przytulił mocno. Gdy go puścił, spojrzał mu prosto w oczy.

— Nie przeklinaj stworzenia, które żeby żyć musi jeść i poszukuje tego jedzenia wszędzie, gdzie może – powiedział spokojnie. – Najwyższy stworzył ten świat inaczej, ale odkąd zło, które przyszło przez człowieka, zepsuło Jego dzieło, stworzenia duże i małe żywią się sobą nawzajem. Pamiętasz berakę, którą odmówiłem w nocy?

— Tak, abba – Lewi, wciąż zdenerwowany, patrzył jednak na ojca uważnie, nadal stojąc z gałęzią przy popiele ogniska.

— Powiedziałem w niej, że stworzenie staje się częścią

nas, tak jak my jesteśmy i stajemy się częścią Odwiecznego. Dlatego też musisz zjeść to mięso, tak jak nieraz już je jadłeś. – Tobiasz pokazał synowi duży zielony liść. Gdy go rozwinął, Lewi zobaczył w nim kawałki upieczonego mięsa. Wzdrygnął się i spojrzał z przerażeniem na ojca. Upuścił gałąź i zrobił krok do tyłu.

— Abba ja... nie mogę – wystękał. – Dlaczego nie mogliśmy go zakopać?

— Wtedy zjadłyby go robaki synu, a gdybyśmy zostawili go tu na trawie to padlinożercy. – odparł spokojnie Tobiasz. – W ten sposób śmierć Łatki nie pójdzie na marne. On stanie się częścią nas, a my będziemy błogosławić Najwyższego za to, że daje nam pokarm.

Tobiasz wręczył synowi porcję mięsa i sam zaczął też jeść. Lewi już nie protestował, choć wraz z kęsami baranka przełykał płynące obficie z jego oczu łzy. Gdy skończyli odmówili berakę i zajęli się owcami. Następnie zebrali swoje rzeczy i ruszyli ze stadem w drogę.

— Abba, jest mi też wstyd – odezwał się cicho Lewi idąc obok ojca.

— Dlaczego synu?

— W nocy, kiedy natknąłem się na tego... na tego szakala, który porwał Łatkę... ja... ja się przestraszyłem abba. – chłopiec z trudem wypowiedział te słowa. – Gdybym użył kija od razu, może Łatka by jeszcze żył.

— Nie dręcz się. – odparł Tobiasz – Jeśli szakal trzymał baranka zębami za szyję i przeciągnął przez dziurę pod ogrodzeniem to maluch z pewnością już nie żył. A co do strachu – pasterz poklepał syna po ramieniu – musisz zapamiętać sobie jedną rzecz: odwaga to nie jest brak strachu tylko zrobienie tego co trzeba właśnie mimo tego, że się boisz. Czasem trzeba ją wyćwiczyć, a czasem przychodzi do nas sama, nawet jeśli się jej nie spodziewamy. Dobiegałem właśnie do ciebie i widziałem, że zatrzymałeś się tylko na krótką chwilę i zaraz rzuciłeś się z kijem na tego zwierzaka.

— Nawet teraz poszedłbym go szukać i za to co zrobił zatłukłbym go kijem na śmierć – zawołał gwałtownie Lewi.

— Przeklinanie i chęć zemsty nie prowadzą do niczego dobrego – odpowiedział mu spokojnie ojciec. – Zapamiętaj synu, że takie uczucia i działania to pułapka dla ciebie samego. Pragnienie zemsty jest jak wolno działająca trucizna. Nie zabije cię ona od razu ale zniszczy twoje życie od wewnątrz i powoli.

Szli przez jakiś czas w milczeniu, a Lewi rozmyślał nad słowami ojca. W jego twarzy nie było już wcześniejszego napięcia i gniewu. Owce wspinały się mozolnie drogą pod górę, pobekując od czasu do czasu i podzwaniając dzwonkami. Tobiasz obserwował stado i jednocześnie zerkał z góry na kędzierzawą głowę i drobne ramiona chłopca. Wcześniej już zauważył, że z jego rysów zniknęło po tej nocy nieco dziecięcej niefrasobliwości, zastąpionej teraz przez powagę i zadumę.

— Abba, dlaczego właściwie składamy Najwyższemu ofiary ze zwierząt? – zapytał w pewnym momencie ojca.

— Czy myślisz synu, że Adonai chce tego, ponieważ lubi zapach pochłanianych przez ogień ofiar? – odpowiedział pytaniem Tobiasz.

— Nie mógłbym w to uwierzyć, abba. – Lewi pokręcił głową. – Bóg jest przecież ponad wszystkim i nie potrzebuje od nas niczego. Rabbi w szkole mówił, że Adonai wystarcza Sobie samemu.

— Tak właśnie jest – potwierdził Tobiasz.

— W takim razie jaki sens mają ofiary? – nie ustępował Lewi.

— Odpowiedz mi: jakie jest największe bogactwo w naszej rodzinie? – znów odpowiedział pytaniem pasterz.

— Owce! To one są najcenniejsze. – odparł po chwili zastanowienia Lewi.

— Właśnie. I sensem ofiary, którą składamy Odwiecznemu, jest wyrzeczenie jakiego dokonujemy, oddając na Jego cześć to co dla nas najcenniejsze. Składamy je, żeby wyrazić Bogu wdzięczność i naszą miłość. Jest to część Przymierza, jakie Najwyższy zawarł najpierw z ojcem Abrahamem, a potem z Jakubem. A czy pamiętasz co mówi król Dawid na temat ofiary?

— Mówił chyba, że ofiarą dla Boga jest duch skruszony. – odpowiedział chłopiec, przypominając sobie słowa psalmu. – Ale tego też nie rozumiem. Co to znaczy?

— Tak naprawdę największym bogactwem jakie ma każdy z nas jesteśmy my sami. I najtrudniej jest nam oddać naszą pychę, korząc się przed Bogiem i uznając nasze winy, a nawet naszą niedoskonałość wobec Jego doskonałości. – stwierdził poważnie Tobiasz.

Lewi zawsze podziwiał mądrość ojca. Rabbi w szkole nie mówił w taki sposób, choć był nauczycielem, a jego ojciec tylko pasterzem. Słowa rabina powodowały, że chłopiec bał się Boga jako Tego, który jest potężny i sprawiedliwy, ale w tej sprawiedliwości przede wszystkim karze nieposłusznych. Gdy słuchał ojca, czuł że Najwyższy jest Kimś, komu można oddawać cześć nie ze strachu, a z miłości.

— Skąd wiesz to wszystko, abba? – zapytał nieśmiało chłopak. Tobiasz zaśmiał się serdecznie.

— Chodzenie po górach z owcami sprzyja rozmyślaniom – odparł prosto. Po chwili dodał:

— Przypomnij sobie modlitwę Szema. Jeśli będziesz słuchał co w powiewach wiatru mówi Bóg do twojego serca, otworzysz je na Jego mądrość.

Doszli właśnie na pastwisko i Lewi oddzielił się teraz od ojca, żeby mogli doglądać stada z dwóch przeciwległych końców łąki. Wciąż czuł w środku gorycz, jaką przyniosło mu nocne wydarzenie, ale był już spokojny. W końcu odrzucił ponure myśli i rozglądając się wokoło zaczął chłonąć piękno przyrody, w której wiosna rozgościła się na dobre.

Zbliżał się czas święta Paschy. Jak zwykle w miesiącu Nisan, łąki zaczynały się obsypywać kwiatami, których delikatny zapach uwodził świeżością i słodyczą. Słońce grzało coraz odważniej i zaczynało zapowiadać jakie to upały spowoduje latem. Lewi pilnując owiec przechodził między nimi to ścieżką, to na ukos przez łąkę. Grzbiet górski rzucał cień na część pastwiska i chłopak zauważył, że zimniejsze w tym miejscu powietrze porusza się inaczej. Gdy wchodził na nasłonecznioną część łąki, nagrzane powietrze unosiło silną falą intensywniejszy zapach kwiatów i słodkiej koniczyny. Stwierdził ze zdziwieniem, że potrafi odróżnić zapachy różnych roślin. Stanął na samej granicy cienia i wodził wzrokiem za owcami. Słowa ojca ponownie rozbrzmiały w jego myślach i Lewi przypomniał sobie wszystko co słyszał o tym jak Najwyższy od wieków towarzyszył Izraelowi. Wieczorem, po oporządzeniu owiec, zasiadł z ojcem do posiłku. Rozpalony już ogień trzaskał wesoło, pochłaniając suche gałęzie. Gdy zjedli, odmówili berakę i ułożyli się wygodnie przy ogniu. Lewi rozmyślał o zbliżającym się święcie.

— Abba, dlaczego właściwie Najwyższy kazał Izraelitom w Egipcie pokropić drzwi domów krwią baranka ofiarnego? – zapytał w pewnym momencie. — Znaczy: rozumiem, że po to, aby Anioł śmierci ominął te domy. – dodał chłopiec – Ale dlaczego to musiała być krew baranka? Nie mógł to być znak namalowany farbą? – Lewi wyraźnie nie mógł wyrzucić z głowy pamięci o wydarzeniach poprzedniej nocy.

— Rozmawialiśmy wcześniej o ofiarach składanych Najwyższemu. – odrzekł Tobiasz – Przed ręką Anioła śmierci miał ochronić Izraelitów właśnie znak ofiary miłości i posłuszeństwa. Pamiętaj, że krwawe ofiary były już wtedy od wieków dokonywane przez różnorakie ludy i narody wobec ich bogów – tłumaczył cierpliwie pasterz.

— A gdyby na przykład na znak ofiary miłości i posłuszeństwa Izraelici posypali sobie wtedy głowy popiołem? Wtedy nie trzeba by było zabijać baranków – nie ustępował chłopiec.

— Masz rację synu – po oświetlonej już teraz tylko światłem skaczących płomieni twarzy Tobiasza przemknął uśmiech – Jednak pomyśl, nawet wiele wieków później, gdy coś takiego powiedział ukochany przez wszystkich król Dawid, Izrael nie był gotowy, żeby zacząć składać Bogu taką właśnie ofiarę. I podobnie jak inne ludy nadal nie jest. Tym bardziej nie był wtedy, w Egipcie. – pasterz w zamyśleniu pogładził brodę, a Lewi obrócił głowę wspartą na torbach by na niego spojrzeć.

— Izraelici żyjąc tak wiele lat w obcym kraju zapomnieli właściwie o Bogu swoich przodków – snuł dalej swoją odpowiedź Tobiasz. – Dopiero na polecenie Najwyższego Mojżesz przypomniał im Jego Imię i Przymierze jakie On niegdyś zawarł z Jakubem. Dlatego potrzebny był też wyraźny znak powiązany z ofiarą z baranka. Tylko taki znak był dobrze zrozumiany przez Izraela takiego jaki był wtedy. Odnosił się wprost do wcześniejszego Przymierza.

— Więc to krew baranka paschalnego uchroniła pierworodne dzieci Izraelitów od śmierci. – podsumował w zamyśleniu Lewi.

— Tak synu. Wkrótce pójdziemy do Jerozolimy świętować Paschę i w obrzędzie świątecznym oraz modlitwach przypomnimy sobie wszystkie te wydarzenia. – Tobiasz wstał i skinął na syna, żeby zrobił to samo. Gdy chłopiec stanął przed nim, ojciec położył mu ręce na głowie i wypowiedział uroczyście błogosławieństwo mojżeszowe:

— Niech cię Pan błogosławi i strzeże. Niech Najwyższy rozpromieni Oblicze Swe nad tobą i niech cię obdarzy swą łaską. Niech Odwieczny ukaże nad tobą pogodne Oblicze i niech cię obdarzy pokojem.

Błogosławieństwo ojca, jak co wieczór spowodowało, że

na Lewiego spłynęło poczucie bezpieczeństwa i wdzięczność. Tobiasz kazał mu iść spać, a sam poszedł obejść zagrodę i sprawdzić owce. Lewi zapadł w spokojny sen.

Pod koniec trzeciego tygodnia Lewi biegał po górach w ogóle nie męcząc nóg. Wspomniał ojcu o rozróżnianiu zapachów roślin więc ten zachęcał go do ćwiczenia z zamkniętymi oczami i jednocześnie ciągle uczył ich nazw. Tak naprawdę Tobiasz był zaskoczony jak doskonale chłopak sobie z tym radzi. Nie znał nikogo z takim talentem. Jego syn potrafił, nie patrząc, po samym tylko zapachu wskazać kępy roślin, które często kryły gniazda żmij. Pasterz zachęcał też chłopca do obserwowania i zapamiętywania dróg, tak żeby mógł się w nich orientować, kiedy przyjdzie tu znów. Ich droga na kolejne pastwiska wiodła teraz od północnego zachodu z powrotem ku Betlejem. Dzień przed szabatem, na tydzień przed Paschą, Lewi i Tobiasz przeprowadzili znów swoje stado przez miasteczko. Zamknąwszy je w zagrodzie na polach na wschód od Betlejem, wrócili do domu.

Rebeka wypatrywała ich stojąc przy furtce. Słońce stało już dość nisko, kiedy dostrzegła ich nadchodzących i wybiegła im na spotkanie. Lewi patrzył jak jego matka spieszy się, aby ich powitać, a jej zaplecione w warkocz włosy skaczą w rytm biegnących stóp. Nagle zatrzymała się w pewnej odległości od nich, jakby zaskoczona. Lewi spojrzał na ojca i zobaczył, że się uśmiecha. Zdziwiony popatrzył na matkę, która zdawała się go nie poznawać. W końcu sam rzucił się do niej biegiem.

— Mamo, wróciliśmy! — zawołał radośnie.

— To jednak ty, Lewi? – zapytała i chłopak już sam nie wiedział czy go nie poznaje, czy tylko udaje. – Mój mężu, zabrałeś ode mnie chłopca, a przyprowadziłeś mężczyznę – powiedziała do Tobiasza, po czym złapała Lewiego w ramiona śmiejąc się radośnie i całując jego policzki i oczy.

Kiedy się nasyciła podeszła do męża i przytuliła się do jego piersi. Tobiasz pocałował ją czule i oboje, wziąwszy Lewiego za ręce, poszli do domu.

Eliasz

Najgłębszy chłód nocy zawsze pojawia się godzinę lub dwie przed świtem. Jest tak ponieważ ziemia oddała już masom powietrza całe ciepło nagromadzone poprzedniego dnia. Ten chłód, w połączeniu z brakiem ciepła bijącego wcześniej od wygasłego już teraz ogniska, obudził w końcu Eliasza. Większość owiec jeszcze spała. Z zagrody dochodziły go tylko pojedyncze głosy. Pasterz poprawił płaszcz, którym był owinięty i leżąc nadal z głową na torbach oczekiwał świtu. Rozmyślał o tym, że kilka wieków wcześniej na tych samych górach wypasał owce Dawid, później namaszczony na króla Izraela. Eliasz należał do rodu Dawida, który stał się wielkim królem, choć przecież najpierw był tylko pasterzem. Bóg wybrał go i wskazał prorokowi Samuelowi. Wybrał nie dlatego, że Dawid był silny, mądry czy piękny, ale ze względu na jego serce.

Eliasz był dumny z pokrewieństwa z królem tak ukochanym przez Izraelitów, ale jeszcze bardziej z tego, że ten król był wcześniej pasterzem, jak on. Dlatego też, mimo iż zawód ten nie był poważany, a pasterze byli często uważani za ludzi prymitywnych, Eliasz tak kochał swoją pracę. No i przecież król Dawid stworzył nawet modlitwę mówiącą o tym, że Najwyższy jest jego pasterzem, prowadzi go na najlepsze pastwiska, ochrania i dba o niego. Ta modlitwa-psalm była powtarzana przez Izraelitów przy różnych okazjach i Eliasz także traktował ją jak swoją własną. Dzięki niej sam starał się być właśnie taki dla ludzi, jaki był dla owiec.

Coraz częstsze głosy dobiegające z zagrody zwiastowały świt. Eliasz wstał i gdy słaby brzask ustąpił jasności wstającego słońca, odmówił Szema. Gdy otworzył bramę zagrody, niektóre owce wybiegły i zaczęły skubać trawę, ale większość podreptała do strumienia zaspokoić pragnienie. W tym czasie pasterz uporządkował miejsce po ognisku, a następnie także poszedł do strumienia. Odświeżył się i cały czas mając oko na owce, nazbierał suchych gałęzi oraz większych kawałków drewna w rosnącym blisko zagajniku. Trzeba było odnowić zapasy drewna w szopie, żeby kolejny pasterz, który przyjdzie w to miejsce, mógł także z niego skorzystać. W szopie był również gliniany dzban z przykrywką. Ze środka Eliasz wyjął zawinięty w lniane płótno kawałek chleba. Właściwie była to już zeschnięta na wiór resztka, której nie dało się zjeść. Pasterz wyjął ze swojej torby mały bochenek, oczyścił płótno z resztek i zawinął w nie świeży chleb. Myślał przy tym, że inny pasterz, który dotrze do tej zagrody pewnie najpóźniej za dwa lub trzy dni, będzie mógł się posilić, jeśli nie będzie miał czegoś ze sobą.

Pozycja słońca wskazywała na drugą godzinę dnia, kiedy Eliasz nawoływaniem zabrał owce w drogę. Kilka kolejnych dni upłynęło, podobnych do siebie i stado z pasterzem przeszło przez okolicę Hebronu, zakręcając szerokim łukiem na zachód. Już tylko dwa tygodnie pozostało do Paschy więc Eliasz miał zamiar, zmieniając pastwiska na zachodniej części wyżyny Judzkiej, kierować się stopniowo na północ, z powrotem ku Betlejem. Przewędrował wąwozami i dolinami pogórza Hebronu, aż dotarł do bardziej zalesionych gór na zachodzie. Dwa dni wcześniej spotkał przy górskiej zagrodzie Micheasza, pasterza, z którym przyjaźnił się od lat. Ucieszyło go to spotkanie, spędzili wspólnie wieczór przy ognisku, wymieniając wieści.

— Wyobraź sobie Eliaszu, że Zachariasz ubiegłej jesieni był po raz ostatni wzywany do służby w Świątyni — powiedział w pewnym momencie Micheasz, dorzucając drew do ogniska.

Zachariasz był właścicielem stada, którym od dwóch lat zajmował się Micheasz. Był z rodu kapłańskiego, ale Eliasz jakoś nie przypominał sobie, żeby był już tak stary. Kapłani mieli służbę w Świątyni kilka razy do roku.

— Myślałem, że on ma dopiero koło pięćdziesięciu lat, ale z tego wynika, że znacznie więcej — odpowiedział przyjacielowi.

— O, Zachariasz ma już siedemdziesiąt lat, a jego żona niewiele mniej. — Micheasz kiwnął głową ze smutkiem. — To wspaniali ludzie, Zachariasz jest bardzo mądry, a Elżbieta nadzwyczaj dobra. Bardzo im współczuję, że nie doczekali się potomstwa.

— Nie wiedziałem, że Elżbieta jest bezpłodna — Eliasz uniósł brwi.

— Słyszałem kiedyś Zachariasza mówiącego, że to on nie spodobał się Odwiecznemu Adonai, że nie służył Mu godnie. Trudno mi w to uwierzyć. On, zawsze tak oddany sprawom Najwyższego, mądry i dobry dla innych ludzi.

— Co my możemy wiedzieć o sprawach Boga – stwierdził z zadumą Eliasz – W końcu Jego drogi nie są naszymi drogami, a Jego myśli naszymi. Skoro przenika wszystko, zna przeszłość i przyszłość to może też wiedzieć, że dziecko nie przyniosłoby szczęścia tym dwojgu. A ponieważ jest dobry to ich od tego uchronił.

— Co ty mówisz Eliaszu? — Micheasz wytrzeszczył oczy na przyjaciela – Nie tak nauczają rabini. Zawsze mówią o sprawiedliwości Odwiecznego, o tym że nagradza posłuszeństwo Prawu, a karze za grzechy. Domyślam się, że jakiś złośliwy faryzeusz powiedziałby nawet Zachariaszowi, że brak potomstwa to kara za jego grzechy.

— Mówię jak czuję — Eliasz wstał od ogniska i podszedł do zagrody sprawdzić co z owcami. Noce były coraz cieplejsze, mimo to nadal trzeba było się dobrze owinąć płaszczem, żeby nie zmarznąć. Wsłuchał się w odgłosy gór. W rosnącym nieco niżej lesie zerwał się do lotu jakiś nocny ptak. Powyżej, potoczyło się parę kamyków, potrąconych pewnie przez biegnącą jaszczurkę. Zabeczało kilka jagniąt. Eliasz sam do końca nie wiedział dlaczego ten powszechny w Izraelu obraz Boga jako Potężnego i

Sprawiedliwego nie przemawia do niego zbytnio. Wrócił do ogniska.

— Pamiętasz psalm pasterski Dawida? — zapytał Micheasza, wpatrującego się w trzaskające w ogniu gałęzie — Czy on coś mówi o sprawiedliwości, nagrodach i karach? Dawid widział w swoim sercu Najwyższego jako Pasterza, który dba żeby owcom niczego nie brakło, który wiedzie je po dobrych ścieżkach, prowadzi nad wody dla odpoczynku, chroni i pielęgnuje. Dlaczego my nie mielibyśmy powiedzieć, że Bóg jest przede wszystkim dobry?

— I ja czuję, że masz rację – odparł Micheasz. Milczał przez chwilę po czym podniósł na przyjaciela błyszczące odbitym światłem ogniska oczy. — Tak! Na pewno tak jest. Adonai wszystko co robi, robi z miłości do nas.

Rozstali się z Micheaszem następnego dnia, gdy ten poszedł swoją drogą na południe. Od tamtego czasu Eliasz przeszedł przez kolejne pastwiska w zachodniej części wyżyny, gdzie góry były niższe i bardziej zalesione. Pokonał dość długi odcinek na północ, chcąc dotrzeć do Betlejem od zachodu. Wędrując rozmyślał nad rozmową z przyjacielem. Cieszył się, że Micheasz pracuje dla Zachariasza, bo jego poprzedni pracodawca był okrutny. Micheasz pracował dla niego kilka lat, nie mając wyboru, a Eleazar nie dość, że dawał mu głodowe wyżywienie za jego pracę, to jeszcze karał go na różne sposoby za każdą szkodę w stadzie. Eliasz błogosławił w myślach Zachariasza za to, że jest dobry dla jego przyjaciela. A choć myśl o Eleazarze wzbudzała w nim niechęć to starał się go nie nienawidzić.

***

Pewnego dnia, gdy Eliasz wspinał się ze stadem drogą między dwoma samotnymi szczytami skalistych w tym miejscu gór, pogoda nagle się popsuła. Zerwał się silny północny wiatr, który przygnał zimniejsze powietrze. Chmury nad nagrzaną słońcem ziemią południowo-zachodniej Judei zderzyły się z tymi z gór Samarii. Eliasz wiedział, że zaraz będzie burza. Owce zatrzymały się na drodze i głośnym beczeniem matki zaczęły przywoływać jagnięta. Mimo, że oczekiwany, pierwszy piorun spowodował popłoch w części stada. Starsze owce szybko zbiły się w ciasną gromadkę i część jagniąt wcisnęła się między nogi matek. Niestety grzmot bardzo przestraszył roczną owieczkę, którą Eliasz nazywał Pianą. Mała becząc z przerażeniem odbiegła w przeciwną stronę niż stado. Pasterz rzucił się za nią, kątem oka dostrzegając jeszcze baranka Kamyka, skulonego przy pniu złamanego drzewa. Kamyk przynajmniej pozostał w miejscu, więc Eliasz mógł pobiec za Pianą, która w panicznych podskokach kierowała się do najbardziej stromego zbocza góry. Eliasz zobaczył jak Piana nagle zsuwa się w dół po kamieniach, tuż przy pionowej prawie w tym miejscu ścianie. Znieruchomiała ale ciągle becząca na całe gardło, przywarła ciałem do kamieni. Eliasz przesuwał się wolno w jej stronę, ale stromizna była także dla niego zbyt duża, żeby mógł podejść i wziąć Pianę na ręce. Schylił się ostrożnie i trzymając jedną ręką jakąś kępę trawy, drugą wyciągnął laskę na całą długość. Jej zakrzywiony prawie w pętlę koniec pozwolił mu złapać delikatnie owcę za brzuch i pociągnąć do siebie. Musiał teraz tylko uważać, żeby się nie wyślizgnęła. Zakrzywiony koniec laski zaklinował się mocno między brzuchem a przednimi nogami owieczki. Eliasz wiedział, że teraz może pociągnąć mocniej. Zdecydowanym ruchem wciągnął laskę i porwał Pianę na ręce. Zarzucił ją sobie na bark. Mała przestała beczeć, choć pasterz czuł jak drży ze strachu.

Biegnąc z powrotem do stada Eliasz nie zapomniał o Kamyku. Okazało się, że baranek też musiał spanikować. Jego bezruch wynikał z tego, że noga ugrzęzła mu w stercie kamieni, które pewnie osunęły się pod jego ciężarem. Burza tymczasem trwała na dobre, choć na razie nic padał deszcz. Pioruny waliły regularnie, ale przynajmniej niezbyt często. Eliasz wiedział, że owce instynktownie w takich sytuacjach zbijają się w grupę więc nie martwił się za bardzo o stado.

— Oj mały, pokaż mi tę nogę – powiedział do Kamyka.

Widać było, że jest przygnieciona kilkoma dużymi kamieniami i zraniona. Eliasz odwalił dwa z nich ale trzeciego nie mógł ruszyć. Musiał baranka wyciągnąć siłą.

— To zaboli przyjacielu, ale nie ma innego wyjścia – rzekł i ciągle z Pianą na ramionach szarpnął nogę baranka. Udało się ją uwolnić ale krwawiła. Baranek beczał żałośnie. Eliasz wziął także jego na ręce i pobiegł do reszty owiec.

Stado stało tak ciasno, że z góry wyglądało jak sadzawka pełna wełny. Owce bały się piorunów, ale tylko jagnięta wpadały w taki popłoch jak Piana i Kamyk. Pioruny zresztą wydawały się ustawać. Niestety to był koniec dobrych wieści, bo zaczął padać grad. Kulki gradu duże na dwa palce, uderzały gęsto, więc Eliasz rzuciwszy dwa jagnięta blisko nóg starszych owiec, wyciągnął szybko z torby niewielką derkę i przykrył je. Pozostałe jagnięta były ukryte pod brzuchami stada. Pasterz okrył sobie głowę płaszczem i torbami, po czym skulił się przy ocalonych maluchach.

Po kilkunastu minutach można było odczuć, że grad pada słabiej, a po pół godzinie całkiem ustał. Eliasz, choć zmęczony, był szczęśliwy, że udało mu się złapać Pianę zanim spadła. Owieczka o całkiem białej wełnie zapomniała już o strachu i podskakiwała wesoło w towarzystwie innych jagniąt. Eliasz oczyścił ranę na nodze Kamyka i zalał małą porcją oliwy, którą miał ze sobą w glinianym flakonie na takie właśnie sytuacje. Owce w tym czasie szukały sobie miejsc, których nie pokrył całkiem grad i zajmowały swoim przeżuwaniem.

***

Któregoś poranka Eliasz poprowadził swoje owce trudnymi drogami, przez nierówne, kamieniste wąwozy i strome podejścia, po czasem zbyt wysokich skalnych stopniach. Droga była tak uciążliwa, że momentami musiał podsadzać owce, jedną po drugiej, żeby mogły pokonać jakieś trudne przeszkody. Od zagrody, w której nocowali, zajęła im ona ponad cztery godziny, ale pasterz wiedział, że cel jest wart tego wysiłku. Doprowadził stado w końcu na rozległą łąkę, o łagodnym nachyleniu. Rosła na niej mieszanka traw, która była idealna dla owiec, nie było gadów, nie było przepaści ani zwalisk kamieni. Zwierzętom właściwie nie miała się tutaj gdzie stać krzywda. U podnóża wzgórza płynął wartki strumień, a cały teren można było łatwo ogarnąć spojrzeniem. Słowem – pastwisko doskonałe. Eliasz chciał zostać na nim dwa dni, choć nie było tutaj zagrody ani szopy. Kiedy owce rozeszły się po łące on sam położył swoje rzeczy na jej obrzeżu, pod rozłożystym drzewem. Usadowił się wygodnie w pozycji, która pozwalała mu widzieć całe stado.

Nieopodal tego miejsca mała grupka jagniąt bawiła się, otoczona przez matki, co prawda zajęte przeżuwaniem trawy, ale jednak czujne. Eliasz widział, jak Kopytko i Kędzior trącają się łebkami, niezdarnie i zabawnie. Kamyk leżąc, szarpał pyszczkiem jakąś kępę trawy, a Ziółko właśnie podbiegała do niego wierzgając na wszystkie strony kopytkami. Nie zauważyła go i potykając się o leżącego baranka, wyłożyła się jak długa, becząc głośno. Eliasz zaśmiał się na głos patrząc jak mała owieczka podnosi się zdziwiona i z drżącym ogonkiem ogląda przeszkodę. Trąciła go zaraz łebkiem w bok, jakby chcąc powiedzieć „Ej, kolego! Co tutaj robisz?".

Eliasz pomyślał, że gdyby nadawał owcom imiona później, gdy już przestały być jagniętami, to pewnie nazywałyby się inaczej. Każda z nich była inna, ale charaktery i zachowania nie były tak od razu widoczne i rozróżnialne. Imiona nadawał zwykle według wyglądu albo szczególnych cech. Piana dostała swoje imię ze względu na kolor wełny. Podobnie Śnieżna, która teraz gdy już była dorosłą owcą, choć jeszcze nie maciorką, powinna się według Eliasza nazywać Gagatek. Kopytko został tak nazwany bo odkąd tylko zaczął sprawnie chodzić, co i rusz trącał coś kopytkiem, jakby chciał sprawdzić co się stanie. Kędzior miał wełnę poskręcaną w zabawne loki. Kamyka ciągle interesowały jakieś kamienie. Dorosłe owce, nawet maciorki, też miały swoje cechy szczególne. Właściwie to miały charaktery tak jak ludzie. Taka Powolna na przykład. Dostała swoje imię ponieważ zawsze na wszystko miała czas, wszystko robiła znacznie wolniej iż inne owce. Jednocześnie była też dla pasterza wyzwaniem ponieważ łatwo było przy niej stracić czujność. Wydawało się cały czas, że jest w tym samym miejscu, podczas gdy ona powolutku przesuwała się dalej i dalej od stada. Gdyby Eliasz się zagapił, mogło się nagle okazać, że Powolna zniknęła gdzieś za zakrętem ścieżki, na której może się natknąć na żmiję. Choć bardzo proste, i wydawać by się mogło mało inteligentne, owce w większości bardzo różniły się od siebie. Pasterz wiedział, że musi się do tych różnic dostosować, żeby jak najlepiej zadbać o stado i żeby też w razie czego odpowiednio szybko zareagować na niebezpieczeństwo.

Doszedł do wniosku, że tak samo jest z ludźmi. Każdego pociągało coś innego, każdy szedł za innym głosem, za innymi pragnieniami i potrzebami. Eliasz widział to wokół siebie.

— O, Adonai – powiedział cicho – jakże Ty sobie z nami radzisz. Tak wielu z nas ciągle pakuje się w jakieś kłopoty. Wchodzimy na jakąś ścieżkę, która nas pociąga, a tymczasem tam może czekać pułapka złego. Trudniejsza jest Twoja praca z nami niż moja z owcami, mój Panie, mój Dobry Pasterzu. Kiedy ja zagonię Śnieżną do stada, chroniąc ją przed ukąszeniem żmii na ścieżce, na którą nie powinna była wchodzić, ona biegnie i nie złorzeczy mi, że nie pozwoliłem jej iść tam gdzie chciała. A ludzie? Narzekają i przeklinają…

Zapatrzył się w niebo widoczne między szczytami i ogarnął go przejmujący głęboko smutek. Poczuł się jak ojciec, który widzi, że jego dzieci kroczą przez życie drogą zguby, a on nie może nic z tym zrobić. Chciałby, żeby były szczęśliwe, ale one go nie słuchają, odrzucają jego słowa i zaproszenia.

— Panie spraw, żeby zrozumieli... - szepnął. – Mamy święte księgi, mamy historię naszego narodu, w którą Ty wkroczyłeś, mamy Przykazania i Prawo, mamy proroków. Ale ciągle nie rozumiemy. Naucz nas Panie Twoich dróg. Spełnij Obietnicę! Niech przyjdzie Ten, który jest Księciem Pokoju.

Modlitwa sprawiła, że pragnienie, jakie wyraził słowami, Eliasz poczuł prawie jak fizyczny głód. Był trochę zmieszany, że odważył się w ten sposób mówić do Najwyższego. Mimo to czuł, że Bóg się na niego nie gniewa, a przez bardzo krótką chwilę miał nawet wrażenie, że Niebo się do niego uśmiechnęło. Wyjął flet i zaczął grać sprawiając, że nowa modlitwa napełniła dolinę. Harmonijne dźwięki płynęły jak rzeka, unosząc się nad poruszanymi przez wiatr trawami, zakręcając pod górkę w stronę szczytów, a następnie opływając je dookoła i wracając do swojego źródła. Tęsknota, którą niosły, coraz bardziej i bardziej napełniała przestrzeń. Flet w rękach pasterza kołysał się łagodnie, sam zdając się być źdźbłem trawy w powiewie górskiego wiatru. Tęsknota i oczekiwanie zamieniały się w pasterzu w pokój.

Eliasz przestał grać i poszedł wydoić jedną z maciorek. Pastwisko przy wszystkich swoich zaletach miało jedną wadę – nie było w jego pobliżu żadnej zagrody. Dlatego też zbliżający się wieczór pospieszał pasterza do odpowiedniego przygotowania się na noc. Wiedział, że dzikie zwierzęta rzadko zapuszczają się na ten teren, ale nie można było ryzykować. Na środku wielkiej łąki było otwarte miejsce, na którym zawsze nocowały owce. W pewnej odległości od niego, na czterech przeciwległych rogach nieco większego terenu, znajdowały się miejsca na rozpalenie ognisk. Poprzedni pasterz korzystający z tego pastwiska, zapewne jeszcze w poprzednim roku, pozostawił je przygotowane i wyposażone w drewno. Niestety ostatnie deszcze spowodowały, że część tego drewna była zbyt mokra by się palić. Eliasz musiał więc nanieść z pobliskich zagajników tyle suchego jeszcze drewna, żeby starczyło na całonocne palenie się czterech ognisk.

Przygotowania zajęły czas do samego prawie zmierzchu. Eliasz zdążył napoić owce i zgromadzić je w środku przestrzeni między ogniskami. Gdy rozpalił ogień zapadała już noc. Sam usiadł przy jednym z ognisk w górnej części lekko nachylonego zbocza i posilił się mlekiem, serem i chlebem. Wiedział, że tej nocy zbyt wiele nie pośpi. Musiał pilnować ognia i czuwać nad owcami. One zaś trzymały się w zwartej gromadzie, jakby otaczał je ciasno niewidzialny płot. Eliasz regularnie obchodził stado dookoła i przemawiał do nich więc były spokojne. W końcu wszystkie zasnęły.

Przyjaciele

Wysoki, dobrze zbudowany młodzieniec, o wielkich dłoniach i szerokich ramionach, obejrzał się za siebie idąc zatłoczoną o tej porze drogą.

— To pięknie, że Szymon zgodził się popilnować naszego stada, prawda? – powiedział do idących kilka kroków przed nim dwóch innych młodych mężczyzn. Patrząc na jego twarz miało się wrażenie, że nie pasuje ona trochę do potężnej sylwetki. Była to prosta twarz dziecka, bez grymasu czy złośliwości,

Cała trójka zaledwie weszła w dorosłość. Szli drogą prowadzącą od Emaus do Jerozolimy i widzieli już wznoszące się przed nimi Mury Świętego Miasta. Olbrzym musiał podbiec, żeby dotrzymać kroku przyjaciołom, potrącił przy tym kilku przechodzących. Tłok był bardzo duży. Zbliżała się Pascha i poza chodzącymi tą drogą wieśniakami, idącymi sprzedać swoje zbiory w mieście, lub wracającymi z niego, było na niej pełno Izraelitów z różnych stron Palestyny. Prawie wszyscy przybyli na Święto. Przeciskał się więc między ludźmi, trochę niezdarnie, tym bardziej, że pod każdą pachą dźwigał baranka. Jakiś wędrowiec potrącony przez niego zaklął szpetnie, ale olbrzym uśmiechnął się tylko przepraszająco i dołączył do przyjaciół.

— Izaaku, nie zatrzymuj się bo tłum nas rozdzieli i będziemy się musieli szukać na targu – powiedział niższy z nich, który również taszczył dwa baranki. Był drobnej postury i przy Izaaku wyglądał jak wychudzone dziecko. Niesienie zwierząt sprawiało mu wyraźną trudność.

— Pomyślałem tylko, że gdyby nie Szymon to jeden z nas musiałby zostać przy zagrodzie. On jest bardzo dobry, skoro się zgodził.

— Szymon i tak musiał zostać ze swoim stadem więc nie

jest to dla niego kłopot, żeby zerknąć też na nasze owce. – powiedział trzeci z pasterzy. Popatrzył na zmęczonego towarzysza i zapytał z troską:

— Dasz radę donieść te baranki na targ Jonatanie? Może zrobimy postój?

— Tak, zatrzymajmy się na chwilę. Gdyby nie ten ścisk zwierzaki mogłyby iść na własnych nogach, ale nie ma co ryzykować, że je zgubimy.

Postawili baranki na wydeptanej trawie na skraju wybrukowanej przez Rzymian drogi. Kawałek wcześniej minęli kamień milowy, na którym wykute były nazwy miast Jamnia i Joppa. Zwierzęta zaczęły skubać liche rośliny, podczas gdy pasterze usiedli na ziemi, żeby odpocząć. Jonatan dyszał ciężko jeszcze przez parę chwil. Obok nich zatrzymał się młody chłopak z osłem zaprzęgniętym do wózka. Pasterz nie zwrócił na niego uwagi, zajęty wyciąganiem manierki z wodą z torby przewieszonej przez plecy.

— Dziękuję ci Jonaszu za troskę o moje siły, ale nie możemy za długo zwlekać. Sami wiecie, że musimy baranki sprzedać jak najszybciej, żeby przed wieczorem dotrzeć do Betlejem na strzyżenie.

Chłopak poprawiający obok nich popręg osłu nadstawił ucho, nie odwracając głowy w ich stronę. Gdyby Jonatan nie powiedział tych słów w jego obecności oszczędziłby sobie i towarzyszom kłopotów. Chłopak, gdy tylko pasterze ruszyli dalej, zagwizdał i po chwili podbiegł do niego może siedmioletni, ubrany w wystrzępioną tunikę, malec.

— Biegnij ile sił w nogach na targ, do Malachiasza, syna Judy, i powiedz mu, że trzech pasterzy niesie sześć baranków, które muszą sprzedać szybko. Jeden z nich jest wielki jak niedźwiedź.

— Baranek wielki jak niedźwiedź? – zdziwił się mały.

— Pasterz, ośle! Biegnij szybko, Malachiasz da ci asa za tą wiadomość. — pogonił go starszy chłopak.

W tym czasie trójka przyjaciół męczyła się, podchodząc z barankami na zachodnie zbocze góry Moria. Odpoczynek zrobili po przejściu od doliny zaledwie trzech stadiów, a droga pięła się teraz coraz wyżej i wyżej. Przed nimi widoczny był zachodni mur miasta rozciągający się daleko na północ, gdzie kończył się wysoką na trzydzieści łokci wieżą, i zakręcał na wschód. W murze było od tej strony kilkanaście wież obronnych, dwie z nich znajdowały się przy bramie garncarzy, do której zmierzali pasterze. W drugą stronę mur ciągnął się daleko, górując nad doliną Hinnom, która otaczała jego południowo-zachodni narożnik. Gdyby nie zmęczenie, Jonatan i Jonasz zachwycaliby się majestatycznym widokiem miasta. Izaak, idący bez wysiłku, co kilkanaście kroków entuzjastycznie zwracał ich uwagę to na wysokość potężnych murów, to na wieże, to na samo położenie Jerozolimy. Brama garncarzy była jedyną bramą w zachodnim murze, co jeszcze potęgowało tłok w tym przedświątecznym okresie. Porykiwania osłów mieszały się z krzykami ludzi, a pnąca się pod górę droga wyglądała jak wielokolorowy wąż. Gdy spojrzało się daleko wprzód, nakrycia głowy, szaty, osły i wózki wieśniaków zlewały się jedną ruchomą linię.

W nieruchomym powietrzu, pomiędzy niskimi drzewami i zaroślami, rosnącymi przy drodze, unosiła się dość przykra mieszanina zapachów potu ludzi, zwierząt i zwierzęcych odchodów. Mimo to, zbliżająca się pełnia miesiąca Nisan, który w tym roku wyjątkowo obficie obsypywał roślinność kwiatami, oraz bliska już Pascha, sprawiały, że w tłumie panowała raczej pogodna atmosfera. Pielgrzymi, idący na Święto z najdalszych końców Izraela, na widok miasta zaczynali śpiewać radosne psalmy. Od tej strony nie było widać Świątyni – zasłaniało ją wzniesienie Moria i wybudowane na nim domy. Wszyscy jednak wiedzieli, że tam jest. Ku niej kierowali swoje myśli. Dom Pana. Duma całego ludu Izraelskiego, który wiedział, że w sercu jego stolicy jest Ołtarz poświęcony Jahwe, jedynemu prawdziwemu Bogu, który towarzyszył temu narodowi od wieków. Nieczysty Idumejczyk – jak wielu Izraelitów nazywało króla Heroda – był znienawidzony w Judei, ale nienawiść ta była nieco łagodzona faktem, że kazał rozbudować i upiększyć Świątynię Jerozolimską. Dziesięć lat temu, kiedy Jonatan, Jonasz i Izaak byli jeszcze dziećmi, nastąpiło uroczyste zakończenie prac, nakazanych przez Heroda przed dwudziestu laty, po tym jak zabił najpierw swoją żonę Mariamne, lubianą przez Izraelitów księżniczkę z rodu Machabeuszów, jej brata Arystobula i innych ze swojego otoczenia. Pokątnie mówiło się, że Herod oszalał i jego szaleństwo narastało z upływem czasu, każąc mu wszędzie widzieć spiski przeciwko sobie. Szczytem jego okrucieństw było oskarżenie i skazanie dwóch swoich synów Aleksandra i Arystobula, a później jeszcze Antypatra.

Nie o tym jednak myśleli pielgrzymi zmierzający na Paschę. Dla każdego Izraelity wzniesiona przez Dawida i Salomona Świątynia była sercem narodu.

Izaak, widząc że Jonatan znowu słabnie, zarzucił sobie jednego z niesionych baranków na szyję i wziął z rąk przyjaciela jedno zwierzę. Ten, dysząc ciężko, skinął głową z wdzięcznością i szedł teraz nieco szybciej. Dochodzili właśnie do bramy, w której straż pełnili rzymscy żołnierze. Zwykle była to jedna dekuria, z której czterech pilnowało porządku w przejściu, a sześciu odpoczywało czekając na swoją zmianę, gotowych zareagować w razie jakiejś awantury. Mur był gruby na około dwudziestu łokci i pasterze szli teraz zacienionym tunelem, w którym kroki ludzi i stukot zaprzężonych w osły wózków odbijał się echem. Przeszedłszy przez bramę skręcili w prawo i, mijając w oddali po lewej pałac Hasmonejczyków, dom arcykapłana i inne bogate siedziby, przeszli na ukos między niższymi domami, prosto na Ofel, na targ. Uciążliwe podejście na Moria zakończyło się i Jonatan mógł złapać oddech.

Zbliżała się trzecia godzina dnia, więc dzielnica Ofel była pełna ludzi. Byli to zarówno mieszkańcy załatwiający swoje sprawy, pielgrzymi przechodzący tędy od bramy gnojnej w kierunku Świątyni, jak i wieśniacy, którzy przyszli do miasta sprzedać jarzyny, jajka lub inne rzeczy. Targ znajdował się niedaleko południowej bramy, którą można było wyjść z miasta w kierunku Betlejem, Betfage i Betanii. Pasterze skierowali się do kupców mających niewielkie zagrody z owcami. Podeszli do pierwszego, a ten udawał, że ich nie widzi.

— Najwyższy niech będzie z tobą kupcze – odezwał się do niego Jonatan. – Chcemy sprzedać sześć baranków, po trzydzieści pięć sykli każdy.

Mężczyzna siedzący na drewnianej skrzynce leniwie odgonił muchę, która usiadła na jego skroni i złapał za sakiewkę, którą miał przypiętą do pasa. Zaczął potrząsać pieniędzmi, a drugą ręką drapać się za uchem.

— Kupcze, chcemy sprzedać baranki – powtórzył Jonatan.

— Tak słyszałem cię za pierwszym razem, ale nie potrzebuję więcej baranków – rzucił od niechcenia mężczyzna, nie patrząc na Jonatana i nadal potrząsając sakiewką. – Mam ich tyle, że mogę wam dać dziesięć sykli za sztukę.

— Co? Chcesz je może za darmo? – Jonatan zaczął się rozpalać, ale Jonasz położył mu rękę na ramieniu.

— Jonatanie, ten czcigodny kupiec widocznie nie potrzebuje baranków – powiedział do przyjaciela. – Moglibyśmy mu je sprzedać za trzydzieści sykli gdyby chciał, ale chodźmy poszukać kogoś innego.

— Piętnaście sykli za sztukę, tyle mogę dać – powiedział niedbale kupiec – a jeśli nie, to droga wolna, idźcie sobie i nie zajmujcie mi czasu.

Przyjaciele oddalili się kawałek. Jonasz pociągnął ich w kierunku straganów z jarzynami i zbliżył do nich głowę.

— Źle to zaczęliśmy. Rozdzielmy się, i każdy spróbuje sprzedać tylko dwa baranki. – powiedział po cichu.

— Ale ja nigdy jeszcze nie próbowałem sam sprzedać baranka – stwierdził z niepokojem Izaak – nie poradzę sobie.

— Nie bój się. Po prostu zapamiętaj, że nie możesz zejść z ceny niżej niż do trzydziestu sykli – pocieszył go Jonasz – Za każdego baranka dwadzieścia pięć sykli musimy oddać Jozjaszowi, synowi Eleazara, a pięć jest na jedzenie dla nas i musi wystarczyć aż do pięćdziesiątnicy.

Pasterze poszli oddzielnie między straganami i podeszli do handlarzy baranków od innej strony. Jonatan zbliżył się do jednego z kupców i rozmówiwszy się z nim skinął ze złością głową i poszedł do następnego. W pewnej odległości widział Jonasza próbującego sprzedać zwierzęta. Czterech kolejnych kupców uparcie oferowało mu po piętnaście sykli za baranka, jakby się ze sobą zmówili. Mając tego już serdecznie dość podszedł szybko do Izaaka i nakazawszy mu iść za sobą skierował się do ostatniego kupca. Jonasz widząc gwałtowny krok przyjaciela podążył za nimi. Handlarz zmierzył dwójkę pasterzy wzrokiem.

— A cóż to za widok? – zawołał złośliwie - Gdybyś nie był śmierdzącym wieśniakiem to pomyślałbym, że oto Dawid prowadzi Goliata na sprzedaż.

— Jestem Izaak, syn Józefa. – stwierdził z poważną miną olbrzym.

— Tak, widzę mój mądry pasterzu, że nie jesteś Goliatem – odparł pobłażliwie kupiec. - Jeśli chcecie sprzedać baranki to cena wynosi piętnaście sykli za sztukę – dodał odwracając się do swojej lady.

— Chcesz nas obedrzeć żywcem ze skóry? – wrzasnął Jonatan, którego cała ta sytuacja doprowadziła do wrzenia. - Spieszy nam się, a cena baranka przed Paschą to co najmniej trzydzieści sykli.

— Spokojnie pasterzu – odparł ze złośliwym uśmiechem kupiec – widzisz przecież, że zwierząt mamy dużo, nikt nie potrzebuje waszych baranków. Ale ponieważ mam litość wobec waszej pracy mogę wam dać dwadzieścia sykli.

— Musielibyśmy głodować, ty złodziejska hieno – Jonatan wykrzyczał to na całe gardło.

— Jak tam sobie chcesz – kupiec wydawał się niewzruszony – zabierz swojego głupawego brata i odejdź. Blokujesz innym możliwość podejścia do mnie.

Na te słowa Jonatan już całkiem stracił panowanie nad sobą. Choć kupiec był wyższy i grubszy, złapał go gwałtownie za ubranie przy szyi. Inni handlarze podnieśli wrzask.

— Przeklęty złodzieju! – krzyczał Jonatan – Zmówiliście się, żeby nas oskubać, a teraz jeszcze obrażasz mojego przyjaciela?

Pasterz byłby może nawet uderzył kupca, ale Jonasz zdążył go już odciągnąć. W samą porę. Od bramy gnojnej nadbiegali rzymscy żołnierze. Skierowali na nich włócznie, a dekurion podszedł do stojącej grupy.

— Co tu się dzieje? – zapytał z wyższością – Znowu się kłócicie o te swoje baranki, parszywcy?

— Ten tu chciał mnie uderzyć! – wrzasnął kupiec wskazując na Jonatana.

— Ma tu być spokój, albo wszyscy traficie na galery – dekurion spojrzał groźnie na pasterzy. – Za zakłócanie porządku jest chłosta, ale galery też da się załatwić. Idźcie stąd! To na razie tylko ostrzeżenie, bo znam te hieny – dodał wskazując na handlarzy.

Pasterze posłusznie skierowali się z barankami do bramy miasta. Żołnierze wyprzedzili ich biegiem i zajęli swoje miejsce przed bramą. Gdy ich minęli uświadomili sobie, że przecież muszą wrócić do zagrody. Nie sprzedali baranków, ale nadal musieli dojść do Betlejem przed wieczorem. Jutro był ostatni dzień, kiedy można było zacząć strzyżenie, żeby zdążyć przed Dniem Przygotowania. Stanęli, niezdecydowani co robić.

Nagle podszedł do nich człowiek ubrany w dość bogate szaty. Był mniej więcej w ich wieku, miał szczerą i uczciwą twarz, na której błyszczały inteligentne oczy.

— Byłem tam na targu w Ofel, widziałem co się stało. – powiedział do zaskoczonych pasterzy. – Jestem Józef, syn Jana. Mój ojciec jest właścicielem wielu ziem tutaj, wokoło Jerozolimy i w Arymatei, skąd pochodzimy. Chodźcie ze mną, zaprowadzę was do człowieka, który kupi wasze baranki.

— Niech Najwyższy ci odpłaci Józefie – odezwał się Jonasz gdy ruszyli za nim drogą w kierunku Betfage – Ja jestem Jonasz, syn Szymona, to moi przyjaciele Jonatan, syn Jakuba i Izaak, syn Józefa. Dlaczego chcesz pomóc nam, biednym pasterzom?

— Po prostu dlatego, że Odwieczny kazał nam się miłować – zaśmiał się Józef. Spoważniał i poprawił zsuwający mu się z ramion płaszcz. – Nie znoszę lichwiarzy i kłamców. Wy mi wyglądacie na uczciwych ludzi, a ci kupcy po prostu się przeciw wam zmówili. Pewnie ktoś usłyszał, że bardzo wam pilno sprzedać baranki. Chcieli się wzbogacić waszym kosztem.

— A ty znasz kogoś, kto je od nas kupi? – zapytał Izaak.

— W Betfage jest gospodarz, który jest dzierżawcą mojego ojca. Kupi od was baranki po trzydzieści dwa sykle. Potem, tuż przed samą Paschą, kiedy ci złodziejscy handlarze będą mieli za mało baranków, sprzeda je im za co najmniej trzydzieści trzy.

— Dziękujemy ci Józefie – odezwał się milczący dotąd Jonatan, któremu zajęło trochę czasu, żeby się uspokoić – ratujesz nas od głodu.

— Cieszę się, że mogę pomóc – odparł uśmiechnięty Józef.

***

Trójka pasterzy, sprzedawszy swoje baranki w Betfage,

wróciła do Jerozolimy przez bramę wodną i szybkim krokiem przemierzyła Ofel oraz zachodnią część miasta, zdążając do bramy garncarzy. Gdy doszli do zagrody niedaleko doliny przylegającej do góry Moria, była już siódma godzina dnia. Mieli akurat tyle czasu, żeby przeprowadzić stado do Hinnom i dalej do Betlejem. Musieli też pozwolić owcom popasać się po drodze. Jonatan raz po raz wracał do wydarzeń na targu.

— Przeklęci złodzieje – powtarzał z gniewem.

— Daj już spokój Jonatanie, zapomnij o tym. – Jonasz starał się wesprzeć przyjaciela. – Zobacz, Adonai zesłał nam pomoc w postaci Józefa i udało się nam sprzedać baranki mimo wszystko. Zapomnij o tamtej sprawie.

— Niech wreszcie przyjdzie Obiecany i zrobi porządek z oszustami. – Jonatan nadal wypluwał swój gniew.

— Nie można się tak ciągle zżymać Jonatanie – upomniał go Izaak.

— Dlaczego? Przecież Mesjasz będzie królem sprawiedliwym i na pewno wymierzy kary wszystkim złoczyńcom.

— Ja pamiętam słowa z księgi kapłańskiej, które kiedyś usłyszałem w synagodze – powiedział olbrzym. – „Nie będziesz żywił urazy do synów twego ludu, ale będziesz miłował bliźniego jak siebie samego".

— Izaak ma rację Jonatanie. – wtrącił Jonasz – Myślę też, że Mesjasz nie będzie takim pogromcą pogan i grzeszników jak Go ciągle przedstawiają rabini.

Wydaje ci się, że wiesz lepiej od nich jaki On będzie? – powątpiewał Jonatan. – Przecież spędzają całe życie na studiowaniu pism.

— Tak, studiują księgi, choć myślę, że każdy chce odczytywać proroctwa tak jak mu wygodnie. Oni wciąż mówią, że Mesjasz będzie królem-odnowicielem dla Izraela i spowoduje, że Izrael będzie wieczny. To wszystko ma podtrzymywać w narodzie wolę oporu wobec Rzymian i jakichkolwiek innych najeźdźców.

— Ty myślisz inaczej? – Jonatan nagle zapomniał o swoim gniewie i zaciekawił się argumentami przyjaciela.

— Pięknie jest wierzyć, że Mesjasz przyniesie nam wolność od najeźdźców. Żeby to się jednak stało, musiałby on rozpętać krwawą rebelię i wygrać wojnę z Rzymem. Cesarstwo jest bardzo silne, kosztowałoby to wiele żyć. Rzym nałożył na nas co prawda podatki, ale też buduje i utrzymuje drogi, wyłapuje złodziei i pozwala nam żyć według naszego Prawa.

— Zdaje się, że krwawe powstanie jest konieczne, jeśli mamy być naprawdę wolni. Mesjasz tego dokona.

— A nie pamiętasz co mówi Izajasz? „Albowiem dziecię nam się narodziło, Syn został nam dany, na Jego barkach spoczęła władza. Nazwano Go imieniem: Przedziwny Doradca, Bóg Mocny, Odwieczny Ojciec, Książę Pokoju. Wielkie będzie Jego panowanie, w pokoju bez granic". W tych imionach nie ma wojny Jonatanie. Nie mogę sobie wyobrazić, że Książę Pokoju najpierw utopi kraj we krwi.

— Kim więc On będzie?

— Ja też tego nie wiem, ale pamiętam inne słowa Izajasza. – wtrącił Izaak i zacytował – „Nie złamie trzciny nadłamanej, nie zgasi knotka o nikłym płomyku. On przyniesie narodom prawo." Podoba mi się to proroctwo.

— I co ono dla ciebie oznacza? – zapytał Jonatan, który nie przypuszczał że prostoduszny olbrzym może pamiętać takie fragmenty Pisma.

— Nie wiem dokładnie. Tylko tak jakoś czuję, że On nas nauczy tego jaki jest Bóg, a zrobi to tak łagodnie, że nawet najsłabsze dusze to zrozumieją.

— No, Izaaku – uśmiechnął się Jonatan – dołączyłeś do nas, żeby nauczyć się pracy pasterza, ale być może my możemy się nauczyć czegoś od ciebie.

— Co ja tam mogę wiedzieć, jestem tylko prostakiem.

— Może to właśnie prostaków upodobał sobie Najwyższy.

***

Przyjaciele zdołali dotrzeć do Betlejem zgodnie z planem. Nazajutrz od świtu przygotowywali przy zagrodzie miejsce na strzyż. Nie oni jedni. Byli tu również Juda, Matatiasz i Maciej. Jonatan nie mógł zrozumieć dlaczego Maciej trzyma się z tamtą dwójką. Był co prawda zgorzkniałym cynikiem, ale nie miał w sobie tej paskudnej podłości co dwóch pozostałych. Jonasz, który zawsze wszystkich usprawiedliwiał, powiedział kiedyś, że Maciej jest taki ponieważ jego ojciec, zanim odszedł, okazywał mu tylko pogardę. Jednak na usprawiedliwienie zachowania Judy i Matatiasza nawet Jonasz nie znajdował zbyt wiele. Byli złośliwi i gwałtowni. Lubili dręczyć innych i zawsze szukali okazji do zwady. Ojciec Judy był znanym w okolicy awanturnikiem. Był okrutny i niebezpieczny, a syna lał z byle powodu. Skończył jako bandyta, nadziany którejś nocy na rzymskie włócznie. Betlejem odetchnęło wtedy z ulgą, ale jego imię było tak znienawidzone, że ludzie starali się o nim zapomnieć. Mimo to Juda ubzdurał sobie, że jego ojciec walczył z Rzymianami. Teraz zresztą swoim zachowaniem pokazywał, że jest do niego podobny. Dlatego zamiast nazywać go normalnie Judą, synem Abiasza, złośliwcy nazywali go po cichu Judą synalkiem ojca.

Jonatan nie był zachwycony faktem, że ta trójka najwyraźniej postanowiła strzyc swoje zwierzęta w tym samym dniu. Niestety nie było wyjścia. Do ostrzyżenia mieli ponad trzydzieści owiec, co oznaczało trzy dni pracy trzech osób. Jozjasz chciał koniecznie sprzedać wełnę przed Paschą. Zresztą pasterze wiedzieli też, że po Święcie wiele owiec będzie rodzić młode, a najlepszy moment na strzyżenie jest około trzech tygodni przed wykotami.

Pasterze przygotowali duże płótno i rozłożyli je na trawie przy bramie zagrody. Na jego brzegu ułożyli dwie pary nożyc, osełki oraz wańtuchy do zwijania runa. Kawałek dalej Juda i Matatiasz głośno komentowali ostatnią obławę rzymskich żołnierzy na złodziei w wąwozach na wschód od Jerozolimy.

60

— Złodzieje czy nie złodzieje, to nasi są – rzucił Juda – te nieczyste rzymskie wieprze lepiej by się zajęły porządkami na swoim podwórku.

— Wieprze tarzają się w błocie, nie będą robić porządków – stwierdził ironicznie Maciej. Matatiasz ryknął śmiechem.

— Trzeba im znaleźć jakąś dużą błotną kałużę i wpakować wszystkich na raz – huknął.

— Byle była głęboka na dwadzieścia łokci to już więcej nie zobaczymy tych gładko ogolonych świńskich gąb – dodał Juda.

Jonatan cieszył się, że ta trójka jest zbyt zajęta, żeby chcieć się awanturować o cokolwiek z nim i jego przyjaciółmi. Wziął do ręki nożyce i zaczął je ostrzyć. Przywołał Izaaka i wskazał płótno i wańtuchy.

— Twoją pracą będzie pomaganie jednemu z nas w odbieraniu runa, oczyszczaniu i zwijaniu do wańtuchów.

— Dobrze Jonatanie, ale ja nigdy tego jeszcze nie robiłem – odpowiedział niepewnie olbrzym.

— Nic się nie martw. Jonasz wszystko ci pokaże – uspokoił go przyjaciel.

Jonatan zabrał się do strzyżenia pierwszej owcy, którą Jonasz wyprowadził z zagrody. Związali jej nogi lnianymi opaskami i położyli na boku, na przygotowanym wcześniej płótnie. Owca nie okazywała strachu, posłusznie pozwalała się pasterzom obracać. Pasterz ukłęknął przy przednich nogach, okrakiem tak jakby chciał zwierzęciu usiąść na szyi. Delikatnie złapał nożyce i zaczął ciąć przy samej skórze, niezbyt szybko. Żeby zapobiec kaleczeniu zwierzęcia, ostrza miały czubki lekko zawinięte do góry. Pasterz posuwał się od przednich nóg do tylnych i w górę do kręgosłupa. Starał się pracować sprawnie ale ostrożnie. Ważne było żeby wełna była odcięta równo, a runo pozostało w całości.

Nagle usłyszał rechot Matatiasza, który wskazując na niego powiedział coś właśnie do swoich towarzyszy.

— Co powiesz cherlawy Jonatanie? Masz ochotę na zakład kto pierwszy ostrzyże dziś piętnaście owiec? – zapytał złośliwie.

— Nie, nie mam ochoty – odpowiedział Jonatan, starając się zachować spokój – Strzyżenie w pośpiechu może spowodować zranienie owcy i zabrudzenie runa krwią.

— Patrzcie jaki troskliwy pastuszek – Juda zaśmiał się z pogardą – Nie zapomnij jej przytulić i pocałować jak skończysz. Ja w każdym razie mam zamiar ostrzyc dziś piętnaście, tak samo jak Matatiasz. Skończymy całą pracę dziś, weźmiemy zapłatę i jutro będziemy mieć już czas, żeby się zabawić. – spojrzał znacząco na towarzyszy, którzy parsknęli śmiechem.

Trzej przyjaciele starali się ignorować zaczepki tamtych. Jonasz w tym czasie kończył ostrzyć drugie nożyce i pokazywał Izaakowi jak będą układać runo po odwróceniu owcy na drugi bok. Kiedy Jonatan ostrzygł nogi owcy i cały bok aż do kręgosłupa, Jonasz i Izaak złapali delikatnie runo, tak żeby Jonatan mógł odwrócić zwierzę. Było ono jednak dla niego za ciężkie, więc zamienił się z Jonaszem. Obaj z Izaakiem trzymali runo podczas gdy Jonasz podniósł owcę i przez związane nogi przewrócił ją na ostrzyżony już bok. Ten widok spowodował kolejny złośliwy komentarz Judy.

— I tak oto słabowity Jonatan nie daje sam rady pasterskiej robocie.

— Nie siła jest najważniejsza Judo – Jonatan tym razem nie zostawił zaczepki bez odpowiedzi.

— Ja tam myślę, że moja siła daje mi przewagę nad tobą. Chciałbyś to sprawdzić? – rzucił z lekką groźbą Juda.

— Ważniejsze od siły mięśni są siła ducha i to co się ma w głowie – odrzekł Jonatan.

Juda na te słowa podniósł się i ruszył ku niemu szybkim

krokiem. Złapał klęczącego przy owcy pasterza za tunikę i podniósł. Zbliżył groźnie twarz do jego twarzy.

— Czyżbyś chciał powiedzieć, że ja nie mam nic w głowie?

— Uspokój się Judo – odpowiedział mu Jonatan, delikatnie odpychając jego rękę – Masz w głowie wiele i masz tam też dużo gniewu. To cię kiedyś może pochłonąć i siła mięśni ci nie pomoże. Myślisz, że gniew i gwałtowność są częścią twojej siły, ale one są tak samo niebezpieczne dla ciebie, jak dla tych, którym ty chciałbyś zagrozić.

Juda był o wiele wyższy i mocniej zbudowany od Jonatana, ale ten nie okazywał lęku. Wypowiadał te słowa wiedząc, że Juda z byle powodów wdaje się w bójki. Wiedział jednak też, że mówi mu prawdę, którą on powinien od kogoś usłyszeć. Za plecami Judy stanął Izaak i położył swoją wielką dłoń, którą prawdopodobnie mógłby ogłuszyć niedźwiedzia, na jego ramieniu. Drugą dotknął ręki Judy, która wciąż trzymała Jonatana za ubranie. Jonasz podszedł z drugiej strony.

— Puść go i zajmij się swoją pracą – powiedział. – Chciałeś przecież ostrzyc dziś piętnaście owiec.

Do stojącej grupy podszedł już chwilę wcześniej Matatiasz. Maciej trzymał się z tyłu. Juda puścił Jonatana i spojrzał z pogardą na Jonasza.

— Zobaczycie sami jak ważna jest siła – stwierdził ze złośliwym uśmiechem - kiedy Mesjasz zacznie nawoływać ludzi do broni. Wtedy ci, którzy razem z nim pokonają Rzymian będą wywyższeni spośród ludu. A ja wiem, że on już przyszedł. Nazywa się Juda Galilejczyk i kiedy będzie gotowy ja też pójdę za jego wezwaniem.

Powiedziawszy to strząsnął ze swojego ramienia rękę Izaaka i poszedł dalej strzyc swoją owcę. Jonatan także wrócił do pracy. Teraz kiedy był już przy drugim boku, Jonasz wyprowadził kolejną owcę, razem z Izaakiem związali jej nogi. Kiedy ją ułożyli Jonasz zaczął strzyc obok

Jonatana. Izaak zbierał pojedyncze kłębki runa, które odpadły od całości i pakował do oddzielnego wańtucha. Oczyszczał też leżące na płótnie runo z różnych drobnych zabrudzeń i pojedynczych kolczastych rzepów. Wkrótce pierwsza owca, mniejsza teraz o połowę i wyglądająca dość zabawnie, uwolniona z opasek, pobiegła z beczeniem do zagrody.

Praca nie szła szybko, ale pasterze wiedzieli, że równo odcięte, zadbane i wolne od brudu runo, uzyskuje dobrą cenę. Poza tym bardzo dbali o owce więc miały piękną wełnę, tym bardziej szkoda byłoby ją niszczyć.

Jednocześnie niedaleko nich dawało się co jakiś czas słyszeć żałosne beczenie. Juda i Matatiasz rzeczywiście strzygli na wyścigi, zdecydowani skończyć pracę w jeden dzień. Pracowali szybko i niedbale, nie przejmując się zupełnie, że co jakiś czas kaleczą zwierzęta. Kiedy trzeba było odwrócić owcę Juda popisywał się, robiąc to jedną ręką. Jeśli gdzieś pojawiała się krew, Maciej ją wycierał i zasmarowywał ranę maścią, nie zmieniając przy tym wyrazu twarzy, na której pogarda do świata mieszała się z obojętnością. Kiedy wieczorem kończyli pracę Maciej, pożegnawszy się krótko z towarzyszami podszedł do Jonatana. Jego spojrzenie, zwykle cyniczne, tym razem wyrażało jakby cień podziwu.

— Wierzysz w mrzonki Jonatanie – odezwał się po cichu. – Jesteś marzycielem i słabeuszem. Mimo to postawiłeś się Judzie, widziałem, że nie okazałeś strachu.

Chciał odejść, ale Jonatan złapał go za rękę.

— Dlaczego się z nimi zadajesz? – zapytał – Widzę, że nie jesteś taki jak oni.

— Gardzę nimi – odparł Maciej – ale tak samo mam w pogardzie łatwowierność marzycieli, którzy myślą, że Najwyższy istnieje, a nawet, że zależy Mu na nas.

— On już wkrótce pokaże nam, że jest naprawdę Emmanuelem, Bogiem z nami. – wtrącił się nagle Izaak budząc zdumienie przyjaciół. Maciej popatrzył na niego i burknął:

— Jakoś nie jest z nami kiedy Go potrzebujemy.

Odwrócił się by pójść do domu. Jonatan zawołał za nim:

— Niech błogosławieństwo Odwiecznego ci towarzyszy Macieju.

Eliasz

Wiosna tego roku rozbudziła przyrodę wyjątkowo intensywnie. Prawie wszystkie łąki, pagórki, pastwiska, a nawet strome zbocza gór były pokryte tak gęstym kobiercem kwiatów, że najstarsi ludzie kręcili ze zdumieniem głowami. Drzewa owocowe, latorośle, oliwki, warzywniki i obsiane już lnem pola – wszystko rosło bujnie i obsypywało się kwieciem. Wszędzie pachniało życiem. Pachniało tak mocno, że ludzie czasem czuli się jakby lekko odurzeni. Pszczoły i wszelkie owady, również zdawały się pobudzone tą obfitością. Pszczół zresztą było o wiele więcej niż w poprzednich latach i całe szczęście, bo przecież musiały zapylać całe to bogactwo. Pracowały niestrudzenie i wszędzie było słychać ich brzęczenie. Ludzie, którzy nie mieli wcześniej uli, stawiali je teraz, zaś ci, którzy już mieli, dostawiali nowe. Początek miesiąca Siwan zapowiadał wielkie zbiory wszelakich płodów ziemi. Zwierzęta też wydawały się bardziej pobudzone i radosne. Być może cały ten przepych wszelkich roślin tak na nie działał? A może coś przeczuwały swoim zwierzęcym instynktem? W każdym razie przeczuwali coś ludzie. Szanowani starcy mówili młodym, że to wszystko jest znakiem roku łaski od Najwyższego.

Eliasz szedł tego dnia ze stadem przez dwa pastwiska w południowo-zachodniej części wyżyny judzkiej. Gdy późnym popołudniem dotarł do górskiej zagrody okazało się, że czeka go niespodzianka. Był tam już Micheasz ze swoimi owcami. Przyjaciele bardzo się ucieszyli na swój widok, przywitali się serdecznie i Eliasz wprowadziwszy owce do zagrody, rozsiadł się przy ogniu. Jego przyjaciel wyglądał na bardzo radosnego, jakby nie tylko ze spotkania się cieszył. Eliasz nie musiał go nawet o to pytać bo ten najwyraźniej nie umiał powodów tej radości utrzymać w sobie i od razu po powitaniu zawołał:

— Eliaszu, czy słyszałeś? Elżbieta spodziewa się dziecka?

— Jak to? Przecież ona jest stara! Sam mówiłeś, że ma blisko siedemdziesiąt lat – nie mógł uwierzyć pasterz.

— A jednak to prawda! To już jest widoczne, to ósmy miesiąc od kiedy jest brzemienna. – Micheasz był bardzo podekscytowany mogąc się podzielić z przyjacielem tą niezwykłą nowiną.

— Więc to cud Odwiecznego, tak jak kiedyś dla Sary, małżonki Abrahama. – powiedział zdumiony Eliasz

— Oni nic nie mówili wcześniej, bo dopóki nie stało się to widoczne nikt by nie uwierzył. Między sługami Zachariasza mówi się, że w zeszłym roku, kiedy na Zachariasza przypadła służba w Świątyni, objawił mu się przy Ołtarzu Anioł. W każdym razie od tamtego czasu jest niemy, porozumiewa się tylko pisząc.

— Oniemiał? Dlaczego?

— Podobno Anioł powiedział mu, że urodzi się mu syn, który pójdzie w duchu proroka Eliasza jako poprzednik Mesjasza i Zachariasz zapytał jak pozna, że to prawda. Od tego momentu oniemiał więc albo to jest kara, za to że nie uwierzył słowom Anioła albo właśnie ten znak, że to prawda.

— Może jedno i drugie. – stwierdził w zamyśleniu Eliasz – Ale Micheaszu! To by mogło znaczyć, że Obiecany także jest bardzo blisko! – wykrzyknął nagle uświadamiając sobie co oznaczają słowa przyjaciela.

Obaj zamilkli. Po dłuższej chwili Eliasz wyciągnął flet. Przy zapadającym zmierzchu, cichych trzaskach palącego się drewna i rzadkich pobekiwaniach owiec, popłynęła nad górami muzyka. Oprócz wybrzmiewającej w niej zazwyczaj tęsknoty, były w niej teraz nieśmiałe dźwięki nadziei. Barwa samej tęsknoty, którą wygrywał Eliasz, również się zmieniła. Wcześniej było w niej więcej szarości, nawet w słoneczne dni. Teraz była jakby bardziej promienna. Gdy dźwięki fletu Eliasza unosiły się nad pastwiskiem, Micheasz z zamkniętymi oczami, poruszając tylko wargami, wypowiadał słowa psalmów.

***

Nazajutrz Eliasz zapytał Micheasza czy może pójść razem z nim do Hebronu, sprzedać baranki i może dowiedzieć się o narodzeniu syna Zachariasza. Micheasz nie lubił wędrować samotnie jak Eliasz, więc ucieszył się z tej propozycji. Wiedział, że zagroda Zachariasza gościnnie przyjmie jego przyjaciela. Przez kolejne kilka tygodni wypasali owce wspólnie i razem też zmieniali pastwiska. W najgorętszym okresie roku pasterze trzymali się wysokich gór, żeby upał mniej dokuczał zwierzętom. Większość z nich była ostrzyżona i ten fakt, razem z bardziej rześkim powietrzem w wyższych partiach gór Judei, pozwalały przetrwać letnie upały, które w dolinach czy na pustyni judzkiej były nie do wytrzymania. Eliasz miał zanieść Szymonowi pieniądze za baranki dopiero na początku miesiąca Elul, więc mógł teraz pozostać z Micheaszem.

Hebron, do którego doszli dwa dni przed szabatem, aż huczał od radosnej wieści: Elżbieta szczęśliwie urodziła syna! Silnego i zdrowego! Dwaj pasterze wchodząc do miasteczka usłyszeli o tym już przy studni, ale wydarzenie komentowali wszyscy. Kupcy na targu, wieśniacy, słudzy, a nawet bawiące się na placu przy synagodze dzieci. Zachariasz był szanowanym mieszkańcem miasta, jako człowiek ale też jako kapłan. Wszyscy się cieszyli z tej nieoczekiwanej łaski Najwyższego. Teraz już wszyscy też plotkowali o objawieniu Anioła i jego zapowiedzi.

— Micheaszu, Micheaszu! Czy słyszałeś? – zawołał na widok pasterzy stajenny Zachariasza, kiedy przyjaciele wprowadzali owce do zagrody.

— Tak Salomonie, tak. Wszyscy o tym mówią. Jak się czuje Elżbieta? – zapytał go Micheasz.

— Jest osłabiona po porodzie ale zdrowa. Pomyśleć tylko! Ona tak stara, urodziła syna.

Nagle od strony domu nadbiegł inny sługa wołając z daleka:

— Zachariasz przemówił!

Dwaj pasterze i stajenny zwrócili się w jego stronę i zapytali jednocześnie:

— Co ty mówisz? Jak to się stało?

— Usługiwałem właśnie przy stole. Do Zachariasza przyszli krewni zobaczyć chłopca i pogratulować kapłanowi. Ktoś go zapytał jakie imię nada synowi. Zachariasz w odpowiedzi napisał na glinianej tabliczce, że chłopiec ma mieć na imię Jan. Krewni zaczęli go wypytywać dlaczego. Wedle zwyczaju przecież nadaje się pierworodnym synom jedno z imion występujących w rodzie. I kiedy tak na niego naciskali on ponownie napisał na tabliczce, że jego syn będzie miał na imię Jan bo tak nakazał Anioł Boga. Jak tylko to napisał jego usta się otwarły i wyśpiewał piękny kantyk pochwalny. Nie zapamiętałem wszystkiego, ale mówił o wyzwoleniu Izraela, o spełnieniu przez Boga dawnej obietnicy przez wzbudzenie mocy zbawczej w domu Dawida. I na końcu jeszcze śpiewał, że jego syn będzie nazwany prorokiem Najwyższego, ponieważ pójdzie przed Mesjaszem przygotować Mu drogi.

— Moc zbawcza! Tak, przecież księgi mówią, że Mesjasz będzie Odkupicielem z grzechu pierworodnego! – zawołał na to Eliasz.

— I Królem-wyzwolicielem! Pokona Rzym, wyzwoli Izraela i uczyni go wielkim! – dodał stajenny.

— Nie wiem Salomonie, jakoś ta część nauk rabinów nigdy do mnie nie przemawiała. – stwierdził pasterz.

— Dlaczego? – stajenny z nieco głupawą miną przypatrywał się Eliaszowi.

— Skoro Obiecany ma swoim przyjściem dokonać Odkupienia winy Adama i otworzyć Niebo, to nie wyobrażam sobie, że miałby jednocześnie być wodzem i politykiem.

— Zawsze mnie zaskakujesz Eliaszu – wtrącił Micheasz. – Ale jak się zastanawiam nad twoimi słowami to zawsze też potem widzę, że możesz mieć rację.

Eliasz mu nie odpowiedział. Stał tam, przed zagrodą niedaleko domu Zachariasza i rozważał usłyszane słowa. Serce w jego piersi uderzało szybko jak skrzydła motyla. On już przyjdzie! Najwyższy właśnie spełnia swoją obietnicę. Eliasz uświadomił sobie, że od zawsze pragnął stać się sługą Tego, którego Najwyższy pośle na świat, choć nie wiedział czy doczeka Jego przyjścia. Pragnął tego, choćby miał być najniższym i najdalszym sługą, takim, którego Mesjasz nawet nie dostrzeże. Byłby szczęśliwy mogąc dać Mu swoje życie.

Symeon

Obuta w sandał stopa chłopca zsunęła się niespodziewanie na drobnych kamykach, leżących na stromej ścieżce. Szli szybko i poganiali owce jakby goniła ich wataha wilków.

— Abba, czy musimy tak gnać? – zapytał Lewi.

— Pogoda wkrótce się pogorszy, musimy dojść do wioski jak najszybciej.

— Skąd to wiesz? – Lewi popatrzył na niebo, a potem na idącego przed nim ojca.

— Wcześniej wiał lekki ale gorący wiatr znad morza Słonego, a odkąd zaczęliśmy schodzić do doliny, wieje silny i znacznie zimniejszy wiatr zachodni. Ta nagła zmiana oznacza, że nadchodzi burza.

— Ale przecież nie widać burzowych chmur abba.

— Wkrótce je zobaczysz, na razie zasłaniają nam je góry. Nie minie jednak połowa czasu jaki został do zmierzchu gdy zaczną walić pioruny. Do wioski mieliśmy znacznie bliżej niż do górskiej zagrody. Zresztą i tak potrzeba nam kupić chleba.

Lewi i Tobiasz doszli wkrótce do wsi i wprowadzili swoje stado do zadaszonej owczarni. Gospodarz nie oczekiwał od nich zapłaty. Zwykłe prawo gościnności wymagało aby wspomóc podróżnych szukających schronienia. Dodatkowo istniał pasterski zwyczaj, który gwarantował gospodarzowi, że podobnie zachowają się wobec jego pasterza i jego owiec inni, gdzieś tam w innych wioskach. Zabezpieczywszy więc owce, ojciec i syn poszli dalej przez wieś do domu, w którym spodziewali się kupić chleb i trochę jarzyn.

Właśnie pierwsze krople deszczu zaczęły się mieszać na ziemi z rozgrzanym słońcem kurzem gdy przechodzili obok niskiego drewnianego warsztatu. Nad jego drzwiami przybity został szeroki drewniany wiór, symbol zawodu naggara. Tobiasz zatrzymał się nagle. Lewi patrzył jak jego ojciec intensywnie przygląda się sylwetce pracującego wewnątrz mężczyzny.

— Symeonie! To ty? – zawołał po chwili. W jego głosie słychać było zaskoczenie i dziwne przejęcie, jakiego Lewi jeszcze nie słyszał. Cieśla odłożył trzymany w rękach duży strug, otrzepał fartuch z trocin i wyszedł na próg zobaczyć kto go woła. Nie mógł z pewnością dojrzeć z daleka rysów Tobiasza, ponieważ rozpoczynająca się burza zasnuła niebo czernią i światło zrobiło się prawie nienaturalne. Był on człowiekiem mocno zbudowanym, choć niższym od Tobiasza. Jego ręce były wielkie i zgrubiałe. W lewej brakowało mu kawałka kciuka. Rzadkie, mocno zakurzone i przeplatane trocinami włosy, kontrastowały z gęstą, czarną brodą.

Lewiego najbardziej uderzyło jednak jego spojrzenie. Gdy zbliżył się do nich chłopiec zobaczył jak w jego przygaszonych oczach jakieś straszliwe cierpienie, choć już zużyte jak rozdeptany sandał, mieszało się z błyskami zaciętości oraz odległej tęsknoty. Chłopca bardzo ten widok poruszył, choć nie rozumiał tego co widzi. Cieśla patrzył teraz na Tobiasza i jego wzrok zmiękczył się w radosnym zdumieniu.

— Tobiasz? Ty tutaj bez owiec? Ach, głupiec ze mnie, zostawiłeś je pewnie u Azariasza. Co za wspaniałe spotkanie!

Naggar dobiegł do Tobiasza i rzucił mu się w ramiona. Ściskali się jak niespodziewanie odnalezieni bracia, aż w końcu Tobiasz odsunął przyjaciela od siebie, trzymając go wciąż za ramiona. Patrzył teraz uważnie w jego twarz, jakby chciał odczytać jakąś historię.

— Symeonie, myślałem, że nie żyjesz! – powiedział w końcu – Kiedy zniknąłeś po tym jak…. po tamtych wydarzeniach, ja… próbowałem się czegoś dowiedzieć ale słuch po Tobie zaginął. Krążyły tylko pogłoski, że przystałeś do zelotów i gdy po jakimś czasie i one ucichły, byłem przekonany, że cię zabito.

Naggar spoważniał i w jego oczach znów przez chwilę można było dostrzec skurcze zadawnionego bólu. Pokiwał smutno głową.

— Myślałeś, że nie żyję... miałeś rację – zawiesił głos i po chwili dodał – Symeon umarł wtedy, razem z Marią i Sarą. Ten ból... On mnie rozbił na kawałki Tobiaszu. A potem nienawiść dopełniła reszty.

— Przecież jesteś tutaj i nawet zajmujesz się swoją dawną pracą!

— Jestem, tak – Symeon spuścił wzrok.

Stali już teraz w ulewie, a Lewi cały ten czas z zaskoczeniem obserwował ojca i nieznajomego. Zauważył, że jest przemoczony dopiero gdy Symeon podniósł rękę i starł wodę z twarzy jakby ocierał łzy, które mieszały się ze strużkami deszczu i przez to były niewidoczne.

— Staram się odnaleźć jakieś kawałki siebie Tobiaszu – powiedział cicho – Przybyłem tu jesienią i podjąłem pracę. Tutaj nie znają mnie ani mojej historii. Poszedłbym cię szukać w Betlejem, ale ciągle jeszcze nie czułem się gotowy.

— Nie jesteś sam bracie! Nie jesteś sam. Możesz zostawić pracę i pójść z nami? Połamiemy się chlebem, porozmawiamy.

— Nie teraz i nie tutaj Tobiaszu. Muszę dokończyć jedno pilne zamówienie, a poza tym nie chcę, żeby ktoś stąd słyszał naszą rozmowę. – stwierdził Symeon.

— Ile zajmie ci jeszcze ta praca?

— Powinienem skończyć w dwa dni.

— Zatem popatrz tam. – Tobiasz odwrócił się i wskazał na północ, na dwa wznoszące się nad wioską wzgórza, teraz osłonięte chmurami i zacinającą ulewą.

— Między tymi wzgórzami biegnie droga, która przez przełęcz prowadzi dalej, do niewielkiej doliny. Znajduje się w niej górska zagroda. Będziemy tam z Lewim nocować pojutrze i jeszcze kolejnej nocy. Owce będą się paść na okolicznych łąkach, a wieczorem będziemy tam wracać. Spotkaj się tam z nami.

— Dobrze Tobiaszu, przyjdę – Symeon patrzył na pasterza ze wzruszeniem.

— Od wielu lat nie czułem już nic prócz bólu i nienawiści, ale cieszę się, że cię widzę.

Przyjaciele uściskali się raz jeszcze.

— Niech Najwyższy będzie z tobą bracie. – powiedział na pożegnanie Tobiasz.

— Najwyższy dawno już odwrócił się ode mnie.

— Nie mów tak. To nieprawda.

— Pokój z wami. Przyjdę wkrótce.

***

Pożegnawszy się z Symeonem, Tobiasz i Lewi kupili zapas chleba i wrócili do owczarni Azariasza na nocleg. Lewi próbował pytać ojca o to dziwne spotkanie, ale Tobiasz odparł mu, że odpowie na jego pytania jak ruszą w drogę. Chłopiec długo nie mógł zasnąć. Towarzyszyło mu ciągle wspomnienie tego co widział w oczach tego człowieka, którego ojciec nazywał bratem.

Nazajutrz Lewi już od świtu krzątał się przy owcach, przygotowując je do wyjścia na pastwisko. Gdy wyruszyli chłopiec zapytał ojca kim są zeloci.

— Pamiętasz synu Judę Machabeusza? – zapytał go najpierw Tobiasz.

— To nasz wielki bohater, oczywiście, że pamiętam abba.

— Machabeusze zapoczątkowali w Izraelu dynastię hasmonejską. Jej członkowie byli kolejno królami całego Izraela. Hasmonejczycy utracili koronę dopiero, kiedy ponad sześćdziesiąt lat temu Rzym po raz pierwszy podbił Palestynę. Niedługo później Palestynę podbili Partowie i przywrócili potomka Machabeuszy na tron Izraela. Kiedy Herod zaczął zyskiwać wpływy, został mianowany królem przez Rzymian, którzy znowu odbijali Palestynę z rąk Partów.

— Czy Herod nie jest Hasmonejczykiem?

— Nie synu. Ojciec Heroda był dworzaninem jednego z ostatnich królów z rodu Machabeuszy. Dzięki niemu Herod został mianowany namiestnikiem Galilei, a potem dzięki Rzymowi królem. Jednak już jako tetrarcha Galilei był znienawidzony ponieważ nie tylko układał się z Rzymem, ale również był okrutny wobec Izraelitów. Z tego też powodu w Galilei zaczęły się pojawiać oddziały, które walczyły przeciwko Herodowi. Chcieli się przeciwstawiać Rzymowi, ale walczyli też ze swoimi rodakami jako zdrajcami. Byli tak samo bezlitośni jak Herod. Najbardziej znanym był Ezechiasz i to jego synowie doprowadzili do tego, że opór wobec króla Heroda stał się bardzo dobrze zorganizowany. To oni stworzyli ruch zelotów. Głoszą, że krwawym oporem wobec Rzymian przyspieszą przyjście Mesjasza.

— I twój przyjaciel abba należy do tych zelotów?

— Nie wiem dokładnie synu. Nie widziałem Symeona od ponad piętnastu lat, słyszałem tylko pogłoski. Dowiemy się więcej gdy przyjdzie do nas.

— Dlaczego on tak cierpi abba? To straszne nawet patrzeć na niego. – zawołał Lewi.

Tobiasz popatrzył na syna ze zdziwieniem. Nie zdawał sobie sprawy, że Lewi tak łatwo odczytał ból Symeona i tak się nim przejął. Położył mu rękę na głowie i westchnął ciężko.

— To bardzo smutna historia… tragiczna. Czy na pewno chcesz ją poznać?

— Tak abba – przytaknął chłopiec. – Chciałbym móc pocieszyć twojego przyjaciela.

Tobiasz zaczął więc opowiadać. Tymczasem doszli z owcami na pastwisko i zwierzęta rozproszyły się, żeby jeść. Teren był otoczony dość stromymi zboczami i owce nie miały gdzie zabłądzić. Lewi nie wyczuwał tutaj niebezpiecznych roślin więc mogli z ojcem chodzić między owcami razem, nie musząc się rozdzielać. Tobiasz opowiedział Lewiemu, że Symeon jest jego przyjacielem od dzieciństwa. Mieszkali w Betlejem dom w dom, obok siebie. Symeon jest o dwa lata starszy i do momentu kiedy zaczął pracować w warsztacie naggara swojego ojca, robili wszystko wspólnie. Nawet później gdy Tobiasz chodził już z owcami, a Symeon pracował w warsztacie samodzielnie, ich przyjaźń trwała. Często ze sobą rozmawiali i nie mieli przed sobą tajemnic.

Gdy Symeon miał dwadzieścia dwa lata, ożenił się z Sarą. Tobiasz był drużbą i bardzo się cieszył szczęściem przyjaciela. Rok później na świat przyszła Maria, a Symeon i Sara, którzy nazywali ją gwiazdką, kochali jako swój największy skarb. Tobiasz także uwielbiał córeczkę przyjaciela. Pewnego razu, Maria miała wtedy trzy latka, Sara i Symeon podróżowali z Betlejem do krewnych w Jerychu. Dziewczynka była bardzo wszystkiego ciekawa, wszędzie jej było pełno. Blisko bramy miasta rodzina zatrzymała się na poboczu, żeby napoić osiołka i pozwolić mu się popaść. Nieco dalej, po drugiej stronie drogi, stał patrol rzymskich żołnierzy, którzy pilnowali porządku w okolicy. Symeon, był zajęty osiołkiem, a Sara mocowała na wozie pakunki, które omal nie spadły podczas jazdy. Przez kilka minut nie zwracali uwagi na małą Marię. Dziewczynka przebiegła szybciutko na drugą stronę drogi, żeby z bliska popatrzeć na rzymskie zbroje i konie. Żołnierze, zajęci sobą nie zwrócili na nią uwagi. Niestety podeszła za blisko w momencie gdy jeden z koni, potężny bojowy ogier, świeżo podkuty, znarowił się z jakiegoś powodu. Stanął dęba, wierzgnął i kopnął przypadkiem małą Marię. Symeon zaalarmowany hałasem rzucił się natychmiast w tę stronę, ale zdążył tylko złapać upadającą na ziemię córkę. Maria miała głowę całą we krwi i rzęziła, już nieprzytomna i umierająca. Zrozpaczony ojciec krzyczał, błagając rzymskich żołnierzy, żeby wezwali medyka albo zawieźli gdzieś małą. Żołnierze właśnie formowali szyk. Jakiś dziesiętnik rzucił okiem na dziewczynkę, wzruszył tylko ramionami i zaczął wydawać rozkazy do wymarszu. Sara, skulona w prochu drogi obok dogorywającego dziecka, trzymała Marię za ręce. Jej głośny, wypełniony rozpaczą szloch, przeszywał niebo.

Tobiasz opowiadał, wpatrzony w pasące się owce, ale jego wzrok był nieobecny, zanurzony w przeszłości. Dopiero gdy na chwilę przerwał, spojrzał na Lewiego i zobaczył płynące po jego policzkach łzy. Przyklęknął i przytulił syna do siebie.

— A gdzie ty byłeś wtedy abba? – zapytał go chłopiec.

— Daleko, w górach na południowym zachodzie. Dowiedziałem się o wszystkim dopiero miesiąc później, gdy wracałem z owcami do Betlejem na strzyż. Opowiedział mi tą historię inny pasterz. Trzy tygodnie po tym tragicznym wypadku Sara rozchorowała się ciężko z rozpaczy i po kilku dniach zmarła. Symeon został zupełnie sam. Gdy się z nim zobaczyłem po powrocie nie mówił prawie nic. Nie płakał już i nie rozpaczał, choć ludzie mówili, że przez pierwsze tygodnie najpierw starał się pocieszać Sarę, a potem odchodził gdzieś na wzgórza i tam dawał upust rozpaczy i poczuciu winy. Jego krzyk było słychać aż w miasteczku.

— Dlaczego czuł się winny?

— Oboje z Sarą czuli się winni, tak jak czułby się każdy rodzic. Spuścili córeczkę z oczu, nie upilnowali jej. Jednak kiedy tamtego dnia spotkałem Symeona zobaczyłem w nim cień zaciętego gniewu, tlącego się pod cichą już teraz rozpaczą. Gniewu, który powoli przeradzał się w nienawiść.

— Do kogo?

— Do Rzymian synu. Pierwsze słowa, które Symeon wypowiedział do mnie brzmiały „Te parszywe wieprze mi za to zapłacą Tobiaszu. Za to, że ich koń zabił mi córkę i za to że nie chcieli pomóc. Bezduszne kreatury." Próbowałem go przekonywać, żeby nie pozwolił się zatruć nienawiści. Przez następne tygodnie spędzałem z nim prawie cały czas, a kiedy musiałem wypasać owce zachęcałem go żeby szedł ze mną. Nie udawało mi się jednak przywrócić go do życia po tej stracie. Widziałem jak mój przyjaciel staje się coraz bardziej milczący i jak coraz intensywniej roztrząsa w głowie jakieś czarne myśli. Któregoś dnia nie chciał iść ze mną na pastwisko. Ja z kolei nie chciałem go zostawiać, ale nie miałem wyboru. Wróciłem szybko, martwiąc się o niego, ale już go nie znalazłem. Wypytywani przeze mnie sąsiedzi twierdzili, że musiał odejść wczesnym rankiem. Nikt nawet nie widział w którą stronę.

— I od tamtego czasu go już nie spotkałeś?

— Tak. Przez piętnaście lat nie dał znaku życia. Krążyły pogłoski, że przystał do zelotów. Nie wiedziałem czy w nie wierzyć. Wczoraj gdy zobaczyłem go przy warsztacie najpierw go nie poznałem, ale zwrócił moją uwagę ten wiór przybity nad drzwiami… Symeon zawsze wybierał taki właśnie kształt wióra jako symbol swojego zawodu. I teraz jest we mnie nadzieja.

— Na co abba?

— Skoro znowu pracuje to znaczy, że stara się jakoś żyć. Cokolwiek się z nim działo przez te lata wygląda na to, że teraz chce coś zmienić.

***

Trzeciego dnia, od spotkania przy warsztacie, Tobiasz i Lewi doprowadzili owce do wciąż tej samej zagrody. Przygotowywali właśnie ognisko i krzątali się przy owcach gdy od strony przełęczy nadszedł Symeon. Letni upał, mimo iż nie doskwierał tak bardzo tutaj między wysokimi wzgórzami, to jednak i tak był silny aż do późnego popołudnia. Symeon, zlany potem po wspinaniu się na przełęcz, schodził teraz, lżejszym już krokiem, łagodną ścieżką w ukrytą między górami dolinę. Zbliżał się wieczór więc stojące niżej nad horyzontem słońce było częściowo zasłonięte przez poszarpane, skaliste grzbiety, które łączyła przełęcz.

Lewi pierwszy dostrzegł naggara i okrzykiem wezwał ojca, który akurat, po drugiej stronie zagrody, sprawdzał ogrodzenie. Tobiasz wybiegł przyjacielowi na spotkanie i uściskał go.

— Pokój z tobą, bracie. Dobrze, że jesteś – powiedział serdecznie – Trafiłeś do nas bez kłopotu?

— Tak. Ścieżka jest tylko jedna, nie było gdzie zabłądzić. Cieszę się, że cię widzę Tobiaszu. – odpowiedział Symeon po czym zwrócił się do Lewiego:

— Nie powitałem cię tam w wiosce, jak masz na imię?

— Lewi – odpowiedział chłopiec.

— Pewnie jesteś podobny do matki, bo z ojca na razie masz tylko oczy i chyba zamiłowanie do milczenia. – Symeon uśmiechnął się smutno i dodał – Nie poznałem twojej matki, właściwie nie wiedziałem nawet, że Tobiasz się w końcu ożenił. Ominął mnie kawał życia.

Po jego twarzy przemknął grymas bólu i Symeon zamilkł na chwilę. W końcu jednak zwrócił się znów do przyjaciela.

— Przyniosłem chleb, oliwki i trochę wina. Czy mogę wam jakoś pomóc?

— Owce są już zamknięte. Dokończę tylko sprawdzanie ogrodzenia. Możesz pójść ze mną, a Lewi tymczasem rozpali ogień.

Poszli we dwójkę wzdłuż zagrody. Symeon przyglądał się jak Tobiasz sprawdza czy deski ogrodzenia nadal się trzymają i czy przy ziemi nie ma łatwego miejsca na podkop. Pasterz nie zagadywał przyjaciela, chcąc mu zostawić całkowitą swobodę mówienia bądź milczenia.

— Dobrze cię widzieć jako ojca Tobiaszu – odezwał się po dłuższej chwili Symeon. – Jaki jest twój syn?

— Dociekliwy, wrażliwy, odważny, chętnie się uczy.

— Mówisz to z dumą, to wspaniale. Czy jednak wrażliwość nie spowoduje, że będzie mało odporny na cierpienie w życiu?

— Jego wrażliwość dotyczy nie tyle jego samego ale innych. Bardzo się przejmuje cierpieniem, które widzi wokoło. Na przykład gdy spotkał ciebie po raz pierwszy, od razu zobaczył twój ból, dostrzegł go wyraźniej niż ja. Pytał mnie potem co ci się stało.

— Powiedziałeś mu?

— Tak. Płakał słuchając.

— Ja już wiele lat temu wyczerpałem wszystkie łzy. – Symeon westchnął ciężko – Ten ból mnie rozbił na kawałki Tobiaszu, a potem poskładał na nowo, ale jako innego człowieka. Patrzę na twojego syna i myślę sobie, że gdyby Maria żyła to może byłbym teraz już dziadkiem. Minęło ponad piętnaście lat, a ja nie mogę się wciąż uwolnić od obrazu jej małej zakrwawionej główki, którą trzymałem na dłoni.

— Chodź bracie. Podzielimy się chlebem i porozmawiamy. Najwyższy skrzyżował nasze drogi właśnie po to, żebyś się uwolnił od cierpienia i przeszłości.

Gdy obeszli całą zagrodę ogień już płonął, trzaskając wesoło wśród zalanej teraz cieniem doliny. Słońce jeszcze nie zaszło, ale było skryte za otaczającymi ją górami, więc zrobiło się mniej upalnie i całkiem przyjemnie. Owce, napojone i zamknięte bezpiecznie w zagrodzie pobekiwały sporadycznie. Niektóre jagnięta jeszcze brykały, ale większość siedziała na trawie, przyciśnięta do wełnistych boków swoich matek. Lewi jadł chleb i owczy ser, przegryzając również oliwki, które przyniósł Symeon. Siedzieli przy ogniu i chłopiec przysłuchiwał się jak jego ojciec wraz z przyjacielem wspominają wydarzenia z dzieciństwa i młodości.

— A pamiętasz Symeonie jak wystrugałeś z drewna kukiełkę przedstawiającą starego rabbiego Elizeusza?

— Tak! Przyniosłem ją do szkoły i przechodziła z rąk do rąk, wywołując wybuchy śmiechu, tak że stary Elizeusz nie był w stanie przeprowadzić lekcji. A że słabo widział to nie mógł zrozumieć z czego się wszyscy śmieją. Uspokajał nas tylko uderzając laską o stół i krzycząc „cisza!".

— Zawsze miałeś talent do obrabiania drewna ale wtedy przeszedłeś samego siebie. Wyrzeźbiony Elizeusz miał ogromny nos, odstające uszy i był jeszcze bardziej przygarbiony niż w rzeczywistości. Przy tym figurka wyglądała całkiem jak on.

— Lubiłem to, rzeczywiście. Praca w drewnie sprawiała mi dużo radości. – Symeon znów posmutniał, najwyraźniej widząc między tamtymi dobrymi latami, a obecną chwilą, tkwiącą jak wielki pień zwalonego drzewa na drodze, tragedię, która dotknęła jego rodzinę.

Lewi obserwował uważnie twarz i oczy Symeona gdy Tobiasz wspominał kolejne rzeczy, chcąc pomóc przyjacielowi uwolnić się od jego ciężaru. Naggar podchwytywał temat, reagował lekkim uśmiechem lub dopowiadał coś od siebie, ale jednocześnie przez jego twarz regularnie przemykały skurcze wewnętrznego cierpienia. W którymś momencie Tobiasz zamilkł. Przez dłuższą chwilę cała trójka wpatrywała się w płomienie liżące kawałki drewna. Po pewnym czasie Symeon odezwał się cicho:

— Pamiętam to wszystko Tobiaszu. Ale pamiętam tak, jakby to nie była historia mojego życia tylko coś opowiedziane przez kogoś innego. Tamten Symeon umarł, pogrzebawszy jedyne dziecko i ukochaną żonę.

— Bracie możesz żyć dalej, Najwyższy pomoże ci

znaleźć siłę do tego.

— Nie mów mi o Bogu! – wykrzyknął nagle naggar. – Nie było Go przy nas wtedy! Gdyby rzeczywiście Mu na nas zależało, to ta maleńka gwiazdka nie zostałaby kopnięta przez rzymskiego konia.

— Jak chcesz przyjacielu – odpowiedział uspokajająco Tobiasz. – Ale przecież wróciłeś i nawet podjąłeś na nowo pracę naggara.

— Wróciłem, tak. Przez lata żyłem tylko nienawiścią. Odchodząc z Betlejem nie mogłem znieść własnego poczucia winy. Ono mnie tak przygniatało, że musiałem obwinić kogoś innego. Rozpaliłem w sobie żądzę zemsty na Rzymianach. Tylko nienawiść powodowała, że wstawałem rano z posłania. To ona była siłą sprawczą moich działań. Stałem się naprawdę zelotą, „gorliwcem" ale to była tylko gorliwość do przelewania krwi.

Symeon zamilkł, a jego wpatrzone w ogień oczy powiększyły się. Wyglądała z nich teraz pustka i lęk. Chłopiec prawie wstrzymał oddech, patrząc na niego ponieważ naggar wyglądał jakby oglądał jakieś straszne wydarzenia. Po kilku chwilach odezwał się jeszcze ciszej, jak gdyby nie chciał być usłyszanym:

— Krew na moich rękach to już nie tylko niewinna krew mojego dziecka. One są teraz ubrudzone krwią mojej winy, krwią przelaną przeze mnie samego. Przelaną skrycie, w przebraniu, krwią wrogów Izraela. Chciałem zagłuszyć poczucie winy zemstą, a teraz przygniata mnie ono podwójnie. Nienawiść się w końcu wypaliła, nie przynosząc zupełnie ulgi. Został tylko ciężar. A któregoś dnia poczułem, że Symeon którego zbudowała nienawiść również się rozpada na proch.

Lewi zobaczył, że po twarzy naggara spływają obfite łzy, połyskujące w świetle płomieni. Tobiasz nic nie mówił. Patrzył tylko na przyjaciela ze współczuciem. Po chwili podszedł, usiadł obok niego i położył swoją wielką dłoń na jego barku, zwracając twarz w jego stronę.

— Poczułem wtedy, że umiera moja dusza Tobiaszu – odezwał się po chwili Symeon podnosząc pełne cierpienia oczy na przyjaciela. – Przeraziło mnie to. Odrzuciłem więc nienawiść jak stary zeszmacony płaszcz i uciekłem. Uciekłem do domu.

Tobiasz ścisną ramię przyjaciela.

— Najwyższy powiedział ustami nabi Ezechiela „oto otwieram wasze groby i wydobywam was z grobów, ludu mój" – powiedział uroczyście. – Tak będzie i z tobą bracie. Wiem, że tak będzie.

— Chciałbym tego Tobiaszu – Symeon spojrzał mokrymi od łez oczami w twarz pasterza. – Tylko nie wiem jak pozbyć się tego ciężaru, który odbiera mi wszelką siłę do życia. Trzymam się teraz pracy jak kotwicy ale to nie wystarcza. Czuję się martwy.

— Skoro Odwieczny połączył nas na nowo to znaczy, że wie jak ci pomóc. Pomódlmy się. – Tobiasz wstał, a w ślad za nim zrobili to Lewi i Symeon.

Słońce już zaszło. Wśród nocy, w świetle ogniska i pod kopułą gwieździstego nieba rozbrzmiały słowa beraki:

— Baruch atah Adonai, Eloheinu melech ha-olam… Błogosławimy Ciebie odwieczny Panie, Królu wszechświata za to, że dałeś nam ten dzień spotkania i za to że uzdrawiasz nasze rany. Ty poślesz nam swojego Mesjasza, który uwolni więźniów nienawiści i opatrzy razy serc złamanych. Błogosławiony jesteś Panie, teraz i na wieki.

Podobnie jak tamtej nocy gdy szakal zabił baranka, Lewi z jakimś nieopisanym przejęciem wysłuchał słów ojca. Nie była to po prostu kolejna beraka na zakończenie dnia. Chłopiec czuł, że jest w tej modlitwie jakaś nieznana mu głębia. Nie wiedział wtedy, podobnie jak Tobiasz, że pasterz, cytując nabi Izajasza, wypowiedział proroctwo, które miało się wkrótce spełnić.

Maciej

— Nie rozumiem dlaczego kobieta nie mogłaby być pasterzem – stwierdził Jonasz.

— Czego tu nie rozumieć? Miejsce kobiety jest w domu i tyle. – Jonatan podkreślił swoje zdanie uderzając laską w ziemię.

Przyjaciele wędrowali ze swoim stadem w kierunku Emaus. Tego dnia opuścili obfite pastwiska leżące niecały dzień drogi na zachód od Jerozolimy. W tej najgorętszej porze lata pasterze byli zmuszeni wybierać pastwiska w górach bardziej zalesionych. Oprócz wysokości, na której powietrze było nieco chłodniejsze niż na równinie, czy w dolinach, przed ostrym słońcem chroniło owce również nachylenie zboczy oraz drzewa. Trudno było znaleźć pastwisko, które będzie posiadało obfitość dobrych traw i jednocześnie będzie tak umiejscowione, że nie pozwoli, żeby upał zaszkodził zwierzętom i ludziom. Doświadczeni pasterze znali takie miejsca i układali swoją wędrówkę w sposób, który pozwalał je wykorzystać.

Szli teraz zalewając się potem. Droga i niesłabnący mimo późnego popołudnia upał, dawały im się mocno we znaki. Zbliżając się do wsi, do której mieli już mniej niż trzydzieści stadiów, pasterze dyskutowali żywo na temat, który zwykle interesuje młodzieńców najbardziej. Jonatan, najbardziej żywiołowy z ich trójki, zapalał się w dyskusji z najmniejszego powodu.

— Mówię tylko, że według mnie kobiety mogą decydować kim chcą być tak samo jak mężczyźni. Jonasz zareagował na uniesienie przyjaciela kolejnym spokojnym stwierdzeniem.

— Tak, jest dokładnie tak jak mówisz. I one chcą być matkami. Dlatego dobrze czują się w domu. To dom jest ich królestwem, choćby był najmniejszy i najnędzniejszy.

— Och, Jonatanie! A może nie wszystkie chcą być matkami?

— Nawet jeśli czasem nie chcą to i tak później odzywa się w nich to naturalne pragnienie. A jeśli nie to tylko komplikują sobie życie.

— Ja uważam, że to my wtłaczamy dziewczynki w rolę gospodyni i matki tak samo jak uczymy naszych synów zawodu.

— Pewnie tak jest. Tylko co z tego? Chciałbyś, żeby niewiasta była na przykład pasterzem. Czemu nie kowalem?

— Daj spokój Jonatanie! Nie udźwignęłaby większości kowalskich narzędzi, nie mówiąc już o porządnym uderzaniu w metal wielkim kowalskim młotem.

— O to właśnie chodzi. Przecież nie mówię, że mamy im zabraniać robić to czy tamto. Po prostu w niektórych rzeczach lepiej sprawdza się mężczyzna, a w innych kobieta. Gdyby któraś chciała koniecznie być pasterzem to da się to zrobić. O ile wytrzyma wielodniowe wędrówki, spanie pod gwiazdami na gołej ziemi i mycie się tylko w zimnym strumieniu. A wyobraź sobie mężczyznę przy warsztacie tkackim. To też jest możliwe, ale zazwyczaj nasze wielkie dłonie o wiele gorzej sobie radzą z krosnami i wrzecionem niż drobne, zwinne dłonie niewiast.

— Masz rację. W dodatku gdyby jakaś młoda dziewczyna miała chodzić z nami po górskich pastwiskach to przecież ludzie by gadali, że to zgorszenie i że tak nie można.

— Którą konkretnie młodą dziewczynę masz na myśli Jonaszu? – Jonatan szturchnął przyjaciela w ramię i zaśmiał się na widok jego miny.

— Mówię ogólnie przecież.

— Ogólnie mówisz, ale myślisz o Judycie, córce Joachima, prawda? – nie ustępował Jonatan. – Śliczna jest jak wiosenny poranek, a zadziorna jak kot.

— Widzę, że nauczyłeś się czytać w myślach – odparł zarumieniony Jonasz. – A ty? Kiedy zamierzasz znaleźć sobie żonę?

— Czy ja wiem? Jakoś mnie na razie nie ciągnie do ożenku.

— Nie ciągnie, nie ciągnie, ale gdy widzisz Zuzannę, córkę Ananiasza, to zapominasz o języku. Posłałbyś do niej swata i tyle.

— Nie będzie chciała się wiązać z pasterzem.

— Nie wiesz tego przyjacielu. Ona jest nieśmiała i nie jest zalotnicą. Z pewnością jednak jej ojciec będzie chciał ją wkrótce wydać za mąż.

— A czy myślicie, że ja też znajdę kogoś, kto mnie będzie chciał? – zapytał nagle milczący dotąd Izaak.

Pozostała dwójka spojrzała na siebie ze zdziwieniem. Ich towarzysz był tak prostoduszny i nieśmiały, że czasem wydawał się małym chłopcem zamkniętym w ciele ogromnego mężczyzny. Przy tym jednak miał w sobie jakąś zaskakującą mądrość i zaradność.

— Ty Izaaku masz tak wielkie serce, że na pewno niejedna niewiasta to doceni – odrzekł mu Jonatan, klepiąc go po ramieniu.

— Zatrzymajmy się na chwilę, trzeba sprawdzić stado – stwierdził Jonasz. – Tak się zajęliśmy rozmową, że chyba żaden z nas nie pilnował dobrze zwierząt.

Izaak i Jonatan zgodzili się z nim. Ścieżka którą szli, wchodziła w tym miejscu w szeroki zakręt, otaczający zbocze wzgórza, które właśnie obeszli od przełęczy, schodząc ciągle w dół. W najniższym punkcie droga łączyła się z inną, prowadzącą z zachodu, a dalej obie drogi połączone wspinały się na niski pagórek, za którym leżało Emaus. Zatrzymawszy się, dwaj pasterze zaczęli nawoływać owce aby również się zatrzymały. Izaak zajął się zaganianiem zwierząt podczas gdy Jonatan je liczył. Po chwili dołączył do niego Jonasz. Gdy pasterz wędruje zachowując czujność takie liczenie rzadko jest potrzebne, bo zwykle zdoła zauważyć odpowiednio wcześnie jeśli jakaś owca się odłączy. Tymczasem w tej sytuacji przyjaciele nie mieli już tej pewności. Ich obawy były zresztą słuszne. W stadzie brakowało półtorarocznej owieczki, którą Jonasz nazywał Gałązką.

— Trzech pasterzy zgubiło owieczkę przez własną nieuwagę – westchnął ciężko Jonatan – Wstyd.

— Najgorsze jest to, że nie wiemy w którym dokładnie momencie się odłączyła. Ostatni raz widziałem ją godzinę temu, co oznacza, że do przeszukania mamy rozległy teren – dodał Jonasz.

— Czy Gałązka miała dzwonek? – zapytał Izaak.

— Ta mała nigdy nie sprawiała problemów więc dzwonka jej nie założyłem – odparł Jonasz. – W dodatku ona rzadko kiedy beczy, a gdy to robi to jest bardzo cicha.

— Czyli tym trudniej będzie ją znaleźć. – Jonatan wbił laskę mocno w ziemię i oparł o nią głowę, zastanawiając się. – Musimy się rozdzielić. Wy zaprowadzicie owce do Emaus, a ja zawrócę i zacznę poszukiwania. Do zmroku zostały tylko dwie godziny.

— Ja zawrócę – przerwał mu Jonasz. – Znam ten teren o wiele lepiej niż ty. W Emaus prawie na pewno znajdziecie Judę bar Abba... bar Abiasza, z Matatiaszem i Maciejem. Poproś ich o pomoc. Może przynajmniej jeden z nich pójdzie z Tobą...

— Żartujesz? Miałbym prosić Judę o pomoc? – wykrzyknął Jonatan. – I nie musisz się poprawiać. Wszyscy nazywają go synalkiem ojca. – pasterz zrobił się czerwony na twarzy – Nigdy o nic tego łotra nie poproszę.

— Jaki jest taki jest, ale to nie powód, żeby wyrażać się o nim z pogardą – powiedział spokojnie Jonasz. – Musisz przełknąć swoją dumę Jonatanie. Tak będzie najrozsądniej. Izaak zostanie we wsi z owcami, a ty nakłoń ich do pomocy.

Im więcej nas, tym większa szansa, że zdążymy znaleźć Gałązkę przed zmrokiem.

Jonatan przeżuwał ten pomysł ze zmarszczonym czołem. Nie podobał mu się zupełnie, niemniej wiedział, że Jonasz ma rację.

Jego rozmyślania przerwało beczenie i dzwonki dobiegające z zachodniej ścieżki. Po chwili przyjaciele zobaczyli stado i dwóch pasterzy zmierzających w ich stronę. Byli to Tobiasz i Lewi. Dzięki temu szczęśliwemu spotkaniu można było ustalić nowy plan. Ponieważ Tobiasz znał te góry jeszcze lepiej niż Jonasz, to właśnie oni dwaj mieli wyruszyć na poszukiwanie zguby. Żeby sprowadzić połączone stada do Emaus potrzeba było trzech osób więc Jonatan, Izaak i Lewi mieli iść razem.

Jonasz i Tobiasz ruszyli natychmiast na południe, schodząc ze ścieżki w każdym miejscu, w jakim owca mogła się odłączyć od stada. Lewi zmierzając w kierunku Emaus patrzył jeszcze za ojcem. Wydawało się, że chce za nim pobiec, ale rozglądał się też po wzgórzach. W końcu ruszył biegiem ścieżką na północ.

Jonatan spodziewał się drwin ze strony Judy. Tylko myśl o małej owieczce, zagubionej gdzieś w górach przed samym zmrokiem, skłaniała go do zrobienia tego czego normalnie nigdy by nie zrobił. Trudno było mu przyznać nawet przed samym sobą, że to z jego winy Gałązka zaginęła i teraz groziło jej niebezpieczeństwo. W tych górach polowały wilki. Jonatan widział już w myślach pełną szyderstwa twarz Judy, ale szedł szybko drogą, żeby jak najszybciej móc wyruszyć szukać zguby. Z pomocą czy bez.

Zbliżała się dwunasta godzina dnia gdy doszli do zabudowań Emaus. Stado Judy i Matatiasza było już w zadaszonej zagrodzie Kleofasa, a trójka pasterzy siedziała przed nią przy ognisku. Jonatan podbiegł do nich i szybko powiedział czego potrzebuje. Tak jak się spodziewał Juda wyszczerzył zęby ze złośliwą satysfakcją.

— Proszę, proszę, pasterz Jonatan zgubił owieczkę – powiedział klepiąc się otwartymi dłońmi w kolana. – Cóż to się stało? Czyżbyś był aż tak kiepski w swojej pracy? A może zasnąłeś po drodze?

Maciej patrzył jak Lewi i Izaak wprowadzają zwierzęta do zagrody. Na twarzy miał swój zwykły wyraz ogólnej pogardy do świata, ale nie dołączył do drwin Judy. Matatiasz natomiast wtórował mu uśmiechając się ironicznie.

— Możesz szydzić ile chcesz Judo – Jonatan ze wszystkich sił starał się zachować spokój i nie zareagować gniewem. – Ja proszę o pomoc, a ty pomożesz lub nie. Wiesz, że im więcej nas będzie szukać tej owcy tym większa szansa na odnalezienie jej żywej przed zmrokiem. Nie ma czasu. Ja w każdym razie zawracam.

Z tymi słowami Jonatan ruszył prawie biegiem na południe, ścieżką którą właśnie przyszli. Maciej nie patrząc na swoich towarzyszy podniósł się, zabrał płaszcz i pochodnię, po czym ruszył za nim.

— A ty dokąd?! – zawołał za nim Juda. Ale tamten zignorował pytanie i już doganiał Jonatana.

Lewi tymczasem sprawdził całe swoje stado i zadbał żeby owce miały wodę. Nikt nie zwracał na niego uwagi. Juda i Matatiasz dalej drwili z Jonatana, a Izaak także zajmował się owcami. Gdy chłopiec skończył pracę w zagrodzie, nie podszedł do ogniska. Ukradkiem wyszedł na drogę i po paru krokach rzucił się biegiem w kierunku gór. W tym czasie obaj pasterze zdążyli już przejść przez wzgórze oddzielające Emaus od doliny i zapewne wspinali się na kolejną przełęcz.

Do zmierzchu było już znacznie mniej niż godzina. Lewi doszedł do skrzyżowania dróg, po czym ruszył dalej, wiodącą teraz pod górę ścieżką, na południe. Nie spieszył się, choć słońce chowało się już za szczytami i robiło się coraz ciemniej. Starał się raczej nasłuchiwać i węszyć.

Podążając za nosem odbił w prawo tuż przed przełęczą i przekroczył jej grzbiet jakieś sto kroków na zachód od głównej ścieżki. Światła było jeszcze tyle, że można było zobaczyć drogę przed sobą, ale Zdawał sobie sprawę, że wkrótce zapadnie zmrok i będzie zbyt ciemno by szukać owcy, a nawet żeby samemu się nie zgubić. Zatrzymał się, zamknął oczy i obracając powoli głowę, próbował wyszukać wśród ruchów powietrza delikatną nitkę zapachu, który wyczuł wcześniej. Na głównej ścieżce zapach stad jeszcze nie zniknął ale tutaj na uboczu podmuchy wiatru przynosiły głównie zapachy rosnących daleko drzew. Wśród nich znów wyraźniej uchwycił pojedynczy zapach zwierzęcia. Tak, teraz czuł go wyraźniej. Powoli, żeby nie zgubić tropu, zaczął iść tam gdzie prowadził go węch. Schodził teraz po płaskich kamieniach, wzdłuż płytkiego wąwozu. W tym miejscu panował już półmrok, ale Lewi dostrzegł za załomem skały miejsce gdzie zaczynał się gęsty pas kolczastych krzewów. Pomiędzy nimi stała owieczka i co jakiś czas próbowała uwolnić swój prawy bok i prawą przednią nogę z plątaniny cierni. Gwałtowne ruchy powodowały jednak, że elastyczne ale ostro zakończone rośliny coraz ciaśniej oplatały ciało zwierzęcia.

Lewi podbiegł i zaczął szybko wyplątywać owcę, przemawiając do niej jednocześnie dla uspokojenia. Sam nie wiedział czy jej, czy siebie samego.

— No i co mała? Dobrze, że mój nos cię tu znalazł. Dlaczego nie beczysz milczku? W jaki sposób Jonatan miałby cię znaleźć? Nie masz dzwonka na szyi, ani nie beczysz. Przecież skoro coś się stało to trzeba wołać o pomoc. No już. Jeszcze moment i cię wyplączemy. Tak… teraz z tej strony. Jeszcze tutaj pociągnę. Nic się nie bój, zaraz będziemy mogli wrócić do stada.

Chłopiec starał się przemawiać spokojnie, pomimo że sam się teraz denerwował czy w zapadającym zmroku zdoła znaleźć drogę powrotną do szlaku. Był już przyzwyczajony do gór, ale tego terenu zupełnie nie znał. Przypominał sobie w myślach drogę do tego miejsca, kolejne zakręty i punkty charakterystyczne. Gdy tylko udało mu się wyplątać owieczkę spróbował wziąć ją na ramiona i nieść, okazała się jednak dla niego o wiele za ciężka. Na szczęście zwierzę trzymało się blisko niego więc mógł iść szybkim krokiem. Lewi prawie już nie widział drogi, szedł teraz na pamięć, co jakiś czas sięgając ręką do tyłu, żeby sprawdzić czy owieczka idzie za nim. Przez pierwsze kilkaset kroków był prawie pewien, że idzie dobrą drogą. Po kilkudziesięciu kolejnych stracił to przekonanie. Zatrzymał się, rozglądając dookoła i próbując przebić wzrokiem ciemność. Dostrzegał zarys szczytów na tle nieba, na którym zaczynały świecić gwiazdy. Gdyby chociaż był księżyc! Niestety, Lewi wiedział dobrze, że jest teraz w nowiu i nie ma co liczyć na jego światło. Coraz bardziej przestraszony uświadomił sobie nagle, że popełnia ten sam błąd, który przed chwilą wytykał owieczce. Przecież jego ojciec jest gdzieś niedaleko.

— Abbaaa! Aaabbbaaa! – zawołał w ciemność. Powtórzył wołanie kilka razy po czym zamilkł. Nie ruszał się teraz z miejsca. Położył dłoń na grzbiecie stojącego przy nim zwierzęcia i odczuł jak drży. Rozsądek podpowiadał mu, że skoro nie jest pewny czy idzie w dobrą stronę to lepiej pozostać na miejscu. Być może znajdzie go ojciec, albo któryś z pozostałych pasterzy. W najgorszym razie będzie musiał poczekać do rana.

Ponownie zawołał ojca. Jego głos odbijał się echem od gór i niósł dość daleko. Lewi wiedział, że pasterze go usłyszą, ale nie był pewny czy z powodu echa zdołają go znaleźć. Zaczął liczyć oddechy i po każdych siedemdziesięciu, trzykrotnie ponawiał wołanie. Minął w ten sposób pewien czas. Nagle owieczka stęknęła cicho, a chłopiec poczuł napływający z bliskiej odległości obcy zapach dzikiego zwierzęcia. Serce małego pasterza zaczęło gnać jak ścigany zając. Bał się teraz odezwać, ale wiedział, że krzyk może pomóc. Zawołał więc ponownie ojca. Tymczasem z ciemności zaczęły najpierw dobiegać ciche szmery, jakby kroków, a potem warkot. Teraz nie było już wątpliwości. W pobliżu był wilk. Lewi nie wiedział co robić. Nie miał pochodni, kija ani nawet noża. Najbezpieczniej byłoby oddalić się od owieczki, ponieważ to ją najprawdopodobniej zaatakowałby drapieżnik. Chłopiec jednak odrzucił natychmiast taką możliwość. Nie zamierzał zostawiać zwierzęcia na pastwę wilka, żeby ratować swoją skórę. Gdyby chociaż mógł rozpalić ogień! Krzesiwa też niestety nie miał. Wymacał więc na ziemi kamień. Wybrał taki, który leżał mu dobrze w dłoni a jednocześnie był na tyle duży żeby porządnie uderzyć. Postanowił, że jeśli wilk skoczy na owcę to spróbuje go ogłuszyć. Gdyby skoczył na niego to mógłby się bronić tym kamieniem.

Po raz kolejny zawołał ojca. Jeśli pasterze są gdzieś w pobliżu to muszą się kierować jego głosem. Warkot brzmiał coraz groźniej, choć nie był wiele głośniejszy. Lewi poczuł jak paraliżuje go strach. Miał tylko nadzieję, że zrobi to co trzeba, uda mu się ujść z życiem i ocalić owieczkę. Miała takie miłe imię. Gałązka.

Wtem dało się słyszeć głosy ludzi. Niedaleko chłopiec zobaczył światło pochodni.

— Tutaj jesteśmy! Wilk! – krzyknął najgłośniej jak umiał.

To co nastąpiło później wydarzyło się bardzo szybko. Z jednej strony dobiegł odgłos osuwających się kamieni i biegnących mężczyzn. Z drugiej warczenie wilka urwało się krótkim, gwałtownym dźwiękiem, po którym drapieżnik skoczył na Lewiego. Chłopiec wcześniej zwrócony w stronę zbliżających się świateł, właśnie w tym momencie odwrócił się szybko w kierunku zagrożenia. Na całe swoje szczęście trzymał nadal ciężki kamień. Odwracając się zamachnął się łokciem ręki, która trzymała kamień i trafił wilka w bok głowy, cudem unikając jego zębów. Przez tą krótką chwilę czuł blisko swojej twarzy gorąco bijące od drapieżnika i smród jego oddechu. Uderzony wilk przetoczył się przez bok i natychmiast stanął na czterech łapach, szykując się do nowego skoku. W tej samej chwili do Lewiego dobiegł Maciej z pochodnią, którą zamachnął się w stronę wilka. Zaskoczony zwierz zawahał się przez moment i to go zgubiło. Ze ścieżki za plecami Macieja wyskoczył Jonasz i zadał wilkowi potężny cios grubym kijem w głowę. W świetle pochodni widać było jak z miażdżonej czaszki brysnęła krew. Skowyt zwierzęcia zabrzmiał w ciszy nocy i urwał się prawie natychmiast.

Tobiasz, który nadbiegł zaraz za Jonaszem, złapał syna w ramiona i przycisnął do siebie. Czuł jak chłopiec drży. On sam również był roztrzęsiony. Był silnym i odpornym na trudy mężczyzną i przeżył już wiele niebezpieczeństw, ale świadomość tego, że jego syn, o którym był przekonany, że śpi spokojnie w Emaus, mógł właśnie zginąć od zębów wilka, wprawiła go w przerażenie. Złapał chłopca za ramiona i spojrzał mu w twarz.

— Lewi co ty tutaj robisz?! – wykrzyknął.

— Znalazłem Gałązkę abba – wyjąkał w odpowiedzi chłopiec. Zaskoczeni pasterze przesunęli pochodniami wokoło i zobaczyli trzy kroki od Lewiego skuloną na ziemi ze strachu owieczkę.

— Ale jak... przecież miałeś zostać przy zagrodzie? Dlaczego poszedłeś za nami? Nie wiedziałeś, że zbliża się noc? Nie wziąłeś nawet pochodni.

— Przepraszam abba... – chłopiec spuścił głowę – W tamtej chwili myślałem tylko o tym, że Gałązka jest tutaj gdzieś sama i może nie przeżyć nocy – dodał cicho.

— Miałeś dużo szczęścia, że ją znalazłeś i jeszcze więcej, że my znaleźliśmy ciebie – stwierdził Jonasz. – Ale jak ci się to udało? Ta mała jest tak cicha, że musiałeś się chyba o nią potknąć. Rankiem założę jej dzwonek... Miałeś naprawdę szczęście. My szukaliśmy jej na ogromnym terenie, wiele stadiów stąd.

— Poszedłeś za swoim nosem, prawda Lewi? – zapytał już spokojniejszy Tobiasz. Pozostali pasterze spojrzeli na niego zdumieni.

— Mój syn potrafi z odległości dwudziestu kroków wywąchać trującego lulka na pastwisku pełnym różnorakich roślin i kwiatów. Już wiele razy ochronił owce przed zatruciem.

— I to w ten sposób znalazłeś owcę? – niedowierzał Jonatan, który nadszedł zaraz za Tobiaszem. Lewi potwierdził skinieniem głowy.

— Wyczułem ją gdy tylko zszedłem ze ścieżki. Wtedy jeszcze było jasno. – Chłopiec popatrzył po twarzach pasterzy wilgotnymi od łez oczami. – Dziękuję wam za ratunek.

— Gdyby nie ty, Gałązka rzeczywiście nie przeżyłaby tej nocy – stwierdził poważnie Jonasz. – Nie gniewaj się Tobiaszu, że nie był posłuszny.

Pasterze zdecydowali się odejść kawałek od truchła wilka i rozpalić ognisko. Jonasz wziął owieczkę na ręce i w świetle pochodni przeszli kilkaset kroków w kierunku, z którego wcześniej nadbiegli, zaalarmowani wołaniem Lewiego. Znaleźli dogodne miejsce, pozbierali trochę suchych gałęzi i już parę chwil później wesołe płomienie rozsiewały wokoło światło i ciepło. Z tego miejsca mieli do Emaus jakąś godzinę marszu, ale zgodnie uznali, że wolą poczekać tutaj do rana. Wszyscy byli bardzo zmęczeni.

Maciej patrzył jak Tobiasz przytula ciągle jeszcze przestraszonego Lewiego. Chłopiec, teraz gdy całe napięcie sytuacji go opuściło, dał upust uczuciom i po jego policzkach płynęły obfite łzy. Na twarzy Macieja prawie zawsze malował się choć cień pogardy dla wszystkiego i wszystkich, ale tym razem, nawet tylko w słabym świetle ogniska, można było na niej zobaczyć także jakiś dziwny wyraz niesmaku, jakby ten widok go irytował.

— Przestań się mazgaić – rzucił w końcu sucho do Lewiego. – A ty Tobiaszu nie traktuj go jakby był strachliwą dziewczynką, bo się w nią zamieni.

Tobiasz popatrzył na Macieja ze zdziwieniem.

— Jest dzieckiem i ma prawo się przestraszyć – odparł. – I musi też wiedzieć, że może liczyć na swojego ojca.

— Czas, żeby przestał być dzieckiem – jeszcze bardziej zirytował się Maciej, zrywając się na nogi. – Dlatego właśnie jesteśmy słabi jako naród. Nie wychowujemy dzieci na twardych ludzi, którzy mogliby przeciwstawić się wrogom. Niedobrze mi się robi jak na to patrzę!

Maciej wykrzyczał ostatnie słowa pośród zdumionych spojrzeń pasterzy. Jego reakcja była co najmniej dziwna. Nikt się nie odezwał.

— No i co tak na mnie patrzycie? Mój ojciec zawsze mi mówił, że jestem słaby, głupi i że się do niczego nie nadaję. Stałem się silny żeby mu udowodnić, że się myli. Krytykował mnie zawsze, nawet wtedy gdy coś zrobiłem dobrze. Bo nie było to nigdy wystarczająco dobrze. Radzę sobie bez niego. I tak go właściwie nie obchodziłem. To mnie uczyniło twardym i teraz nie potrzebuję nikogo.

Maciej spojrzał hardo w twarz Jonasza, na której malowała się teraz litość. Pasterz wytrzymał jego wyzywający wzrok, a po chwili milczenia, rozbrzmiewającego jeszcze echem słów tamtego, wstał i stanął naprzeciwko niego, jednocześnie kładąc mu rękę na ramieniu.

— Myślę przyjacielu, że masz tam jeszcze w środku tego małego chłopca, którego ojciec krytykował zamiast przytulić. I on nadal cierpi.

— Ten mały chłopiec był słaby i musiał zniknąć – warknął Maciej i zrzucił rękę Jonasza, po czym, odwróciwszy się, zapalił na nowo pochodnię i odszedł w kierunku Emaus.

Jesień

Letnie upały długo nie chciały odpuścić tego roku. Skwar był tak wielki, że gdy słońce stało najwyżej na niebie, przebywanie poza domem bywało nawet niebezpieczne. Ludzie wykonywali na zewnątrz swoją pracę od świtu do czwartej godziny dnia i potem późnym popołudniem. W najgorętszych godzinach pozostawali w domu. Podróżni starali się wędrować nocami, używając dobrze znanych dróg. Pasterze trzymali się wysokich gór i chronili owce w cieniu w najgorętszej porze. Wszyscy byli już zmęczeni tym morderczym słońcem więc zwykle nielubiany miesiąc Tiszri przywitali z ulgą. Ten miesiąc niósł ze sobą zawsze całkowitą zmianę pogody. Zaczynał się czas słoty. Niewiele było teraz dni bezdeszczowych i czasem padało tydzień lub dwa bez przerwy.

To nie była już pora na górskie pastwiska więc pasterze, spodziewając się tej zmiany, nadchodzącej co roku z dokładnością prawie co do dnia, z końcem miesiąca Elul zeszli na stałe do Betlejem. Wypuszczali się teraz tylko na pobliskie pastwiska, nie odchodząc dalej niż ćwierć dnia drogi, tak żeby móc powrócić do domu przed zmierzchem.

Mieszkańcy Betlejem mieli łącznie licząc blisko pół tysiąca owiec. Mniejsze stada złożone, tak jak stado Szymona, którym zajmował się Eliasz, z dwudziestu lub trzydziestu zwierząt, trzymane były przez zamożniejszych właścicieli w odpowiednio dużych przydomowych owczarniach. Większe, takie jak stado Salomona, właściciela betlejemskiej gospody, złożone z blisko osiemdziesięciu sztuk, trzymane były we wspólnej zagrodzie, położonej w polu, w odległości około trzech stadiów od miasteczka. Zagroda składała się z czterech dużych, zadaszonych krużganków, w których nawet trzysta owiec mogło nocować, mając osłonę od deszczu i wiatru. Poza tym, teren zagrody miał cztery ogrodzone wybiegi.

Solidne drewniane płoty, bardzo dobrze zadbane przez pasterzy, chroniły owce przed dzikimi zwierzętami i złodziejami. Stadem Salomona opiekowali się Juda i Matatiasz, mając za pomocnika Macieja. W tej wspólnej owczarni zwierzęta Szymona trzymał również Eliasz. Tobiasz trzymał tu własne stado, a Jonatan i Jonasz stado Jozjasza.

Gdy w Palestynie na dobre rozgościła się jesień pasterze wcale nie mieli mniej pracy. Wręcz przeciwnie. Oprócz wychodzenia na popas przygotowywali dodatkową paszę dla zwierząt na miesiące zimowe, pomagali przy wykotach, strzygli, dbali o odpowiednie krycie młodych owiec tak, żeby wczesną wiosną doczekać się kolejnych jagniąt. Przy czym najwięcej czasu zajmowały przygotowania do zimy. W mającym się wkrótce rozpocząć miesiącu Kislew można było jeszcze wypasać owce na okolicznych wzgórzach, ale przez jakieś sześć czy siedem tygodni po zakończeniu Święta Świateł przyroda trwała w całkowitym zimowym odrętwieniu. Dlatego każdy pasterz i właściciel stada musiał zadbać o odpowiednią ilość paszy. Z tych wszystkich powodów przy zagrodzie zawsze dużo się działo. Ktoś wychodził na pastwisko, ktoś zajmował się paszą albo zabierał mające rodzić maciorki do przydomowych owczarni. Ktoś inny zajmował się strzyżeniem.

Tobiasz pozdrowił Eliasza, wychodzącego z owcami na południe, żeby popasły się dobrą jeszcze trawą. Lewi tymczasem przynosił owcom wodę. Eliasz odchodząc zapewnił ich, że tej nocy będzie trzymał straż razem z Tobiaszem. Zazwyczaj wystarczały cztery osoby, żeby przypilnować w nocy owiec z wszystkich stad trzymanych razem. Z tego powodu pasterze zmieniali się w tym czuwaniu, tak żeby każdy miał szansę spać we własnym domu. Lewi chciał również brać w tym udział, jednak Tobiasz uważał za zbędne męczenie chłopca dodatkowymi obowiązkami. Wolał, żeby jego syn spędzał teraz jak najwięcej czasu w domu, z Sarą. Jego żona bardzo przeżywała nieobecność syna, wędrującego z ojcem, a najciężej było jej przez kilka tygodni lata, podczas których nie widziała Lewiego wcale.

Tobiasz patrzył za oddalającym się teraz Eliaszem. Dobiegały od niego jeszcze dźwięki fletu, którego śpiew niósł nad drogą skoczną melodię, brzmiącą jakby pasterz spieszył się na spotkanie z kimś dawno nie widzianym. Kiedy z końcem lata wszyscy zeszli do Betlejem, Eliasz przyniósł wieści o narodzinach syna kapłana Zachariasza. Opowiadał wszystko czego był świadkiem i co usłyszał. Mieszkańcy Betlejem, żądni sensacji, żywo rozprawiali o tych nowinach. Nie wszyscy jednak wierzyli w opowieść o zapowiedzi anielskiej na temat przyszłości kapłańskiego syna. Tobiasz uważał Eliasza za prawdomównego i nie skłonnego do koloryzowania więc uwierzył. Tym bardziej, że zauważył w młodym pasterzu zmianę. Eliasz, wcześniej zamyślony, zapatrzony w dal, z oczami pełnymi wyczekiwania, teraz zdawał się kimś, kto się spodziewa, że lada chwila wydarzy się to na co kiedyś czekał spokojnie. Tobiasz słyszał tę zmianę również w muzyce Eliasza. Wcześniej jego flet śpiewał raczej tęskne melodie. Teraz wydawał się radośnie niecierpliwić.

— O czym myślisz abba? Od paru chwil patrzysz za Eliaszem i chyba słuchasz jego fletu. - zapytał Lewi, wyrywając ojca z zamyślenia.

— Patrząc na niego i słuchając jego muzyki jestem coraz bardziej przekonany, że przyjście Mesjasza jest bliskie – odparł Tobiasz, sam się dziwiąc swoim słowom. Wypowiedziawszy je uświadomił sobie, że tak właśnie jest. Czuł to.

— Naprawdę tak myślisz abba? Myślisz, że On wkrótce przyjdzie? Sam mi mówiłeś, że według proroctwa musi minąć jeszcze wiele lat. – Lewi wlepił w ojca szeroko otwarte oczy.

— Nie wiem synu, ale tak czuję. Słyszałeś co opowiadał Eliasz. Zachariaszowi ukazał się Anioł i obwieścił, że jego syn będzie poprzedzał Oczekiwanego. W dodatku kapłan stał się niemową i przemówił dopiero gdy nadał pierworodnemu imię wskazane przez Anioła.

— Chciałbym zobaczyć tego Anioła – rozmarzył się chłopiec.

— Przestań bujać w obłokach chłopcze – wtrącił nagle Maciej, który podchodząc do zagrody, najwyraźniej usłyszał część ich rozmowy. – Najwyższy może i jest gdzieś tam, na swoim tronie, ale to daleko, żadnemu Aniołowi nie chciałoby się pokonywać takiej drogi, żeby przynieść ludziom jakieś wieści.

— Pokój z tobą Macieju – odpowiedział mu powitaniem Tobiasz. – Widzę, że sarkazm cię nie opuszcza.

— Witaj Tobiaszu. Jeśli o mnie chodzi to trzeźwo patrzę na świat. Możesz mi wytykać sarkazm, ale lepszy mój sarkazm niż wasze łatwowierne przyjmowanie bajek.

— Byle ci tylko nie zaszkodził – odparł poważnie Tobiasz.

— Niby jak?

— Może cię na przykład uczynić tak niezdolnym do uwierzenia, że nawet jeśli Anioł objawi się bezpośrednio tobie, nie uwierzysz własnym zmysłom.

— Nie musisz się o mnie martwić Tobiaszu – zaśmiał się cierpko Maciej.

— Nie muszę, ale się martwię. Nie jesteś złym człowiekiem przyjacielu. Swoimi słowami i podejściem do świata zasłaniasz swoje wewnętrzne rany, ale jesteś otwarty na potrzeby i problemy innych. Masz więc dobrą wolę. Najwyższy cię uzdrowi.

Słowa Tobiasza spowodowały, że Maciej zaniemówił. Unikając jego wzroku zajął się swoją pracą przy stadzie. Chwilę później dołączył do niego Matatiasz.

— O czym ta rozmowa? – zapytał.

— Mówiliśmy o zapowiedzi przyjścia Oczekiwanego –

odrzekł Tobiasz, nie chcąc ujawnić powodów wyraźnego teraz zakłopotania Macieja.

— A ci znowu swoje – rzucił z przekąsem Matatiasz.

— Co takiego mówią ci mądrzy pastuszkowie – chciał wiedzieć Juda, który nadszedł jak zwykle celowo spóźniony.

— Twierdzą, że Mesjasz nadejdzie wkrótce – odpowiedział mu Matatiasz ze złośliwym uśmiechem.

— Przecież wam mówiłem, że on już nadszedł. Zbiera wojowników w Galilei. Gdy będzie miał odpowiednią siłę wywoła powstanie i uderzy na Rzymian. – Juda mówił to wyniośle, patrząc na Tobiasza z politowaniem.

— Nie wierz w to Judo. Zapowiedziany Książę Pokoju nie będzie przelewał krwi. – Tobiasz powiedział to z rezygnacją, mając świadomość, że nie przekona tamtego.

— Przemówił rabbi Tobiasz! Cześć jego imieniu! – rzucił ironicznie Juda. – Dowiedz się raczej, że nastąpi to szybciej jeszcze niż myślałem. Oto w gospodzie Salomona pojawił się właśnie herold wysłannika cesarskiego Publiusza Sulpicjusza Kwiryniusza. Obwieszcza on, że na rozkaz cezara, namiestnik Syrii i Palestyny Senecjusz Saturninus ma dokonać spisu ludności, podobnie jak inni namiestnicy, w innych regionach.

— Co!? Te bezczelne, bezbrode świńskie gęby ośmielą się spisywać Izraela jakby byli naszymi panami? – wrzasnął na całe gardło Matatiasz.

— Otóż to! – huknął Juda. – Nie są naszymi panami i Izrael nie może do tego dopuścić. Dlatego jestem pewien, że mesjasz uderzy na Rzymian jeszcze szybciej niż planował.

Trzeba oczyścić Izraela z obcych śmieci, tak jak to zrobił Juda Machabeusz gdy oczyszczał Świątynię – dodał Matatiasz.

Tobiasz, równie zaskoczony nowiną jak pozostali, przysłuchiwał się w milczeniu i rozważał jakie skutki będzie miało rzymskie zarządzenie. Przez lata rządów Heroda w Izraelu było wiele niepokojów i zamieszek. Po tym jak Rzymianie odbili Palestynę z rąk Partów, niezadowolenie w narodzie wybuchało regularnie w postaci różnego rodzaju burd w samej Jerozolimie, ale nie tylko tam było niespokojnie. Herod odkąd był tetrarchą Galilei brutalnie rozprawiał się z każdym wyrazem nieposłuszeństwa, czy nawet nieprzychylności, wokoło siebie. Przez kolejne lata okrucieństwo Heroda i stała obecność rzymskich żołnierzy doprowadziły do stłumienia co gwałtowniejszych wyrazów buntu, ale Izrael miał tak silne poczucie tożsamości i niezależności, że nawet dla Rzymian było jasne, iż nie da się tego zniszczyć. Wola oporu wobec cesarstwa była podsycana już samą pamięcią historyczną, pielęgnowaną pieczołowicie przez kapłanów, doktorów prawa i faryzeuszy. Dodatkowo rabini podsycali ją przypominając proroctwa o Mesjaszu, interpretując je zgodnie z politycznymi potrzebami. Nie było wątpliwości, że zarządzenie przez Augusta spisu ludności zwiększy niezadowolenie w narodzie i zostanie umiejętnie wykorzystane przez starszyznę. Ale jednocześnie Tobiasz nie wierzył za bardzo w opowieści Judy o gotowości do powstania.

— Czy Rzymianie wykorzystają kopie ksiąg rodowych do swojego spisu? – zapytał Judę.

— W obwieszczeniu tego wieprza Augusta jest powiedziane, że w ciągu miesiąca od rozpoczęcia spisu każdy pierworodny ma przyjść do miejsca swojego pochodzenia by zapisać siebie i swoją rodzinę. Później mają to zrobić pozostali.

— Zatem będzie bardzo dużo podróżnych przez te zimowe miesiące.

— O, Salomon już się cieszy z zarobku, jaki szykuje się dla jego gospody – Juda uśmiechnął się chytrze – A podróżni gubią czasem różne rzeczy, wystarczy być blisko nich i mieć oczy otwarte. Może też popijemy sobie za ich pieniądze, co Matatiaszu? – ryknął śmiechem waląc tamtego po plecach.

Tobiasz zostawił syna przy owcach i poszedł do gospody dowiedzieć się dokładniej o wyznaczone terminy spisu. Okazało się, że miał on się zacząć na dwa tygodnie przed Świętem Świateł i trwać przez trzy miesiące. Dla Tobiasza i jego rodziny nie był to problem, gdyż pochodzili wszyscy z Betlejem, w którym mieszkali od pokoleń. Pomyślał jednak o tych wszystkich rozproszonych po Palestynie potomkach rodu Dawida, którzy będą musieli podróżować o takiej porze roku, nawet przez kilka tygodni. Z pewnością wielu będzie próbowało wypełnić ten przykry obowiązek jak najwcześniej, żeby nie musieć opuszczać domu w czasie najzimniejszej pogody.

Gdy skończyli pracę przy owcach, Tobiasz poszedł z Lewim do domu. Chciał się umyć, przebrać i zjeść przed powrotem do zagrody na nocną straż. Podczas drogi Lewi zapytał go o nadchodzące święto.

— Juda mówiąc dziś o spisie wspominał Machabeuszów i dzień Oczyszczenia Świątyni. A ja chciałem cię zapytać abba, dlaczego to oczyszczenie było potrzebne.

— A co już wiesz o Święcie Świateł synu? – zapytał Tobiasz.

— Co roku przypominamy sobie, że gdy Juda Machabeusz miał na nowo poświęcić ołtarz Najwyższego, odnaleziono tylko jeden dzban poświęconej oliwy, który był opatrzony pieczęcią arcykapłana. Taka ilość oliwy spalała się w Nieśmiertelnej Menorze w jeden dzień. Najwyższy sprawił jednak, że ta jedna porcja oliwy paliła się przez całe osiem dni, kiedy Izrael świętował.

— Czy to wszystko?

— Zgodnie z tradycją w każdy z ośmiu świątecznych dni zapalamy jedną świeczkę na świeczniku wystawionym przed dom. I jeszcze dookoła tego świecznika zapalamy tyle świeczek ilu jest domowników, licząc nawet nieobecnych.

— A co w takim razie z samym Oczyszczeniem Świątyni? Wiesz co zrobił Juda Machabeusz?

— Tak abba, zniszczył ołtarze greckich bogów i rozbił ich posągi. Rabbi w szkole mówił wczoraj o tym bardzo długo. Opowiadał ciągle jak wielki to był grzech i obraza Najwyższego, że bałwochwalcy postawili swoich bożków w Przybytku Pana.

— Więc już wiesz dlaczego oczyszczenie było konieczne – stwierdził Tobiasz patrząc na syna.

— Tylko nie wiem jak do tego doszło. Skąd wzięły się pogańskie posągi w Domu Pana?

— Widzisz synu wiele lat wcześniej sporą część świata podbił Aleksander Macedoński, który rozpoczął w ten sposób okres dominacji hellenistycznej. Niektórzy mówią, że jego imperium było nawet większe od obecnego imperium rzymskiego. Po jego śmierci wodzowie jego wojsk rozpoczęli między sobą długie walki o władzę. Jednym z nich był Seleukos, który na skutek swoich zwycięstw stał się władcą wielkiego państwa, z wieloma narodami, obejmującego również Syrię i Palestynę, a rozciągającego się dalej niż dzisiejsze królestwo Partów. Seleukos zapoczątkował dynastię Seleucydów, którzy panowali w naszej części świata przez ponad dwieście lat.

— Aż do czasów Machabeuszy?

— O wiele dłużej. Po powstaniu Machabeuszy Izrael poszerzał swoje wolne państwo, ale Seleucydzi wciąż rządzili Syrią i kilkoma innymi regionami. Ostateczną klęskę zadali im dopiero Rzymianie, nieco ponad pół wieku temu.

— A co ze zbezczeszczeniem Świątyni?

— Rządzący w tamtym czasie Seleucyda Antioch Epifanes chciał całkowicie zhellenizować nasz naród. Wprowadził greckie prawo w miejsce naszego i wtłaczał greckie obyczaje w życie Izraela. Gdy naród zaczął się buntować doszło także do walk politycznych i w ich rezultacie Antioch zburzył mury Jerozolimy, obrabował skarbiec Świątyni, zakazał nam praktykowania naszych świąt, a w samej Świątyni urządził miejsce kultu Baal-Szamona. To także Antioch zgasił światło Menory, płonące przed Ołtarzem Pana.

— Rozumiem, abba. To wszystko doprowadziło do powstania. Jak długo trwało zanim udało się odzyskać Świątynię?

— Trzy lata. Po zwycięstwie Juda Machabeusz zapalił na nowo wieczne światło Menory i odtąd obchodzimy Święto Świateł.

Lewi chwilę rozmyślał nad słowami ojca. W końcu podniósł na niego pełne podziwu oczy.

— Skąd to wszystko wiesz abba? – zapytał.

— Po prostu uważałem w szkole – odparł ze śmiechem Tobiasz – a że byłem ciekawy to zadawałem dodatkowe pytania nauczycielowi.

— Bardzo lubię Święto Świateł – dodał jeszcze po chwili Lewi. – To takie piękne kiedy tak wiele płomyków rozświetla wieczory i noce przed naszymi domami. Betlejem wygląda wtedy jakby było pokryte dywanem małych gwiazdek.

Nowe Święto Świateł

Eliasz spędził zimny dzień wypasając owce na niewielkich pastwiskach na zachód od drogi wiodącej z Jerozolimy do Betlejem. Pogoda była okropna, ale nie miał wyboru. Szymon nie miał tak dużo paszy, żeby móc sobie pozwolić na pozostawianie owiec w zagrodzie teraz, kiedy jeszcze trawa nadawała się do jedzenia. Wkrótce przymrozki miały już sprawić, że wychodzenie na popas nie będzie miało sensu, więc trzeba było korzystać. Pasterz, okryty gęsto tkanym wełnianym płaszczem, szedł powoli między zwierzętami. Parę owiec, które niedawno były strzyżone, zostawił w zagrodzie razem kilkoma dopiero co urodzonymi jagniętami i ich matkami. Pozostałe miały grube runo, więc nie marzły. Eliasz im trochę zazdrościł tego ciepłego stroju, bo zimny wiatr przekłuwał jego własne ubranie szpilkami wilgoci niesionej przez marznący deszcz i przenikał zimnem aż do kości. Pocieszał się, że wkrótce będzie w ciepłym domu.

Był dwudziesty czwarty dzień miesiąca Kislew. Nazajutrz rozpoczynało się Święto Świateł, a miasteczko pełne było podróżnych, którzy zmuszeni dekretem o spisie wędrowali z różnych miejsc do samego Betlejem, albo z Hebronu, Askalonu czy nawet aż z Gazy, na północ, do Jerozolimy, Jerycha i innych miejscowości. Przenikliwe zimno powodowało jednak, że Eliasz chciał już dotrzeć do domu. Czekała go jeszcze nocna straż przy zagrodzie i zależało mu, żeby przedtem zjeść ciepły posiłek, jaki na pewno pozostawiła dla niego Anna. Do Szymona także na pewno dotarli dziś nowi goście i dom jest ich pełen. Eliasz pomyślał, że mogliby to być jacyś wyniośli faryzeusze i ucieszył się na noc w zagrodzie, mimo zimna i niewygód. Cenił sobie ciszę, a całe Betlejem w tych dniach było pełne hałasu. Przynajmniej wygląd nieba na zachodzie, skąd wiał wiatr, wskazywał, że noc będzie już bezchmurna.

Dochodził właśnie do drogi gdy zobaczył na niej dwójkę podróżnych, wspinających się mozolnie, pnącą się na tym odcinku w górę ścieżką. Wyglądało na to, że idą od strony Betfage, kto wie z jak daleka. Dzieliło ich od Eliasza kilkaset kroków ale pasterz mógł już dostrzec, że to mężczyzna, prowadzący osiołka. Zwierzak niósł na grzbiecie skuloną pod płaszczem niewiastę i przytroczone do boków torby. Mężczyzna zauważył patrzącego w jego stronę Eliasza i zatrzymał osła. Powiedział coś do kobiety, zabrał z bagażu jakiś przedmiot i ruszył w kierunku pasterza. Eliasz szedł spokojnie w kierunku ścieżki a gdy podróżny zbliżył się do niego, zobaczył, że niesie w dłoni niewielką misę. Najwyraźniej chodziło mu o mleko. Często się zdarzało, że ubodzy podróżni prosili pasterzy o tego rodzaju pomoc w drodze.

— Pokój z tobą pasterzu. Jestem Józef, syn Jakuba, idę z żoną na spis do Betlejem. Czy mógłbym cię prosić o trochę mleka dla niej? Jest bardzo przemarznięta – mężczyzna mówił cichym głosem człowieka przyzwyczajonego do milczenia. Lekko się pochylił jakby przekazywał jakąś tajemnicę. Eliasz spojrzał na jego zgrubiałe dłonie rolnika lub rzemieślnika, a podniósłszy wzrok napotkał pełne spokoju spojrzenie inteligentnych, uczciwych oczu. Rozpoznał bratnią duszę.

— Pokój z tobą Józefie, jestem Eliasz, syn Ananiasza – odpowiedział na jego pozdrowienie. – Daj mi miseczkę, zaraz przyniosę wam mleko.

Eliasz wydoił jedną z owiec. Ze swojej torby wyjął drugą miseczkę i ją również napełnił. Ostrożnie zaniósł parujący, ciepły płyn dwójce podróżnych. Niewiasta siedziała na ośle bokiem, zwrócona w stronę, z której nadszedł pasterz. Jej bose stopy, obute jedynie w lekkie sandały, zwisały oparte o bok osiołka. Gdy zobaczyła, że pasterz podaje jej mleko, podniosła głowę i uśmiechnęła się do niego z wdzięcznością, tym bardziej, że drugie naczynie Eliasz podał Józefowi. Kiedy oboje pili zobaczył, że niewiasta była właściwie młodziutką dziewczyną, może siedemnastoletnią.

Spod jej welonu wystawały długie, jasne włosy, a na twarzy o delikatnych rysach błyszczały jak dwie gwiazdy, oczy o spojrzeniu przejrzystym jak spojrzenie dziecka. Wypiwszy, oddała mężowi miseczkę i w pieszczotliwym, a jednocześnie ochronnym geście położyła sobie dłonie na ukrytym pod płaszczem brzuchu. Eliasz zrozumiał wtedy, że jest brzemienna.

— Dziękuję, niech Najwyższy cię błogosławi pasterzu – powiedziała łagodnie, znów uśmiechając się do Eliasza, który nie mógł oderwać od niej oczu, choć przecież nie chciał się gapić.

Józef podszedł do niego i zwrócił mu jego własną miseczkę. Również podziękował z uśmiechem.

— Skąd idziecie? – zapytał Eliasz.

— Z Nazaretu – odparł Józef. – Jesteśmy z rodu Dawida i musimy się zapisać właśnie w Betlejem.

— Z Nazaretu? Taka długa droga! – zawołał Eliasz. – Idziecie już pewnie od tygodnia.

— Właściwie to już ósmy dzień – odpowiedział Józef. – Idziemy powoli ze względu na stan mojej żony. Nocowaliśmy wczoraj w małej wiosce w pobliżu Jerycha i dziś powinniśmy dotrzeć do miasta Dawida.

— Byliście tam kiedyś?

— Nie.

— Niestety jest teraz pełne podróżnych. Będzie trudno znaleźć nocleg. – Eliasz zmartwił się sytuacją wędrowców. – Skoro tam nie byliście to pozwólcie, że pójdę kawałek z wami i wskażę wam drogę.

— Niech Najwyższy wynagrodzi twoją dobroć Eliaszu – odpowiedział mu Józef po czym zwrócił się do niewiasty.

— Jesteś zmęczona Marjam? – w jego głosie zabrzmiała troska.

— Zupełnie nie Józefie. Jadę przecież na tym kochanym

osiołku. Ty za to na pewno jesteś zmęczony bo idziesz i w dodatku niesiesz torby – odpowiedziała serdecznie i dotknęła dłonią jego policzka.

— O, dla mnie to nic. Bylebyś ty nie odczuwała tej niewygody i zimna.

Eliasz słyszał tą krótką rozmowę wchodząc w stado, które w tym czasie zdążyło się zebrać blisko niego, widząc że zbliżył się do drogi. Sprawdził wzrokiem zwierzęta i upewnił się, że żadnego nie brakuje, po czym podniósł laskę i ruszył wolno na południe. Józef już prowadził osła za uzdę i zrównał krok z pasterzem. Szli w milczeniu, otoczeni szuraniem owczych kopytek i odzywającymi się czasem pobekiwaniami. W pewnym momencie zerwał się ostry zimny wiatr wschodni. Józef spojrzał zmartwiony na otuloną płaszczem żonę.

— Nie jest ci zimno? – zapytał patrząc na nią uważnie, szukając oznak przemarznięcia na jej dłoniach i twarzy.

— Nie martw się Józefie, wszystko jest w porządku.

Józef chyba nie uwierzył żonie, bo dotknął jej dłoni i odkrytych stóp. Potrząsnął głową i zdjąwszy własny płaszcz, przykrył ją od stóp do skrzyżowanych na brzuchu rąk. Marjam popatrzyła na niego z miłością i również potrząsnęła głową.

— Józefie to niepotrzebne, a teraz ty przemarzniesz – powiedziała.

— Nie martw się, mnie rozgrzewa sama droga. Zresztą zobacz widać już zabudowania, jesteśmy blisko.

Tak wtrącił się Eliasz. To Betlejem. Ja kawałek dalej muszę odbić na wschód, gdyż nasza zagroda leży wśród pól, z dala od miasta. Posłuchaj teraz Józefie. Idąc tą drogą dojdziecie prosto do gospody w Betlejem. Leży przy głównym placu miasta i jest bardzo duża. Będzie teraz pełna, ale spróbujcie, twoja żona musi znaleźć dobre miejsce. Jeśli nie tam to popytajcie w domach. Miasto jest bardzo zatłoczone i praktycznie w każdym domu są jacyś podróżni więc może to być trudne. Życzę wam jak najlepiej. Gdy zobaczą, że twoja żona spodziewa się dziecka to być może miejsce się znajdzie. Żebyś jednak miał jakieś rozwiązanie na najgorszą możliwą sytuację to powiem ci jeszcze jedno. W ostateczności idź na tył gospody i odbij na wschód. Jakieś trzy stadia dalej zobaczysz kilka zabudowanych na skalnych grotach starych stajni. Niektórzy gospodarze trzymają tam jeszcze swoje zwierzęta. To nie żaden dom ale zawsze to jakieś schronienie. Zapowiada się bardzo zimna noc.

— Dziękuję Eliaszu, niech Najwyższy ci wynagrodzi – odparł poważnie Józef. Marjam, która wydawała się zatopiona w modlitwie lub śpiąca, podniosła głowę i uśmiechnęła się do pasterza tym samym anielskim uśmiechem.

— Tak, dziękujemy ci Eliaszu. Błogosławieństwo Odwiecznego będzie ci towarzyszyć.

W tym czasie doszli do miejsca gdzie ich drogi się rozchodziły. Eliasz, pożegnawszy wędrowców, skręcił na południowy wschód i idąc parę razy oglądał się jeszcze na nich. Bardzo się martwił, że ta śliczna, młodziutka dziewczyna, która lada chwila stanie się matką, nie znajdzie wygodnego miejsca na nocleg.

***

Przy zagrodzie Eliasz zastał Jonatana, Jonasza i Izaaka, rozmawiających z Judą i Matatiaszem. Do zmierzchu zostało niewiele czasu więc chciał się pospieszyć z pracą i pobiec do domu. Wiatr zdążył już przegonić chmury i teraz widać było zachodzące słońce, które ostatnimi promieniami kładło wszędzie długie cienie.

— Mówię ci Judo, to pewna wiadomość. Złodzieje pojawili się w sąsiednich wioskach, a wcześniej, w Seforis, ukradli dwanaście baranków, bo stada nie były odpowiednio pilnowane – przekonywał Jonatan.

— To wasza kolej na czuwanie – odparł mu sucho Juda, żując w zębach kawałek suszonej baraniny. – Mam zamiar się dziś napić dobrego wina. Weźcie Tobiasza do pomocy i sami pilnujcie stad.

— Będzie nas i tak za mało – stwierdził Jonasz. – Zagroda jest bardzo duża, a trzeba robić częste obchody. Potrzebujemy tej nocy wszystkich.

— Dość tego – wrzasnął Matatiasz. – Nie będziemy za was pracować. I pilnujcie lepiej dobrze bo jeśli jakieś zwierzę zaginie…

Eliasz podszedł do Jonatana.

— Zostaw ich, damy sobie radę – powiedział cicho pochylając się do niego.

— Ale gdyby to wypadło na nich to żądaliby, żebyśmy czuwali z nimi.

— Nie przejmuj się Jonatanie, będzie dobrze.

Juda i Matatiasz skończyli oporządzać stado i odeszli w stronę miasteczka. Pozostała czwórka zrobiła to samo. Eliasz widział, że stado Tobiasza było już zamknięte i owce ściskały się pod krużgankami, żeby ogrzewając się nawzajem móc spać i śnić owcze sny. Pomyślał znowu o Józefie i Marjam. Do tej pory pewnie już dotarli do gospody, ale czy udało im się znaleźć nocleg? Martwił się tym tak bardzo, że dręczyło go silne pragnienie, żeby iść sprawdzić i w razie czego samemu stukać do wszystkich drzwi i szukać dla nich miejsca. Wiedział jednak, że nie ma to sensu. Anna i Szymon na pewno by ich przyjęli ale już dziś rano w ich domu było tak wielu gości, że dwójka spała nawet w jego pokoiku. Gdy Eliasz tam dotarł okazało się, że Szymon z rodziną ściska się w jednym niedużym pokoju, a w pozostałych pomieszczeniach są goście. Najgorsze przy tym było to, że dwie główne izby zajęła czwórka doktorów prawa i wprowadzili tak surową atmosferę, że nikomu z gości nie chciało się nawet rozmawiać. Dobrze, że następnego dnia większość z nich się wyniesie, podążając za swoimi sprawami.

Eliasz umył się szybko i przebrał, a w kuchni porwał z paleniska pozostawioną dla niego przez Annę dużą porcję jęczmienia, gotowanego w mleku i osłodzonego miodem. Uśmiechnął się szeroko wdychając przecudowny zapach kolacji. Dobra Anna nigdy o nim nie zapominała. Pasterz zjadał potrawę idąc przez plac miasteczka i przechodząc między domami w stronę zagrody. Na miejscu zastał już Tobiasza z Lewim.

— Zabrałeś chłopca na noc? – zapytał zdziwiony.

— Bardzo mnie o to prosił. Zresztą w naszym domu też są podróżni, oddaliśmy im wszystkie izby. Rebeka będzie spać w kuchni. – odparł Tobiasz.

— Czeka nas długa noc mały, nie będziesz się bał? – Eliasz zwrócił się do chłopca.

— Nie. Jestem z wami, a w dodatku Najwyższy nad nami czuwa – odparł Lewi.

— Oto prawdziwy Izraelita – zaśmiał się Eliasz i poczochrał jego kędzierzawą głowę.

Wkrótce potem dołączyli do nich Izaak, Jonasz i Jonatan, więc pasterze zaczęli ustalać godziny straży i obchody zagrody. Wszyscy byli wyposażeni w kije i noże. Obawa przed złodziejami była poważna, a tacy ludzie byli niebezpieczni. Zwykle kradnąc nie mieli skrupułów, żeby zranić albo zabić tego, kto stanął im na drodze. Gdy pasterze rozpalali ognisko, dołączył do nich ktoś, kogo się nie spodziewali. Od strony miasteczka nadszedł Maciej. Jonatan powitał go serdecznie, ale tamten tylko burknął, że w niebezpieczeństwie trzeba trzymać się razem i poszcdł zajrzeć do owiec.

Tobiasz kazał Lewiemu przygotować sobie posłanie przy ogniu i ułożyć się do snu. Na stwierdzenie chłopca, że też chce się przydać w pilnowaniu zagrody, odparł, że obudzi go na trzecią straż i pójdą razem na obchód. Lewi położył się więc i zapatrzył w ogień. Wkrótce potem zasnął.

***

Obudziły go kroki. To któryś z pasterzy wychodził na obchód z pochodnią. Obok niego drzemał Izaak, a pozostali trzymali straż na wyznaczonych miejscach. Ognisko paliło się jeszcze i niewielka ilość płomieni pełzała leniwie po grubych polanach, ustawionych tak, żeby paliły się jak najdłużej. Chcąc ogrzać się z drugiej strony Lewi odwrócił się plecami do ognia, poprawił płaszcz i zadrżał, gdy po jego rozgrzanej wcześniej twarzy przepłynęło zimne powietrze nocy. Chłopiec bez powodzenia próbował ponownie zasnąć. Wpatrywał się w rozgwieżdżone zimowe niebo i wdychając chłód pomyślał, że zimowa pora jest jakaś taka pusta gdy przyroda pozbawia świat swoich zwykłych zapachów. Nie było teraz można wyczuć traw, kwiatów, ziół albo zbóż. Jedynym zapachem była woń owiec, do której chłopiec był tak przyzwyczajony, że właściwie jej nie zauważał.

Gwiazdy świeciły tej nocy wyjątkowo mocno. Widocznie wcześniejszy wiatr oczyścił powietrze i teraz nad głową Lewiego widoczna była taka głębia nieba, że można było w niej wręcz zatonąć. Blisko horyzontu zobaczył spadającą gwiazdę. Potem kolejną. Powieki mu ciążyły, choć starał się nic zasnąć, aż w końcu je zamknął odpływając powoli w sen. Chwilę później jakieś jaśniejsze

113

nieco światło dotknęło jego powiek. Na samej krawędzi snu pomyślał jeszcze, że to pewnie któryś z pasterzy przeszedł z pochodnią przed nim. Jednak ten delikatny dotyk światła nie znikał. Druga myśl uświadomiła mu, że zagroda jest za jego plecami i pasterze nie mają potrzeby chodzić po tej stronie. Kilka owiec zabeczało, jakby witały wschodzące słońce, co spowodowało, że Lewi się rozbudził. Musiała przecież być dopiero pora drugiej straży nocnej. Przecierając oczy chłopiec próbował zrozumieć skąd się bierze to światło. Wyglądało to tak jakby jedna z gwiazd zbliżała się do niego i przez to świeciła coraz mocniej, jak lampa powieszona na zbliżającym się wozie. Lewi teraz zerwał się na nogi gdyż pomyślał, że może to złodzieje przychodzą od tej strony. Okrzykiem zaalarmował pozostałych, którzy w kilka chwil zbiegli się do ogniska. Wszyscy wpatrywali się w tą dziwną jasność, nie wiedząc co powiedzieć. W pewnym momencie pasterze zdumieli się jeszcze bardziej bo Lewi nagle rzucił się na kolana.

— Anioł! Patrzcie tam! Anioł! – zawołał.

Pasterze nie widzieli tego na co patrzył chłopiec. Spojrzeli po sobie zdziwieni, ale w tym właśnie momencie światło jednym wybuchem jasności otoczyło ich w taki sposób, że zdawało się dochodzić ze wszystkich stron. W miejscu przed którym klęczał chłopiec stała wysoka postać promiennego młodzieńca, który sam zdawał się być zbudowany ze światła. Każdy z pasterzy patrzył i sam nie wiedział na co patrzy. Widzieli wyraźnie oblicze Anioła ale jednocześnie jego wygląd był dla nich w jakiś sposób nieuchwytny. To było tak jakby ta niebiańska istota była cały czas w tak szybkim ruchu, że oko nie nadążało z rozumieniem tego co widzi. Być może po prostu Anioł jako istota nie należąca do ich świata nie mógł być do końca postrzegany zmysłami. Każdy z pasterzy radził sobie z tą niemożliwością trochę inaczej. Maciej, świadom tego, że wszyscy doświadczają tego samego, nie dowierzał jednak własnym zmysłom i ciągle przecierał oczy. Eliasz, ze szczęśliwym uśmiechem na twarzy, nie próbował patrzeć i rozumieć ale patrzył i doświadczał. Jego dusza widziała. Podobnie rzecz się miała z Tobiaszem i Jonaszem. Jonatan marszczył czoło, próbując zrozumieć co widzi. Natomiast Izaak i Lewi nie patrzyli oczami. Oni w swojej dziecięcej prostocie widzieli Anioła sercem.

I wtedy wszyscy usłyszeli jego głos:

— Nie niepokójcie się przyjaciele. Przybyłem, żeby zwiastować wam wielką radość! – dotknięci głosem Anioła, który rozbrzmiał nie tylko w ich uszach ale najbardziej w całym ich wnętrzu, pasterze już teraz wszyscy zobaczyli jak unosi się nad ziemię i rozkłada olbrzymie, świetliste skrzydła.

— Dziś w mieście Dawida narodził się wam Zbawiciel, Mesjasz, Syn Boży – przy tych słowach Anioł skłonił się, a po jego obliczu przemknęły smugi radości, które rozjaśniły jego uśmiech niewysłowionym pięknem.

Pasterze nadal stali jak posągi, wpatrując się w niebiańskiego posłańca, gdy on objął każdego z nich spojrzeniem dotykającym duszy i powiedział:

— Taki będzie znak, po którym Go rozpoznacie: w nędznej stajni zrobionej z groty, znajdziecie Niemowlę, owinięte w pieluszki i leżące w zwierzęcym żłobie, między wołem i osłem. Ludzie bowiem nie chcieli przyjąć Jego Matki w domach i gospodzie – światło Anioła przygasło gdy mówił te słowa, ale zaraz rozjaśnił się znów gdy na niebie zaczęły pojawiać się kolejne światła. Po kilku chwilach pasterze, teraz już wszyscy na kolanach, patrzyli na taniec radości wielu, wielu Aniołów. Smugi ich światła zasłaniały gwiazdy i przecinały mrok nocy. Umysły ludzi nie mogły pomieścić tego doświadczenia, które jednocześnie było ruchem, szybkością, światłem i muzyką. Zdawało się, że harmonijna melodia wygrywana jest na samej tkance nocnego nieba, a to samo co wzrok postrzegał jako taniec, słuch postrzegał jako śpiew o nieskończonej harmonii. Zachwyceni pasterze usłyszeli głos potężnego chóru, który w pełni radości wołał:

— Chwała Bogu na wysokościach Jego niebiańskiego tronu, a na ziemi pokój tym, którzy mają dobrą wolę. Oto przychodzi On, Książę Pokoju, Emmanuel. Oto przychodzi by naprawić to co zostało zepsute na początku. Oto Nieskończony przyjął ludzkie ograniczenia. Światłość zamieszkała na świecie. Raduj się ziemio!

Czas chyba nadal płynął, ale pasterze nie wiedzieli czy trwają tam godzinę, dzień czy miesiąc. W milczącym zachwycie klęczeli pośród chłodu nocy, mając za plecami zagrodę pełną owiec i przygasające ognisko. W którymś momencie Aniołowie zniknęli tak nagle jak się pojawili, a wychodzący z zachwycenia ich muzyką Eliasz pomyślał, że nie odeszli. Raczej przestali być dostępni dla ich zmysłów. Serce mówiło mu, że oni nadal tu są i nadal tańczą z radości. I to jego serce biło też jak oszalałe, bo wiedział już o jakiej Matce mówił Anioł.

Maciej z niedowierzaniem przyglądał się pozostałym, pytając ich wzrokiem czy widzieli to samo co on, ale odpowiedź była oczywista. Na twarzach Izaaka i Lewiego wciąż było widać zachwyt. Oczy Tobiasza błyszczały jakby odbiciem Anielskiej radości. Jonatan i Jonasz również zachowali ten blask. Przez dłuższą chwilę nikt nic nie mówił. Owce natomiast zaczęły teraz beczeć jedna przez drugą i nie były to głosy niepokoju. Zachowywały się jak gdyby jednocześnie wstawał dzień, nadchodziła wiosna, a pasterze przynieśli im pod same nosy najsoczystszej trawy. Najwyraźniej one również usłyszały śpiew Aniołów. A może nawet go zrozumiały.

Tobiasz popatrzył w błyszczące oczy syna, który zaraz rzucił mu się w ramiona.

— Abba! Czy czułeś ten zapach? – zawołał. – Tak pachnie Niebo!

— Nie czułem synu. Widać trzeba mieć serce dziecka, żeby zobaczyć Anioła przed dorosłymi i jeszcze poczuć jak pachnie Niebo.

— Ależ tak! – zawołał Lewi. – I ja teraz nadal czuję ten zapach. Stamtąd – chłopiec wskazał palcem kierunek.

— I ja wiem gdzie to jest – nie wytrzymał teraz już Eliasz. – Spotkałem dziś dwójkę wędrowców, młoda niewiasta była brzemienna. Powiedziałem im, że jeśli nie znajdą nigdzie miejsca, mogą jeszcze spróbować pójść do którejś z grot. Chodźmy, chodźmy! Trzeba iść powitać Mesjasza!

— A złodzieje? A stada? – zapytał Maciej.

— Aniołowie ich popilnują. Wątpisz w to? – Eliasz nie mógł ustać w jednym miejscu. Serce goniło go do działania.

— Co weźmiemy ze sobą? Nie pójdziemy przecież witać Syna Bożego z pustymi rękami – odezwał się Jonatan.

— Weźmy jedzenie, oni byli biedni, mogą nie mieć zbyt wiele – odparł Eliasz.

— Skoro narodziny zaskoczyły ich w podróży to mogli nie być na nie przygotowani – stwierdził Jonasz, a Izaak podbiegł do toreb leżących przy ognisku.

— Mam tutaj delikatne runo jagnięcia – powiedział wracając z wyprawioną skórką miękkiej wełny. – Było przygotowane dla dziecka Racheli, które ma się wkrótce narodzić. Słyszeliście co powiedział Anioł – Mesjasz leży w żłobie, owinięty tylko w pieluszki.

— Zabierz to ze sobą – zawołał Eliasz. – Ja poprowadzę Śnieżną, jest świeżo po wykotach i daje dobre tłuste mleko. Matka Mesjasza powinna się dobrze posilić. A ty Jonaszu masz tę dużą kulę świeżego sera, którą chciałeś podzielić z nami. Zabierzmy i to.

— Tak, i jeszcze nasz chleb.

— Chodźmy, chodźmy.

Prowadzeni przez Eliasza i Lewiego pasterze pewnym krokiem podążyli w kierunku Betlejem, odbijając przy tym lekko na południe, gdzie były stajnie. Eliasz prowadził owieczkę, a pozostali byli obładowani wszystkim co chcieli podarować Matce Mesjasza i Dziecięciu. Teren w tym miejscu był pełen skalistych pagórków, uskoków i leżących w trawie głazów. Idąc po ciemku łatwo tu było się potknąć, a nawet potłuc. Pomimo tego pasterze szli tak pewnym krokiem jakby widzieli drogę w świetle dnia. Niosła ich radość i pragnienie zobaczenia Tego, którego zwiastował im Anioł, a rozgwieżdżone mocno niebo towarzyszyło ich pośpiechowi.

***

Eliasz nie mógł wiedzieć dokładnie do której z kilku stajni powinni się kierować. Lewi za to nie miał żadnych wątpliwości. Na ostatnim odcinku to on właśnie prowadził wszystkich, podążając za dla niego tylko wyczuwalnym zapachem. Przekroczyli niewielki strumyk, obeszli wąską ścieżką zarysowany lekko w ciemności nocy pagórek i zobaczyli. Kilkanaście kroków przed nimi majaczyło kamieniste wzniesienie, z którego wystawały deski drewnianej szopy. Pasterze wiedzieli, że jest ona zabudowana na wykutej w skale grocie. Przez szczeliny między deskami przesączało się ruchliwe światło ognia płonącego w środku i kilku oliwnych lamp. Drzwi do szopy, normalnie składające się z osobno otwieranego dolnego i górnego skrzydła, tutaj miały tylko to dolne. W miejscu brakującej górnej części drzwi ktoś powiesił ciężki wełniany płaszcz, dzięki czemu zimne powietrze nie miało łatwego dostępu do wnętrza. Pasterze, do tej pory z takim pośpiechem biegnący do tego miejsca, teraz zatrzymali się, jakby onieśmieleni. Nikt się nie poruszał, nikt nic nie mówił. Po chwili Tobiasz lekko popchnął Lewiego w kierunku drzwi.

— Zajrzyj do środka – powiedział cicho. Chłopiec podszedł i ostrożnie odchylił zasłaniający wejście płaszcz. Wsunął twarz do środka, a jego towarzysze zamarli z przejęcia. Izaak padł na kolana.

— Co widzisz synu?

— Bardzo piękną niewiastę, która pochyla się nad żłobem – odpowiedział Lewi. – Mężczyzna ogrzewa siano nad ogniem i podaje jej, a ona … o! teraz widzę, wkłada to siano do żłobu, w którym leży maleńkie Dziecko… tak jak powiedział Anioł! – jego chłopięcy głos był teraz zmieniony przez głębokie wzruszenie. Brzmiał trochę jak beczenie baranka, co spowodowało, że owieczka Eliasza zaczęła beczeć.

Płaszcz zasłaniający wejście poruszył się teraz od środka i na zewnątrz wyjrzał, unosząc lampę, mężczyzna.

— Kim jesteście? – zapytał.

— Pasterzami – odpowiedział w imieniu wszystkich Tobiasz. Mężczyzna popatrzył po ich twarzach i przeniósł wzrok na kije i noże za ich pasami. Jego widoczne w świetle lampy rysy zesztywniały.

— Czego chcecie?

— Przyszliśmy uczcić Mesjasza Józefie – powiedział podchodząc do przodu Eliasz.

— To ty? Ale skąd wy… ? – Józef ponownie popatrzył po nich wszystkich i jego oblicze złagodniało, jakby zrozumiał.

— Wejdźcie – powiedział krótko, otwierając dolne skrzydło drzwi i odsuwając płaszcz.

Lewi już na nic nie czekał tylko przecisnął się pod jego ramieniem, wbiegł do środka i upadł na kolana przed żłobem. Niemowlę było owinięte w cienkie pieluszki i leżało na sianie. Z lewej strony żłobu stał wół, zwieszając swoją wielką głowę nad Dzieckiem, jakby celowo chciał Je ogrzać swoim oddechem. Po prawej stronie stał osioł, a obok niego przy żłobie klęczała niewiasta. Niebiański zapach, przenikał tu wszystko i wprawiał Lewiego w uniesienie. Chłopiec był jednak teraz cały oczami aby patrzeć i nasycić się tym patrzeniem. Gdy raz spojrzał w tą maleńką twarzyczkę, nie mógł już oderwać od niej wzroku. Niemowlę miało zamknięte oczka, a drobniutkie rączki zaciśnięte w piąstki i przykurczone pod bródką. Zwykłe Dziecko jakich Lewi widział już wiele. Ale jednak nie zwykłe. Półmrok stajni, rozświetlany lampami oliwnymi i małym ogniskiem płonącym w kącie blisko wejścia, był przeniknięty również miękkim blaskiem, który zdawał się dobywać z tej małej ludzkiej drobinki, leżącej w żłobie. Niemowlę promieniało pięknem i to piękno było światłem. Ono promieniało światłem i to światło było pięknem Nieba.

Ten blask odbijał się w twarzy pochylonej nad żłobem Matki i powodował, że zdawała się sama być Aniołem, który uciekł z Nieba, żeby oddać pokłon Bogu na ziemi.

Wpatrując się w Dziecię Lewi zdał sobie sprawę, że już od dłuższej chwili pozostali pasterze również klęczą przy żłobie. Zerknął na ich twarze. Izaak płakał ze wzruszenia. Twarz Tobiasza była napełniona radością. Maciej stracił swój wygląd cynika i z jakimś dziwnym zaskoczeniem wpatrywał się w Niemowlę. Oczy Eliasza błyszczały wzruszeniem i wdzięcznością. Jonasz i Jonatan trwali w milczącej adoracji, z twarzami pełnymi pokoju.

Wszyscy zadrżeli nagle gdy Dziecię poruszyło się i zacisnąwszy mocniej oczka, otworzyło buzię i zapłakało słabym głosikiem, poruszając jednocześnie rączkami. Pasterze pomyśleli, że to ich wejście do stajni wpuściło do środka sporo zimnego powietrza i teraz biedny Nowonarodzony obudził się odczuwając chłód zimowej nocy. Płakał coraz głośniej, a Jego matka roniła łzy na siano.

— Wiem Syneczku, wiem. Zimno Ci mój Skarbie. – mówiła cicho. – Mama zaraz owinie Cię jeszcze swoim welonem. A może to sianko Cię tak kłuje i nie pozwala spać? I pewnie jesteś głodny Synku? Ale mama jeszcze nie ma dla Ciebie mleka.

Jonasz powiedział coś szeptem do Izaaka, a ten sięgnął do swojej torby i podał młodej Matce bielutkie jagnięce runo. Ona, gdy to ujrzała, uśmiechnęła się z wdzięcznością. Wzięła zaraz Syna na ręce, żeby pasterz mógł położyć runo w żłobie. Owinęła też Nowonarodzonego swoim welonem i położyła na białej wełnie, a wtedy Chłopczyk zanurzył policzek w miękkim puchu i na chwilę przestał płakać. W tym samym czasie Józef mocniej rozpalił ogień, żeby w stajni znów zrobiło się cieplej. Niestety brak naturalnego komina powodował, że dym snuł się po wnętrzu więc Nowonarodzony zaczął na nowo płakać, tym razem z powodu dymu.

Na zewnątrz groty Eliasz wydoił Śnieżną i wszedł

ponownie do środka z dużą misą ciepłego mleka, które podał Józefowi. Marjam zanurzyła w mleku rąbek czystego płótna i podała Niemowlęciu. Czując ciepły płyn chłopczyk poruszył usteczkami. Przełknął kilka kropel, odwrócił główkę w bok, przycisnął piąstkę do buzi i znieruchomiał. Marjam chciała oddać mleko Eliaszowi ale ten ukłonił się przed Nią.

— Wypij proszę, przyniosłem je żebyś się posiliła – powiedział.

— Dziękuję Eliaszu – młoda Matka popatrzyła po twarzach pasterzy – dziękuję wam wszystkim. Bóg was wynagrodzi za waszą dobroć.

Pasterze słysząc te słowa oderwali wzrok od leżącego w żłobie Dziecka i spojrzeli na Nią, uśmiechającą się takim uśmiechem, że nawet wspomnienie anielskiej radości blakło pod jego wpływem. Trwając ciągle na kolanach Jonasz wyciągnął z torby ser. Widząc to, Jonatan wyjął chleb. Podali swoje skromne dary młodej Matce, kłaniając się przed Nią, podczas gdy stojący obok Józef uśmiechał się ze zrozumieniem. Sposób w jaki patrzył na Marjam ukazywał, że on także ma dla Niej wielką cześć, oprócz miłości małżonka. Tymczasem Ona, odłożywszy dary pasterzy, pogłaskała Lewiego po głowie, wzięła go za rękę i poprowadziła bliżej żłobu. Gdy oboje przyklęknęli, poprowadziła jego dłoń, żeby dotknął małej rączki. Lewi, z twarzą pełną szczęścia patrzył to na Dziecko to na Jego Matkę. Z drugiej strony do żłobu przysunął się Eliasz.

— Dziecię nam się narodziło, Syn został nam dany… – powtórzył cicho proroctwo Izajasza. – Oto Bóg z nami.

Łza wzruszenia spłynęła po jego policzku.

— Jak to się stało, że o tym wiecie Eliaszu? – zapytał go Józef.

— Anioł nam o tym powiedział – odparł pasterz, podnosząc na niego wzrok, ale szybko wrócił spojrzeniem do Dziecka. – Gdy pilnowaliśmy zagrody pojawił się w potopie białego światła Boży Posłaniec i powiedział, że w mieście Dawida narodził się Zbawiciel. Powiedział też, że znajdziemy Go leżącego w żłobie, bo Jego Matka nie została przyjęta w Betlejem. Od razu zrozumiałem, że to was mamy szukać.

— To prawda, próbowaliśmy w wielu domach, bez skutku – powiedział smutno Józef, a Marjam stanęła przy nim i wsparła się na jego ramieniu. – Niektórzy zamknęli swoje serca, ale w wielu przypadkach to goście przebywający w domach domagali się, żeby nie przyjmować nikogo więcej.

— Czy nie widzieli, że twoja żona jest brzemienna? – zapytał Jonatan.

— Właśnie ci, którzy to widzieli, najgłośniej się domagali, żeby nas nie przyjmować – odrzekł Józef. – Dobrze, że mi powiedziałeś o tych szopach Eliaszu.

Klęczący dotychczas przy żłobie pasterz wstał i podszedł do niego.

— Cieszę się, że mogłem pomóc. Powiedz nam jednak Józefie: jakie imię będzie nosił twój Syn?

— On nie jest moim Synem według ciała – powiedział powoli Józef, a zdziwiony Eliasz spojrzał mu w oczy. Nie było w nich żalu tylko gorąca miłość, przemieszana z wdzięcznością.

— Jest Synem Najwyższego i Dziewicy, którą On sam wybrał. Gdy zostanie obrzezany nadamy Mu Imię Jezus. Ja otrzymałem łaskę bycia ich opiekunem i będę to zadanie wypełniał każdego dnia, do końca mojego życia.

Pasterze z nowym zdumieniem wpatrywali się teraz w jego twarz i z jeszcze większą czcią spojrzeli na Marjam. Pierwszy odezwał się Izaak:

— Oto panna pocznie i porodzi Syna, i nazwą Go Imieniem Emmanuel – on także zacytował proroctwo.

— Czy możemy wam jakoś usłużyć? – zapytał Jonatan.

— Jesteśmy wam wdzięczni za wszystko – odparła Marjam.

— Jesteście z dala od domu i teraz nie możecie powrócić – stwierdził Eliasz. – Czy nie potrzebujecie zawiadomić rodziny, że On się narodził?

— O! Tak, chciałabym dać znać mojemu krewnemu, kapłanowi Zachariaszowi z Hebronu – potwierdziła Marjam.

— Zachariasz jest Twoim krewnym? – zdziwił się Eliasz. – Jestem przyjacielem Micheasza, jego pasterza. Byłem w Hebronie kiedy Zachariasz odzyskał mowę. Bądź spokojna niewiasto. Pójdę jutro do niego i powiem, że narodził się Mesjasz.

— Nie Eliaszu – Marjam kiwnęła głową – Powiedz proszę Zachariaszowi tak: Marjam, twoja krewna, zawiadamia cię, że w Betlejem narodził się Jezus.

— Dobrze, zrobię jak chcesz Pani. – Eliasz znów się ukłonił. – Jutro też porozmawiam o was z właścicielką stada którym się opiekuję. Anna jest bardzo dobra i na pewno z radością przyjmie was do domu.

— Dziękuję – na pogodnej twarzy Marjam ponownie pojawił się uśmiech, od którego grota robiła się jaśniejsza. Eliasz zauważył, że o ile tam na drodze zobaczył w Niej przede wszystkim młodą małżonkę, która zachowała w wyglądzie słodką niewinność dziecka, to teraz było w Niej też dostojeństwo spełnionego macierzyństwa.

— Jesteście dla nas aniołami w ludzkiej postaci – dodała patrząc w ich twarze.

— Przyjaciele powinniśmy już iść – odezwał się nagle Jonatan. – Nowonarodzony i Jego Matka muszą odpocząć.

— Tak, musimy iść – potwierdził powoli Jonasz.

Nikt z pasterzy nie ruszył się jednak ze swojego miejsca. Wyraźnie nie chcieli odchodzić. Każdy z nich czuł, że to tutaj, w tej szopie, chce pozostać na zawsze. Przez kolejne kilka chwil trwali w adoracji Nowonarodzonego, aż w końcu swoim głębokim głosem odezwał się Tobiasz.

— Chodźmy w końcu – powiedział i delikatnie pociągnął Lewiego za ramię. – Musimy przecież zanieść tę nowinę innym.

— Tak. Przyniesiemy wam też jeszcze jedzenia – potwierdził Jonasz.

— I jakieś ciepłe ubrania – dodał Izaak.

— Chwała Bogu na wysokościach Nieba, a na ziemi pokój ludziom dobrej woli – powiedział podniosłym tonem Jonatan. Pasterze wstali, ukłonili się jeszcze raz i wyszli ze stajni, choć ich serca pozostały tam, przy biednej kołysce Oczekiwanego.

❋ ❋ ❋

Szli powolnym krokiem w kierunku zagrody. Nikt nic nie mówił. Powinni się właściwie spieszyć do pozostawionych bez opieki owiec, ale ta pełna świateł noc dała im głębokie przekonanie, że zwierzętom nic nie grozi. Maciej, który przez cały czas jaki spędzili w tamtej szopie nie odezwał się ani słowem, i nawet nie drgnął, pozostając cały czas na klęczkach przed żłobem, odezwał się teraz jako pierwszy.

— Zauważyliście, że Dziecko wyglądało inaczej niż zwykle wyglądają dzieci po porodzie? – zapytał dobierając słowa z dziwną ostrożnością.

— Co masz na myśli? – zdziwił się Jonasz.

— Ja wiem o co mu chodzi – wtrącił Tobiasz. – Nowo narodzone dzieci na całych swoich małych ciałkach noszą ślady wysiłku jakim jest poród. Skóra ma inny kolor i jest pomarszczona, oczy są opuchnięte, a twarzyczki wyglądają zwykle na zmęczone.

— Dokładnie. Niemowlę, które widzieliśmy, wyglądało inaczej. – mówił dalej Maciej. – Tak jakby Jego Matki nie dotyczył zwykły porządek i ból porodu. Można by pomyśleć, że faktycznie przyszedł prosto z nieba.

— Rzeczywiście! Taki był piękny. Widzieliście? – zawołał Lewi – Jeszcze piękniejszy niż Jego Matka, która sama była jak Anioł.

— O tak! – Dodał z błogim uśmiechem na twarzy Izaak. – Jak bardzo kocha nas Najwyższy, że On, Nieskończony, stał się Dzieckiem. Słyszeliście co powiedział Anioł? Nieskończony przyjął ludzkie ograniczenia.

— Abba! Musimy szybko opowiedzieć o wszystkim mamie! – Lewi złapał Tobiasza za rękę i zatrzymał w miejscu.

— Ależ synu, zbliża się dopiero pora trzeciej straży, nie można zakłócać spoczynku gości.

— Mama śpi w kuchni, zbudzę ją nie budząc nikogo innego. Chodźmy!

— Lepiej byłoby milczeć wobec ludzi w miasteczku – powiedział Maciej. – Wezmą nas za głupców i powiedzą, że nam się to przyśniło.

— Mówisz poważnie Macieju? – zdziwił się Jonatan. – Skoro samo niebo powiedziało nam o narodzinach Mesjasza to my też nie możemy milczeć.

— Nie uwierzą nam.

— Nieważne. Kto będzie gotów uwierzyć, ten uwierzy.

— Abba, chodźmy! – ponaglał Tobiasza Lewi, ciągnąc go za rękę.

— On ma rację Tobiaszu – powiedział Izaak – i ja cały płonę, żeby o tym mówić. Wszystkim!

— Tak, musimy iść do miasteczka i opowiedzieć o wszystkim – stwierdził stanowczo Jonasz.

— Chcę iść do Anny i Szymona – odezwał się Eliasz. – Ale trzeba też zadbać o owce.

— Ja pójdę z Tobiaszem do zagrody – powiedział Maciej. – Co ty na to Tobiaszu?

— Dobrze. Tak zróbmy – odparł Tobiasz. – Idź Lewi i opowiedz wszystko mamie.

***

Mimo zapewnień, że nie obudzi nikogo innego, Lewi wpadł do kuchni jak burza i głośnym wołaniem zaczął budzić Rebekę.

— Mamo! Mamo! Widzieliśmy Anioła! – potrząsał ją za ramiona. Rebeka przetarła zaspane oczy.

— Lewi? Co ty tu robisz? – zapytała nieprzytomnie – Czy coś się stało?

— Anioł mamo! Widzieliśmy Anioła, który powiedział nam że w Betlejem narodził się Mesjasz! A potem zobaczyliśmy Jego! Jaki On jest piękny, mamo! – Lewi w swojej ekscytacji nie dbał zupełnie że pobudzi innych.

— Synku, co ty mówisz?

Krzyki Lewiego spowodowały, że z dwóch małych izdebek wyjrzeli goszczący u nich ludzie. Chłopiec postarał się opowiedzieć jej wszystko po kolei: jak zobaczył Anioła, o jego słowach i o tym jak poszli do stajni za miasteczkiem i znaleźli Nowonarodzonego, zgodnie ze słowami Anioła, leżącego w żłobie między zwierzętami. Goście zapalili lampy i stali teraz w progu kuchni słuchając jego opowiadania. Patrzyli na chłopca zaspani, z mieszanką zaskoczenia i niedowierzania na twarzach. Ledwie Lewi skończył mówić, na zewnątrz rozbrzmiały nawoływania. Dom Tobiasza nie stał przy samym wielkim placu, z którego strony dochodził hałas, więc nie można było zrozumieć o co chodzi. Brzmienie tych głosów sugerowało jednak, że stało się coś niezwykłego. Lewi pociągnął mamę za rękę i podał jej płaszcz. Wyszli szybko na zewnątrz i dochodząc do placu przed gospodą zobaczyli Izaaka, Jonatana i Jonasza, stojących z zapalonymi pochodniami na jego samym środku.

— Anioł ogłosił narodziny Mesjasza! – wołał Jonasz, najwyraźniej nie po raz pierwszy bo parę osób już wyszło zobaczyć co się dzieje.

— Wstańcie mieszkańcy miasta Dawida, Anioł powiedział nam, że dziś w nocy narodził się Mesjasz! Powiedział, że znajdziemy Go leżącego w żłobie, między zwierzętami, w starej stajni. Poszliśmy i znaleźliśmy, jak powiedział! – to mówił Jonatan.

— Uciszcie się pijacy, dopiero trzecia straż! – rozbrzmiał jakiś głos od strony gospody.

— Tak! Cicho tam! Mesjasza w stajni zobaczyli – zakpił inny. Mimo tych głosów, parę osób podeszło do pasterzy. Dołączyła do nich Rebeka z Lewim, który nie zrażony kpinami stanął przy trójce przyjaciół i swoim dziecięcym jeszcze głosem zaczął wołać:

— I ja tam byłem, razem z moim ojcem. Widziałem Anioła! Słyszałem jego słowa. A potem adorowaliśmy Tego, którego Anioł nazwał Księciem Pokoju, narodzonym w stajni bo Jego matka nie została przyjęta w betlejemskich domach.

Do chłopca podszedł z zapaloną lampą Szymon, ojciec Michała. Zbliżył światło do twarzy Lewiego.

— Co ty opowiadasz mały? Gdzie twój ojciec? – zapytał.

— Mówię prawdę – odparł Lewi. - Tak jak oni – dodał wskazując na Izaaka, Jonatana i Jonasza. – Byliśmy razem przy zagrodzie.

— Potrzeba nas było wielu bo rozeszły się wieści, że w okolicy widziano złodziei – odezwał się Jonatan. – Tamci mówią, że jesteśmy pijani ale widzisz sam, że tak nie jest. Lewi jako pierwszy zobaczył Anioła, było to około drugiej straży nocnej.

— Coś wam się przywidziało ze zmęczenia – stwierdził

ktoś z tyłu większej już teraz grupy ludzi, którzy przyszli zobaczyć co się stało.

— Wszystkim na raz to samo? Danielu możesz zapytać Eliasza i Tobiasza. Znasz ich i wiesz, że nie mają opinii kłamców albo pijaków. – przekonywał tamtego Jonasz. – A jeśli ci to nie wystarcza to był z nami też Maciej. Wszyscy wiedzą, że on nie wierzy w bajki.

— Powiedzcie, powiedzcie więcej – zawołał ktoś. – Gdzie znaleźliście Mesjasza?

— Anioł powiedział, że znajdziemy Go w starej stajni zrobionej z groty, leżącego w żłobie między osłem i wołem – powiedział Izaak. – Eliasz domyślił się, że musi chodzić o małżonków, którzy dotarli do Betlejem wczoraj, a których spotkał w drodze. Wskazał im te stajnie jako ostatnie miejsce, gdzie mogą jeszcze szukać schronienia.

Do Lewiego podbiegł teraz Michał, który przyszedł zaraz za swym ojcem.

— Naprawdę widziałeś Anioła Lewi? Jak wyglądał?

— Jakby był z samego światła! – wykrzyknął Lewi. – Był piękny, świetlisty i miał olbrzymie skrzydła. A gdy już nam zwiastował narodziny Mesjasza to dołączyły do niego jeszcze setki innych Aniołów. Mówię ci – Lewi złapał Michała za ramiona – ich taniec, ich śpiew… to było wspaniałe. Oni śpiewali: Chwała Bogu na wysokościach Jego niebiańskiego tronu, a na ziemi pokój ludziom dobrej woli.

Na placu było już teraz kilkadziesiąt osób. Wszyscy przepychali się do pasterzy i zadawali im pytania. Zrobił się gwar. W kolejnych domach zapalały się lampy. Jacyś niezadowoleni z przerwanego odpoczynku goście zaczęli znowu wołać:

— Skończcie z tymi nocnymi dyskusjami! Zachowują się jak na targu! Brudni wieśniacy.

Spora część tych, którzy usłyszeli dokładną relację pasterzy, uwierzyła ich słowom. Eliasz wcześniej zdążył też powiedzieć wszystko Annie i Szymonowi, którzy teraz również stali na placu i słyszeli wspólne świadectwo wszystkich pasterzy.

— Szymonie, wiem że jesteście dobrzy – powiedział do niego i Anny Eliasz – przyjmijcie proszę Józefa i jego małżonkę Marjam, wraz z ich Dzieckiem do swojego domu.

— Co ty mówisz Eliaszu? My mielibyśmy być godni, żeby gościć Mesjasza? – zapytała zmieszana Anna.

— Oni zostali odrzuceni wszędzie, tak że Mesjasz narodził się w stajni – odparł Eliasz. – Szukają dobra i miłości dla siebie i dla Nowonarodzonego. Wy jesteście dobrzy więc jesteście godni, na pewno nie mniej niż my, biedni prostacy, którym Bóg przecież pozwolił jako pierwszym powitać Swojego Syna.

— Skoro tak mówisz to z radością będziemy ich gościć – powiedziała wzruszona Anna, przyciskając dłoń do piersi. – Musisz nas tam zaprowadzić kiedy tylko wstanie dzień. Tej młodej matce na pewno przyda się pomoc przy Dziecku skoro nie ma tu żadnych krewnych.

Ktoś z tego małego tłumu zawołał nagle:

— Chodźmy tam teraz i my, chodźmy powitać Mesjasza.

— Tak chodźmy – odkrzyknął ktoś inny.

— Zaczekajcie – powstrzymał ich Eliasz. – Ta Matka i jej Syn muszą teraz odpocząć. Spotkajmy się o trzeciej godzinie dnia tu na placu. Zaprowadzę was do nich.

— Tak Eliaszu. Wstyd, że nie znalazło się dla nich miejsce w domach. – powiedział ktoś z obecnych. – Musimy to naprawić.

Emmanuel

Nie padało. Mimo to, wilgoć unosząca się w powietrzu, połączona z zimnem, powodowały, że ten dzień był jeszcze bardziej nieprzyjemny niż poprzedni. Niebo było już jasne, bo i godzina nie była wczesna, ale słońce nie mogło się przebić, rozbijając swoje światło na warstwie chmur, które nad ranem zatrzymały się na betlejemskich wzgórzach. Za idącym kamienistą ścieżką Eliaszem podążało kilkanaście osób. Byli obładowani różnymi pakunkami i, co dość dziwne dla tak dużej grupy, szli w całkowitym milczeniu. Szli jednak krokiem pospiesznym, jakby niecierpliwym. Ich twarze wyrażały napięcie oczekiwania. Pasterze, wracający tam gdzie zostawili swoje serca, pragnęli zobaczyć Tego, którego już pokochali. Z nimi szła Rebeka, matka Lewiego, Szymon i Anna, z czterema synami, Michał z rodzicami i siostrami, oraz parę jeszcze innych osób z miasteczka. Szli ci, którzy najmocniej uwierzyli pasterzom. Szli, żeby zobaczyć Tego, którego Anioł nazwał Księciem Pokoju i Emmanuelem.

Wychodząc zza niewielkiego pagórka zobaczyli przed sobą w świetle dnia starą szopę zbitą z nierównych desek, zabudowanych na naturalnej skalnej grocie. Mieszkańcy Betlejem patrzyli na to miejsce jakby widzieli je pierwszy raz w życiu. W ich sercach pojawił się wstyd: oto Ten, którego posłał Bóg, narodził się w takim miejscu tylko dlatego, że w ich mieście nie znalazł się dom, który chciałby Go przyjąć. Pasterze zbliżyli się do stajni, ale pozostali zatrzymali się w miejscu, onieśmieleni. Eliasz przywołał do siebie Annę i Szymona po czym odezwał się niezbyt głośno ale wystarczająco, żeby usłyszano go w środku:

— Józefie, Marjam, przyszliśmy.

Eliasz zauważył, że deski szopy są od wewnątrz obwieszone derkami i płaszczami. Niektóre szczeliny były pozatykane słomą. Józef nie próżnował i jeszcze nocą uszczelnił stajnię jak tylko mógł, chcąc zatrzymać w środku jak najwięcej ciepła. Teraz wiszący na drzwiach płaszcz poruszył się i mężczyzna odsłonił wejście. Pasterz skinął na Annę i Szymona, którzy weszli do środa razem z synami, trochę tylko starszymi od Lewiego. On również wszedł, trzymając za rękę swoją matkę. Pozostali mieszkańcy Betlejem czekali w tym czasie na zewnątrz, rozmawiając cicho.

Szymon i Anna zaraz przy wejściu skłonili się przed stojącą przy Józefie Marjam.

— Wybacz, Ty która jesteś Matką Oczekiwanego, że w Betlejem nie znalazło się dla Ciebie miejsce – powiedział Szymon.

Jego synowie spoglądali wielkimi oczami to na Marjam to na wnętrze groty. Teraz, w przebijającym się z zewnątrz świetle dnia, widać było wyraźniej jak nędzne jest to miejsce. Była to właściwie rudera, ściany groty były okopcone dymem, spod sufitu zwieszały się pajęczyny, deski szopy ledwo się trzymały, tworząc ściany pełne szczelin, a pod kopytami zwierząt widać było brudną wyściółkę. Eliasz zauważył, że Józef wykorzystał jasła z sianem do osłonięcia żłobu i teraz nie był on widoczny. Dzięki temu również miejsce, w którym spało Dziecko, zachowywało więcej ciepła.

Marjam skłoniła się lekko, patrząc na nich oczami, w których błyszczała radość i jakaś niepojęta głębia. Nie wyglądała jak kobieta, która poprzedniego dnia odbyła trudną podróż, a w nocy urodziła dziecko, nie mając łóżka, pomocy ani sensownego dachu nad głową. Owszem, w Jej ruchach dało się poznać zmęczenie nieprzespanej nocy, ale w całej postawie, w głosie i spojrzeniu było jakieś prawie nieuchwytne duchowe uniesienie, które zdawało się Ją podtrzymywać mocą anielskich skrzydeł. Było pewne, że jest zmęczona, ale ta duchowa siła oddalała Ją całkowicie od potrzeb ciała.

— Nie mam do nikogo żalu – odparła miękkim głosem.

– Wiem, że w tych dniach wszyscy ciągle goszczą jakichś pielgrzymów. Skoro przyszliście to wierzę, że zechcecie pokochać mojego Syna i to mi wystarczy.

— Jestem Szymon, syn Aarona. To moja żona Anna i synowie: Daniel, Juda, Dawid i Jakub – przedstawił ich Szymon. – Zechciejcie przyjąć gościnę w naszym domu. Mamy dla Was miejsce i we wszystkim Wam pomożemy.

— Tak, prosimy, bądźcie naszymi gośćmi – poparła męża Anna.

— Dziękuję ci siostro – Marjam położyła dłoń na dłoni Anny. – Dobry Bóg dał nam w nocy opiekę swoich Aniołów i pomoc innych aniołów, którymi byli pasterze. Teraz przysyła was, dobrych i dzięki wam mój Syn będzie jeszcze bardziej otoczony miłością. Niech wam za to Najwyższy błogosławi.

Do Marjam podszedł teraz Lewi, stanął bardzo blisko i patrzył w Jej twarz jakby oglądał niebo. Ona, pogłaskawszy go, uśmiechnęła się do Rebeki, złapała za ręce Daniela i Jakuba i poprowadziła za jasła. Pozostali podążyli za nimi i razem upadli na kolana przed żłobem, w którym spokojnym snem Nowonarodzonego, spało Dziecko. Nadal leżało na położonym na sianie białym runie jagnięcia. Usteczka miało przyciśnięte do piąstki i co jakiś czas przez sen próbowało ssać. Eliasz, podobnie jak w nocy, poczuł jak jego serce zaczyna bić mocniej i szybciej. Oto znów stanął przed Tym, który był celem jego oczekiwania i spełnieniem pragnień. Anioł powiedział, że to sam Najwyższy przyjął ludzkie granice. Myśl o tym porywała duszę na takie wyżyny, że pasterz czuł że traci dech w piersi. Nie to jednak było najważniejsze. Ta leżąca między zwierzętami ludzka drobinka w jakiś niepojęty sposób przyciągała całą miłość do jakiej był zdolny człowiek. Eliasz wiedział, że nie mógłby nie kochać tego Dziecka. Kładł teraz całego siebie przed tą biedną kołyską, którą było proste zwierzęce koryto.

Szymon położył mu rękę na ramieniu. Przy jasłach Anna mówiła właśnie Marjam, że przyniosła dla niej pieluszki i ubranka. Eliasz podniósł się z kolan i podszedł z Szymonem do Józefa.

— Chodźmy zaraz do mojego domu – powiedział Szymon. – Chłopcy pomogą zabrać wasze rzeczy. Przygotowaliśmy już dla was pokój i twoja żona będzie mogła odpocząć w normalnym łóżku.

— Dziękuję ci Szymonie – odrzekł Józef.

— Pozwólcie tylko jeszcze pozostałym mieszkańcom Betlejem uczcić Mesjasza w jego pierwszej ubogiej kołysce – poprosił Eliasz. – Mam przeczucie, że Najwyższy chce nam coś powiedzieć przez to, że Oczekiwany narodził się w takim miejscu. Niech inni też Go tutaj zobaczą.

Józef zgodził się i wyszedł z gośćmi przed stajnię. Zgromadzeni tam ludzie zerwali się ze swoich miejsc i na zaproszenie Józefa w trzech grupach wchodzili do szopy. Eliasz widział, że każdy wychodzący miał na twarzy wyraz zdumienia, zachwytu i głębokiego zamyślenia. Wobec tego Dziecka nie dało się przejść obojętnie, jeśli tylko miało się serce otwarte na dar Boga. Pasterz powiedział wszystkim, że Józef i Marjam zamieszkają wraz z Dzieckiem u Anny i Szymona. Zgromadzeni czekali więc aż Eliasz i Szymon z synami, pomogą Józefowi zabrać torby podróżne i zdjąć płaszcze ze ścian szopy. W tym czasie Anna i Rebeka pomagały Marjam przy Dziecku, które zbudziło się i zaczęło płakać, czym wywołało kolejne westchnienie zachwytu zgromadzonych. Można by pomyśleć, że ci ludzie nigdy nie widzieli noworodka, ale oni po prostu patrzyli oczyma wiary i widzieli nimi więcej niż oczyma ciała.

Marjam przebrała już i spróbowała nakarmić Syna, który teraz przytulony do Jej piersi uspokoił się, czując bicie Jej serca i słysząc Jej łagodny głos. Gdy młoda Matka wyszła z Nim, otulonym welonami i okrytym płaszczem, Rebeka i Anna stanęły bardzo blisko, a pozostali betlejemczycy zaczęli również tłoczyć się przy Dziecku i Jego Matce, żeby zasłoną ciał i oddechów jak najbardziej otulić ich i ochronić przed przenikliwym teraz zimnym wiatrem. Tak sformowanym orszakiem ruszyli wszyscy powolnym krokiem do miasteczka.

***

Po dotarciu na miejsce, Szymon i Anna wprowadzili gości do izby, której okno wychodziło na ogród i duży plac, tuż przy trzech schodkach wiodących do głównych drzwi domu. Podczas gdy Anna pomagała Marjam i Józefowi się rozgościć i ułożyć Małego Jezusa w kołysce, którą przechowała jeszcze po najmłodszym ze swoich synów, Szymon odprowadził Eliasza na bok.

— Czy mógłbyś jeszcze jedną lub dwie noce spędzić w zagrodzie? – zapytał.

— Marjam prosiła mnie, żebym poszedł do Hebronu powiadomić kapłana Zachariasza, który jest jej krewnym, o narodzinach Dziecka – odparł Eliasz. – Czy pojawili się nowi goście?

— Właściwie to ci, którzy spali w twojej izbie odeszli dziś rano. Jednak, żeby zrobić miejsce dla… dla Tego, który przyszedł od Najwyższego, musiałem goszczącemu u nas kupcowi oddać pokój, w którym my spaliśmy z dziećmi. Był dość niezadowolony z tego, ale ponieważ jego towarzysz dziś rano wyjechał to stwierdził, że jedną noc może przespać w mniejszym pokoju. W twojej izbie będą teraz spać moi synowie, a ja z Anną w owczarni.

Eliasz popatrzył na Szymona z szacunkiem. Sam był przyzwyczajony do spania na trawie lub kamieniach, ale Szymon i Anna mieli wygodny dom i nawykli do dobrych posłań. Pasterz rozumiał jednak bardzo dobrze ich gest. Po tej nocy anielskiego objawienia i spotkania Obiecanego, narodzonego w stajni, sam oddałby nawet ostatnie ubranie, byle tylko to Dziecko miało wszystko czego potrzebuje.

— Najwyższy będzie wam zawsze błogosławił Szymonie – powiedział.

— Goszczenie pod naszym dachem Tego, którego On posłał już jest błogosławieństwem, przyjacielu – uśmiechnął się Szymon, a w jego poważnych zwykle oczach zalśniła radość, jaką Eliasz już widział. Była ona dalekim i bladym odbiciem tego, co poprzedniej nocy widział na obliczach Aniołów.

Pasterz wkrótce potem poszedł szybko do zagrody zadbać o owce i poprosić Tobiasza o doglądanie ich. Następnie spakował torbę podróżną i wyruszył w drogę, tak żeby przed zmrokiem dotrzeć do Hebronu.

Wieczorem, tego pierwszego dnia Święta Świateł, Szymon jako głowa rodziny wystawił przed dom chanukowy świecznik. Ustawił go w ogrodzie przed oknem pokoju, w którym gościł Marjam z Synem i Józefa. Gdy po zmroku razem z Anną i dziećmi, ubrani w odświętne ubrania, wyszli do ogrodu, dołączyli do nich wszyscy goście, również Józef i Marjam, z Małym Jezusem. Po chwili przed płotem ogrodu zaczęli się też gromadzić ludzie, którzy rankiem poszli za Eliaszem do stajni.

Po odmówieniu trzech tradycyjnych berak oraz odśpiewaniu hymnów, Szymon zapalił świeczkę szamesową i powoli, uroczystym gestem zapalił nią pierwszą z lewej strony świeczkę na chanukiji. Potem, zgodnie ze zwyczajem, podał pięć małych świec Annie i swoim synom, którzy kolejno, odpalając je od szamesa, ustawiali płonące światła na ziemi wokół świecznika. On sam zapalił świecę dla siebie i jeszcze jedną dla nieobecnego Eliasza. Pozostali goście również zapalili swoje świece i postawili na ziemi. Szymon wręczył Józefowi dwie świece, takiej samej wielkości jak te które dał członkom własnej rodziny, i jedną większą. Józef podziękował i odpaliwszy je od szamesa postawił przy świeczniku.

Szymon spojrzał po twarzach zebranych, na których widać było uczucia uroczystego i radosnego uniesienia. Święto Świateł przypominając wydarzenia oczyszczenia

Świątyni, było zawsze czasem radości i nadziei. Jednak szczególny blask można było dostrzec w obliczu Marjam i Józefa oraz tych wszystkich, którzy teraz wpatrywali się nie w świąteczne światła, ale w trzymane przez młodą Matkę Dziecko. Szymon, natchniony wydarzeniami tego dnia, dodał nagle jeszcze jedną berakę:

— Baruch ata Haszem, Eloheinu melech ha-olam… Błogosławimy Ciebie Boże, Królu wszechświata, który spełniłeś Swoją obietnicę i posłałeś nam Emmanuela.

Na te słowa zgromadzeni wznieśli radosny okrzyk i tylko doktor prawa odszedł, kręcąc głową i mrucząc coś do siebie.

***

Przez kilka kolejnych dni pasterze opowiedzieli o widzeniu Aniołów i Nocy Narodzenia chyba wszystkim mieszkańcom Betlejem. Mówili każdemu kogo spotkali podczas codziennych zajęć, ale też chodzili po dniu pracy na wielki plac przed gospodą i odpowiadali na pytania ciekawskich. Jednocześnie Rebeka, Anna, matka Michała i parę innych kobiet, które pierwszego dnia Święta Świateł poszły do tamtej stajni, opowiadały o wszystkim przy źródle, gdzie gospodynie nabierały wodę. Dzieciom opowiadał wszystko Lewi i synowie Szymona. Ludzie reagowali różnie: niektórzy drwili z pasterzy sugerując wciąż, że tamtej nocy opili się mocnego wina na rozgrzewkę, inni twierdzili, że im się coś przyśniło, jeszcze inni tylko wzruszali ramionami i odchodzili do swoich spraw. Byli tacy, którzy szli sami do domu Szymona, żeby zobaczyć, ale wracając stwierdzali tylko, że to zwykłe dziecko dwojga biednych ludzi, i że przecież Mesjasz nie tak przyjdzie i jeszcze nie teraz. Była też inna grupa, najbardziej skłonna wierzyć pasterzom i wcale nie należeli do niej ludzie najbardziej łatwowierni. Przede wszystkim były to osoby, które znały pasterzy i uważały ich za prawdomównych, uczciwych, nieskorych do robienia sensacji z byle wydarzenia i do zmyślania. Wierzyli więc ich świadectwu i przez tą wiarę mogli zobaczyć prawdę. Przychodzili oni do domu Szymona, oddawali pokłon Nowonarodzonemu i przepraszali, że zamknęli wcześniej swe domy przed młodą Matką.

Eliasz powróciwszy z Hebronu zaraz po południu następnego dnia po odejściu, zapukał cicho do pokoju przy wejściu. Józef otworzył drzwi i zaprosił go do środka. Marjam, pochylona wcześniej nad kołyską, powitała pasterza i zapytała o Zachariasza.

— Kapłan i jego żona są wam wdzięczni za nowinę, bardzo się cieszą i przesyłają pozdrowienia – powiedział Eliasz. – Zachariasz z pewnością przyjdzie tutaj za kilka dni, tak aby być obecnym przy nadaniu imienia, ale Elżbieta raczej z nim nie wyruszy.

— Och, a miałam nadzieję, że i ona przyjdzie powitać Małego Jezusa – zasmuciła się Marjam.

— Mówili, że mały Jan dość boleśnie ząbkuje i Elżbieta ani nie może go teraz zostawić, ani zabrać ze sobą w drogę. Spotkacie się na pewno nie później niż przy ofiarowaniu Chłopca w Świątyni – pocieszył ją Eliasz i dodał po chwili:

— Czy może skoro On jest Mesjaszem to nie będzie podlegał ofiarowaniu i wykupieniu?

— Nie Eliaszu – Marjam uśmiechnęła się ciepło. – On jest Synem Najwyższego ale też człowiekiem i pierworodnym. Będzie podlegał wszystkim zwyczajom i prawom jakie dał nam Odwieczny.

— Czy mogę Go zobaczyć? – zapytał Eliasz.

Marjam podeszła do kołyski i podniosła Dziecko. Zbliżyła się do pasterza i ku jego zaskoczeniu podała mu zawiniętego w płótna, śpiącego Syna. Eliasz cały drżący wziął na ręce ten drogocenny pakunek, przycisnął lekko do siebie i ze wzruszeniem zapatrzył w drobną twarzyczkę. Chłopczyk poruszył usteczkami przez sen, jakby przyśniło Mu się mleko mamy. Po paru chwilach Eliasz podniósł pełen wzruszenia wzrok na twarze Marjam i Józefa.

— Tak bardzo się modliłem, żeby Najwyższy pozwolił mi być choćby najdalszym sługą swojego Mesjasza, a teraz trzymam Go w ramionach i wiem, że moje pragnienie się spełni – powiedział.

— Jesteś znacznie więcej niż sługą Eliaszu – odparła Marjam, a jej uśmiech rozjaśnił całą izbę. – Jesteś Jego przyjacielem. A moja radość rośnie gdy widzę jak wielu Go już teraz kocha.

Gdy pasterz się pożegnał, Józef wyszedł z nim na zewnątrz i zapytał cicho czy jest w Betlejem warsztat naggara.

— Warsztat jest ale o ile wiem, nie ma u nas nikogo kto parałby się tym zawodem, odkąd wiele lat temu zniknął Symeon – odpowiedział mu Eliasz. – A dlaczego pytasz, czy potrzeba wam czegoś?

— Ja sam jestem naggarem – odrzekł Józef. – Nie nawykłem do bezczynności, a nie wiem kiedy będziemy mogli wrócić do Nazaretu. Prawdopodobnie nie wcześniej niż za miesiąc lub dwa. Pomyślałem, że mógłbym się nająć do pracy i wynagrodzić Szymonowi wszystkie koszty jakie ponosi ze względu na nas.

— Tym się nie trap Józefie, Szymon i Anna oddaliby wszystko dla waszego Dziecka i dla was.

— Jesteście wszyscy dobrzy – Józef uśmiechnął się z wdzięcznością. – Każdy jednak musi pracować, a Marjam nie potrzebuje zbyt wiele mojej pomocy przy Dziecku. Mógłbym przynajmniej zrobić coś dla tego gościnnego domu.

— Rozumiem cię. Porozmawiam o tym z Szymonem i Tobiaszem. Zobaczymy co da się zrobić. – Eliasz zamilkł na chwilę i potarł brodę dłonią.

— Chciałem cię o coś zapytać Józefie – dodał.

— Pytaj.

— Powiedziałeś tam w grocie, że Jezus jest Synem

Odwiecznego i Dziewicy. Zatem Marjam nie jest dla ciebie małżonką? – Eliasz zadał to pytanie drżącym głosem, jakby pytał o wielką tajemnicę. – Ona jest taka… sam nie wiem. Jest taka prosta i wydawałoby się zwyczajna, ale jest w Niej coś więcej. Gdy na Nią patrzę to wydaje mi się, że patrzę na Anioła, który ukrywa się w postaci człowieka.

— Wiem dobrze o czym mówisz przyjacielu – odpowiedział Józef, a jego twarz przybrała wyraz jaki miała zawsze gdy patrzył na Marjam. Była w niej miłość gotowa do każdego poświęcenia, wdzięczność i tak wielki szacunek, że przechodził prawie w cześć.

— Marjam nie jest zwyczajną niewiastą, masz rację – dodał po chwili. – Jest cudem Najwyższego danym dwojgu sprawiedliwym, którzy bezpłodni dożyli starości.

Józef stał na schodkach domu Szymona i patrzył w wieczorne niebo. Uśmiechnął się do swoich myśli. Jego skupiona zwykle twarz mężczyzny nawykłego do pracy i radzenia sobie z trudami codzienności, zmieniała się zawsze pod wpływem uśmiechu. Dłonią bezwiednie gładził drewno framugi drzwi, jakby odruchowo sprawdzał czy jest wystarczająco dobrze obrobione.

— Z wdzięczności za cud Anna, matka Marjam, od pierwszych chwil poświęciła ją Bogu tak jak się poświęca pierworodnego syna, i bardziej jeszcze, ponieważ wiedziała, że nie będzie długo się cieszyć córką – mówił dalej.

— Gdy dziewczynka miała trzy lata oddali ją z Joachimem do Świątyni, na służbę Najwyższemu. Zrobili to z wdzięczności Bogu ale też z wielkim bólem serca. Jakiś rok później oboje odeszli na łono Abrahama, a Marjam wychowywała się w Świątyni, wraz z innymi starszymi i młodszymi dziewczynkami. W odpowiednim czasie, zgodnie ze zwyczajem, zaczęto szukać dla niej męża. Jako, że jest z rodu Dawida, poszukiwania skierowano do kawalerów z pierwszej linii tego rodu i okazało się, że jedynym jestem ja.

Józef zamyślił się wspominając, a na jego twarzy pojawił się szczęśliwy uśmiech.

— Wiesz przyjacielu, byłem już synem prawa i mieszkałem w Nazarecie kiedy Ona się urodziła. To było wielkie święto dla całego miasta, a ona była taka piękna, że szybko zaczęto ją nazywać lilią Nazaretu. I ja, który wtedy też się zachwycałem tą słodką dziewczynką, kiedy prowadzona przez Annę robiła swoje pierwsze kroczki, zostałem potem wybrany na jej męża. – Józef westchnął, jakby nie dowierzając własnemu szczęściu.

— I nie wiedziałeś, że zostanie wybrana na Matkę Mesjasza?

— Nikt tego nie wiedział, również Ona sama. Kiedy zostałem jej przedstawiony była bardzo nieśmiała, ale widząc, że jestem pełen szacunku i że Ją kocham, pokochała mnie również. A potem powierzyła mi swoją tajemnicę – jeszcze w Świątyni ofiarowała swoje Dziewictwo Najwyższemu Panu. Pamiętam z jakim drżeniem mi o tym mówiła. Kochałem ją już wtedy tak mocno, że bez wahania zgodziłem się to uszanować.

— Ofiarowała... – Eliasz powtórzył za Józefem zdumionym szeptem – ale dlaczego?

— Chciała w ten sposób wyprosić u Najwyższego szybsze przyjście Mesjasza. Oddając swoje pragnienie macierzyństwa ofiarowała coś co miała najcenniejszego.

— A potem otrzymała cud macierzyństwa, które nie przyszło za sprawą człowieka.

— Tak – odparł Józef. – Bajecznie dobry Bóg przyjął jej dar, a Sam dał jej dwa inne w jednym: macierzyństwo, które nie zaprzeczyło jej ofierze oraz bycie matką Tego, którego tak oczekiwała.

Obaj mężczyźni milczeli przez dłuższą chwilę. Byli w tym do siebie podobni, obaj szybko się wyczerpywali w rozmowie i obaj mieli skłonność do milczenia i rozmyślań. Józef pierwszy ocknął się z zadumy i uniósł głowę, spoglądając w oczy pasterza.

— Pamiętaj jednak Eliaszu, że dla świata Jezus ma na razie uchodzić za Syna Marjam i Józefa. Powiedziałem wam w grocie tamte słowa przez natchnienie Ducha Bożego, ale to jest tajemnica, której nie należy na jeszcze rozgłaszać.

Święto Świateł miało się już ku końcowi więc w Betlejem ubywało pielgrzymów. Wędrowcy, którzy chcieli zdążyć przed świętem ale z jakiegoś powodu mieli opóźnienie, teraz już wyjechali. Nowi na razie nie przybyli i wszyscy spodziewali się ich dopiero na początku miesiąca Tewet, więc Eliasz mógł na razie spać we własnym łóżku, kiedy nie wypadała jego kolej na czuwanie przy zagrodzie. Tego roku pasterzowi zupełnie inaczej upływał zimowy czas. Nie miał zwykłych trudności, żeby usiedzieć na miejscu, a wszystkie jego dni mijały wypełnione Małym Jezusem. Kiedy pracował, rozmawiał z innymi pasterzami o tamtej nocy. Kiedy czuwał przy owcach, wpatrywał się w niebo, szukając śladów anielskich skrzydeł. Kiedy tylko mógł, stukał do drzwi, za którymi mieszkał Obiecany i prosił Marjam, żeby móc na Niego spojrzeć. Kiedy wychodził wieczorem lub wracał do domu nad ranem, idąc przez ogród widział światło w oknie i często słyszał płacz Dziecka, albo Marjam, śpiewającą kołysanki. Te dźwięki stały się nową muzyką jego duszy. Głos tej młodej Matki, nawet gdy po prostu mówiła, przywodził na myśl szum delikatnego wiatru nad ukwieconymi łąkami. Gdy śpiewała, cichym i łagodnym głosem, harmonia tych zwyczajnych, prostych kołysanek, pokonywała swoim pięknem zapisane w sercu Eliasza śpiewy chórów anielskich z Nocy Narodzenia. Nieraz zatrzymywał się on w ogrodzie, pod zamkniętymi okiennicami, przez które prześwitywało światło lampy, i słuchał urzeczony, wyobrażając sobie, że niewidzialni Aniołowie robią to samo.

Eliasz nie był jedyną osobą, dla której Mały Jezus stał się centrum każdego dnia. Pozostali pasterze również przychodzili codziennie i pochylali swoje brodate twarze nad kołyską, w której leżał ich Skarb. Zawsze też któryś z nich przynosił chleb, ser, mleko lub inne dary, cokolwiek mieli. Anna, Rebeka i inne kobiety, przynosiły dla Marjam oprócz jedzenia pieluszki i małe ubranka, a nawet chciały ją wyręczać w praniu. Ona jednak z uśmiechem wdzięczności sprzeciwiała się temu, mówiąc że nie tylko ma matczyne obowiązki, ale też pragnie je sama wypełniać. Oprócz niewiast Małego Jezusa odwiedzały również dzieci. Synowie Anny i Szymona kręcili się koło Marjam kiedy tylko mogli, Lewi przychodził codziennie, czasem z Rebeką lub Tobiaszem, czasem z Michałem albo sam.

Siódmego dnia Święta Świateł do Betlejem przybył kapłan Zachariasz. Wywołał tym sporo plotek, gdyż był znany w sąsiednim Hebronie, jak również w niektórych rodzinach Betlejem. Ludzie zaczęli gadać, że być może przybycie kapłana potwierdza wersję pasterzy. Obrzezanie Syna Marjam, przypadłszy na ostatni świąteczny dzień, nadało mu podwójnie uroczysty charakter. Mohel wykonał swoje zadanie w obecności kapłana, rodziny Szymona i pasterzy, a następnie Józef uroczyście ogłosił Imię Dziecka. Po zmroku tego dnia, Szymon zapalił ostatnią świecę na świątecznym świeczniku.

Po odejściu Zachariasza Eliasz spotkał Józefa wychodząc do zagrody. Mężczyzna był czymś wyraźnie strapiony więc pasterz zapytał co się stało.

— Zachariasz powiedział nam, że Jezus powinien wzrastać w Betlejem, a nie w Nazarecie – odpowiedział Józef.

— Dlaczego?

— Twierdzi, że musimy zadbać aby spełniło się proroctwo. Wskazuje ono na miasto Dawidowe jako miejsce pochodzenia Mesjasza.

— Martwi cię, że nie będziecie mogli wrócić do domu? – domyślił się Eliasz. – Przecież słowo kapłana to nic prawo, któremu należy być posłusznym.

— Jednak kapłan zna pisma lepiej niż my i pewnie mówi za sprawą Ducha Bożego. Marjam też się zmartwiła. W naszym domku w Nazarecie mamy przygotowane wszystko dla Dziecka. Ona ma tam też swoje krosna, a ja warsztat naggara. Tutaj... cóż, nie jesteśmy tu u siebie i nie mamy jak pracować.

— Wróćcie więc, mimo tego co mówi Zachariasz. Mówię to z bólem, bo pragnę żebyście zostali, ale skoro tak byłoby dla was lepiej…

— Marjam uważa, że powinniśmy go posłuchać, nawet jeśli to będzie dla nas trudne.

— Lecz to ty jesteś głową rodziny i możesz sam podjąć decyzję, prawda?

— Ona jest mi posłuszna, tak… Mimo to, ja zawsze się jej radzę we wszystkim. Gdybyś wiedział Eliaszu… w każdej trosce, w każdym problemie czy zmartwieniu, Ona potrafi znaleźć nie tylko dobrą radę ale też potrafi tak pocieszyć, że niczego się już nie obawiasz. Jest słońcem mojej duszy odkąd Ją znam. Teraz mam drugie słońce, w które się wpatruję. Przyjacielu wiesz czym Marjam najbardziej się zasmuciła? – Józef podniósł na pasterza swoje pełne spokoju oczy – tym, że jeśli tu zostaniemy to ja będę musiał pracować na nowo nad tym co już zrobiłem w Nazarecie. Rozumiesz? Tym bardziej więc jeśli Ona uważa, że powinniśmy posłuchać kapłana, to tak zrobimy.

— Skoro tak to nie powinieneś się martwić Józefie – Eliasz uśmiechnął się i położył mu rękę na ramieniu.

— Masz rację – Józef pogładził się po brodzie. – Czasem zapominam, że Najwyższy sam troszczy się o nas.

— Wiesz, rozmawiałem z Tobiaszem o warsztacie naggarskim Symeona – stwierdził Eliasz. – Był jego najbliższym przyjacielem zanim tamten zniknął. Twierdzi, że Symeon nie miałby nic przeciwko temu, żebyś skorzystał z jego warsztatu i narzędzi. Dał mi klucz, proszę weź.

— Dziękuję Eliaszu – zawołał gorliwie Józef. – Dopiero co mówiłem, że Najwyższy ciągle się nami opiekuje, a teraz On rozproszył moje zmartwienie poprzez ciebie. Nie wiedziałem w jaki sposób mógłbym tutaj pracować.

***

Mijały tygodnie i nowina przyniesiona przez pasterzy całkiem już spowszedniała mieszkańcom Betlejem. Oni, będący świadkami anielskiego objawienia, rozmawiając nieraz o reakcji innych, stwierdzali ze smutkiem, że kto nie uwierzył na początku, teraz już tym bardziej nie uwierzy. Ci, którzy od początku widzieli w Małym Jezusie po prostu kolejne dziecko biednych ludzi, przestali już zupełnie zwracać uwagę na powtarzające się świadectwa pasterzy. Garstka, bo zaledwie kilkadziesiąt osób stanowiących mniej niż jedną piątą mieszkańców, uwierzyła i trwała w tej wierze, widząc to Niemowlę poprzez zwiastowanie Anioła, ale też kochając Je w jeszcze bardziej szczególny sposób.

Chłopczyk tymczasem rozwijał się w oczach i zachwyceni pasterze, odwiedzając Go, widzieli jak leżąc na brzuszku zaczyna podnosić obsypaną złotymi lokami główkę, rozglądać się, a nawet chwytać podawane Mu drewniane zabawki. Któregoś dnia złapał swoją małą rączką palec Lewiego, wprawiając tym chłopca w zachwyt. Wydawało się to niemożliwe ale stawał się dla nich coraz piękniejszy teraz gdy Jego pogodne spojrzenie dziecka spoczywało na otaczających go przedmiotach i zbliżających się do Niego twarzach. A kiedy pewnego dnia ci brodaci mężczyźni gromadzący się wokół Niego zobaczyli nagle jak się do nich uśmiecha, padli znów na kolana ze łzami wzruszenia w oczach.

Maciej, który przychodził zobaczyć Dziecko tak samo często jak pozostali, mimo wydarzeń, w których uczestniczył zachował sporo swojego wcześniejszego dystansu do otoczenia. Choć nie był już tak cyniczny i zgorzkniały to jednak trzymał się z dala od większości ludzi, a na jego twarzy nigdy nie pojawiał się uśmiech. W momentach gdy pozostali jego towarzysze płakali ze wzruszenia albo wyrażali swoje szczęście patrząc w śmiejące się oczy Jezusa, on wpatrywał się tylko w Niego intensywnie, z jakimś oczekiwaniem i napięciem.

Maciej pracował nadal z Judą i Matatiaszem, ale nie łączyło go już z nimi właściwie nic. Wcześniej nieraz zdarzało się, że swoimi ociekającymi sarkazmem komentarzami dołączał do ich szyderstw. Teraz poza pracą, którą wykonywał w milczeniu, starał się trzymać od nich z daleka.

Któregoś ranka, gdy poili owce, Juda dał upust swojemu niezadowoleniu ze zmian jakie zaszły w Macieju. Wykonując pracę nie reagował on na jego rozmowy z Matatiaszem, ale na powitanie Jonatana, który właśnie nadchodził z Izaakiem od strony miasteczka, podniósł głowę.

— Pokój z wami – odpowiedział.

Tobiasz, który nadszedł właśnie inną ścieżką, poklepał go po ramieniu i dołączył swoje pozdrowienie:

— Pokój ludziom dobrej woli.

Na twarzy Judy pojawił się złośliwy grymas.

— Ci znowu swoje. Przyśnili wam się Aniołowie i teraz macie się za nie wiadomo kogo – podniósł głos. – Po nich mogłem się spodziewać takich skłonności, ale trudno mi przyjąć, że ty Macieju również wierzysz w te bajki.

Maciej westchnął z niechęcią.

— Pamiętaj, że ja też tam byłem Judo – rzekł patrząc mu hardo w oczy. – A gdybyście z Matatiaszem nie spieszyli się do ucztowania za pieniądze pielgrzymów i zamiast tego nam pomogli to wy również byście tam byli.

— Pewnie spałeś po wypiciu mocnego wina i potem ci głupcy wmówili ci tą historię z Aniołami. Oni koniecznie chcą, żebyśmy wszyscy uwierzyli, że nędzarz narodzony w stajni jest Mesjaszem.

— Ja też w to wierzę! Wiem co widziałem i słyszałem – Maciej prawie wykrzyczał te słowa. – Możesz sobie mówić co chcesz Judo ale prawda jest taka, że nikt z nas nie pił wina, a spali tylko Izaak i Lewi bo akurat mieli czas odpoczynku. Tak, mam trudność opowiedzieć dokładnie jak wyglądali Aniołowie. Nie przekażę ci też jak brzmiał ich śpiew bo nawet gdybym miał wszystkie zdolności jakie może mieć człowiek, to nie umiałbym oddać tej harmonii i piękna. Czasem sam wątpię czy Aniołowie naprawdę nam się pokazali. Jednak Judo jednej rzeczy nie mogę podważyć, ani w nią wątpić: Anioł powiedział, że Mesjasza znajdziemy w stajni, położonego w żłobie między wołem i osłem i dokładnie tak się stało. Znaleźliśmy Go takiego właśnie, owiniętego w pieluszki i położonego w żłobie. Kto przy zdrowych zmysłach mógłby przypuszczać, że w tej ruderze znajdziemy nowonarodzone dziecko i to leżące w bydlęcym żłobie.

Juda patrzył na niego wytrzeszczonymi oczami, przytłoczony logiką ostatnich zdań. Mimo tego zły grymas jeszcze bardziej wykrzywił jego twarz.

— Jesteście zatem kłamcami oprócz tego, że głupcami. Pewnie znaleźliście tych ludzi w stajni i wymyśliliście tą historyjkę, żeby wzbudzić dla nich litość w miasteczku.

— Nie kłamiemy Judo – wtrącił swoim huczącym głosem Tobiasz. – Wszyscy widzieliśmy to samo, również Lewi, który pierwszy zobaczył Anioła. Myślisz, że gdybyśmy kłamali udałoby się nam to robić tak zgodnie przez tak długi czas?

— Możecie mówić co chcecie – warknął Juda. – Ale ten dzieciak na pewno nie jest Mesjaszem, a gdyby nawet miał się nim stać to potrzeba na to wielu, wielu lat. Mesjasz jest potrzebny już teraz, musi zrobić porządek z Rzymianami!

— Ten, który został nazwany Księciem Pokoju nie będzie przelewał krwi – odezwał się Izaak.

— Dość tych głupstw! – Juda był już cały czerwony ze złości. – Mesjasz ma być wodzem, który wyzwoli Izraela. I to będzie Juda Galilejczyk, mówię wam. Taki Mesjasz, który nie chce pokonać Rzymian, byłby dla nas zgubą i wierzcie mi, Izrael by nawet takiego nie chciał, choćby go przysłał sam Najwyższy.

Pasterze zaniemówili wobec tego bluźnierstwa. Juda wodził wściekłym spojrzeniem po ich twarzach. W końcu splunął przed nimi na ziemię, po czym zbliżył się do Macieja.

— Znajdź sobie inne zajęcie – powiedział przez zęby. – Nie chcę głupca za pomocnika i nie będę ci płacił.

Tak więc Maciej wierzył i nawet z powodu tej wiary stracił swoje liche źródło utrzymania. Wierzył, choć zwykle, poza niewieloma sytuacjami, w których dawał świadectwo tamtej Nocy, nie mówił prawie nic na ten temat. W obecności Małego Jezusa był pełen szacunku ale jego twarz ciągle wyrażała to samo napięcie i oczekiwanie. Wydawało się wręcz, że jest w nim jakaś przeszkoda, jakby nie potrafił odgruzować swojego serca, żeby wpuścić światło i przez to cały czas trwał w półmroku. Jonatan i Jonasz stale byli przy nim, ale nie dopytywali o nic. Szanowali jego zmagania. Eliasz parę razy zauważył, że gdy Maciej patrzy na Dziecko, Marjam patrzy na niego i Jej spojrzenie zdaje się głaskać jego duszę i opatrywać rany.

***

Przednówek, choć był czasem wyczerpywania się zapasów zgromadzonych latem, oznaczał też mniej uciążliwą pogodę. W odróżnieniu od tygodni zaraz po Święcie Świateł, nie było teraz wietrznie i tak przenikliwie zimno. Przyroda jeszcze nie szykowała się do wiosny, ale przynajmniej trwała w spokojnym uśpieniu, pod zachmurzonym niebem, w chłodnym powietrzu.

Życie w Betlejem trwało w zimowym rytmie karmienia

zwierząt i prac domowych. Kobiety miały teraz więcej czasu na tkanie i szycie ubrań, a mężczyźni na prace w obejściu i domach. Józef także nie próżnował, dobrze wykorzystując udostępniony mu przez Tobiasza warsztat. Gdy tylko betlejemczycy dowiedzieli się, że można zamawiać u niego prace ciesielskie, zaraz znaleźli się chętni. Jednak gdy pierwszy klient odebrał zamówiony przez siebie stół, po Betlejem przeszła wieść, że ten naggar jest prawdziwym mistrzem w swoim fachu. Tym pierwszym klientem był Salomon, właściciel gospody, który potrzebował pilnie tego nowego stołu, jako że jeden z jego własnych został uszkodzony podczas bójki kilku pijanych gości i teraz nie nadawał się już nawet do naprawy. Wykonany przez Józefa mebel był lekki, a jednocześnie tak mocny, że nie zachwiał się nawet gdy dwóch rosłych mężczyzn usiadło na nim gwałtownie całym ciężarem swych ciał. Do tego praca była bardzo staranna, wykonana z wielką dbałością o szczegóły. Salomon był pod takim wrażeniem, że zapłacił więcej niż było umówione.

Marjam również miała ręce pełne pracy. Oprócz zajmowania się Synkiem, co robiła z właściwym sobie wdziękiem, tak bardzo podziwianym przez wszystkich, przygotowywała posiłki, prała, a z przynoszonych jej przez Annę i Rebekę lnianych i wełnianych materiałów szyła małe ubranka dla rosnącego szybko Dziecka. Nie mogła przy tym narzekać na brak pomocy, bo choć inne betlejemskie gospodynie miały wielką ilość własnej pracy to Lewi, synowie Szymona, Michał i jego siostry, oraz wiele innych dzieci, przychodzili do Małego Jezusa kiedy tylko mogli. Józef i Marjam uśmiechali się zawsze widząc jak ich Syn reaguje radosnym gulgotaniem na zbliżające się za oknem głosy dzieci albo pasterzy.

Rytm tych wszystkich zajęć osłonił aurą zwyczajności zarówno wcześniejsze opowieści pasterzy jak i samą Rodzinę. Wątpiący i krytykujący zapomnieli i zajęli się swoimi sprawami, a wierzący, choć nadal wierzyli, przywykli do faktu, że Mesjasz jest pośród nich. Cieszyli się przy tym patrzeniem jak się rozwija, jak zaczyna coraz więcej gaworzyć, jak reaguje na mówiące do niego dzieci i dorosłych, a przede wszystkim jak śmieje się na głos perlistym śmiechem małego dziecka, od którego nawet najbardziej ponury i pochmurny dzień staje się lepszy.

Tymczasem na koniec miesiąca Szwat wydarzyło się coś, co zaskoczyło pasterzy. Tobiasz poprosił Eliasza i pozostałych, żeby pomogli Lewiemu zadbać o stado i zaraz rankiem następnego dnia wybrał się w drogę. Nigdy nie ruszał się z domu o tej porze roku, ale teraz był bardzo tajemniczy i nawet Rebece nie chciał powiedzieć dokąd idzie. Zapewniał, że wszystko jest w porządku, i że musi iść zanieść komuś pokój i nadzieję. Choć nie chciał zdradzić nic więcej to Lewi domyślał się co za tym wszystkim stoi.

Czwartego dnia po jego odejściu Lewi i Izaak, wracając z zagrody skierowali swoje kroki prosto do domu Anny, chcąc odwiedzić Małego Jezusa. Dzień miał się już ku zachodowi. Przebijające się wcześniej przez chmury słońce kończyło swoją codzienną wędrówkę ukryte teraz za grubą ich warstwą, pogrążając górzysty teren w zmierzchu. Pasterze właśnie przechodzili przez bramę ogrodu Anny kiedy dróżką pomiędzy domami nadeszli dwaj wędrowcy. Gdy się zbliżali Lewi już z daleka rozpoznał w nich Tobiasza i Symeona. Wybiegł im na spotkanie.

— Pokój z wami! – zawołał na powitanie. – Symeonie jak to dobrze że przyszedłeś. Chodź, chodź! Poznaj Tego, którego nam zwiastował Anioł!

Chłopiec wziął Symeona za rękę i pospiesznie pociągnął go przez ogród, pod baldachimem z bezlistnych pędów winorośli, do drzwi domu Anny. Wszedł na korytarz i zapukał cicho do drzwi pokoju.

— Marjam oto nasz przyjaciel Symeon – powiedział gdy młoda Matka otworzyła drzwi. – Pragnie zobaczyć i uczcić Twojego Syna, jest człowiekiem dobrej woli i potrzebuje pokoju, który On przynosi.

Marjam uśmiechnęła się ciepło widząc gorliwość Lewiego, który wyrecytował to wszystko jednym tchem. Pogłaskała jego kędzierzawą głowę, gdy chłopiec pełnymi oczekiwania oczami wpatrywał się w jej twarz.

— Wejdźcie proszę, także ty Tobiaszu i ty Izaaku – powiedziała, dostrzegając pasterzy na schodkach przed drzwiami domu. – Józef jest jeszcze w warsztacie, a Jezus niedawno obudził się z drzemki.

Symeon skłonił się przed Marjam do samej ziemi, pozdrawiając Ją, a gdy podniósł wzrok jego oczy błyszczały wzruszeniem. Niewiasta, widząc jego onieśmielenie, gestem zaprosiła go dalej do izby i wskazała małe drewniane łóżeczko, w którym leżał Jej Syn i łapiąc się rączkami za stópki, kołysał się na boki na pleckach, gruchając pogodnie. Symeon zbliżył się powoli i uklęknął. Patrzył na Dziecko, które zainteresowane nową twarzą, przestało się bujać i zaczęło nasłuchiwać, patrząc na gościa. Marjam podeszła do łóżeczka i wzięła Synka na ręce, całując jego policzek, czym wywołała kolejny potok radosnego gruchania i machania rączkami. Lewi patrzył cały czas w twarz Symeona i teraz zobaczył jak spływają po niej łzy. Wiedział dlaczego. Tymczasem Marjam zbliżyła się do gościa i podała mu Dziecko, uśmiechając się z łagodną zachętą. Symeon, najpierw zaskoczony, wyciągnął jednak ramiona i ostrożnie wziął od Niej Małego Jezusa, opierając Jego główkę w zagłębieniu swego łokcia. Niemowlę patrzyło na niego, a on wpatrywał się w Jego błękitne oczy. Lewi miał wrażenie, że trwa to już bardzo długo. Nikt nic nie mówił. Na zewnątrz, w oddali, słychać było jakieś nawoływania, pewnie sług z gospody Salomona.

W pewnym momencie Symeon wybuchnął tłumionym szlochem, zalewając już teraz całą twarz łzami. Stojący obok Lewi widział jak łzy spływają obficie na ubranko i rączki Dziecka, które wpatrywało się w płaczącego mężczyznę wielkimi, zdziwionymi oczami. Po paru chwilach szloch Symeona nieco zelżał, a Mały Jezus, poruszając nagle niewprawnie rączkami, dotknął jego mokrego policzka. Dla Lewiego wyglądało to tak jakby Dziecko próbowało świadomie otrzeć łzy mężczyzny. Tak chyba też odczytał to Symeon bo przestał nagle szlochać i cały czas wpatrując się w trzymane Niemowlę powiedział cicho:

— Oto Najwyższy dał mi nową duszę.

Mały Jezus zagruchał słysząc jego głos i uśmiechnął się widząc, że na twarzy mężczyzny pojawia się uśmiech. Zaraz też zaczął fikać nóżkami i rączkami i śmiać się na cały głos. Szczęśliwy Symeon oddał Dziecko Matce i ponownie się skłonił gdy ta umieściła Syna w łóżeczku, kładąc Go na brzuszku. Do Niemowlęcia podszedł zaraz Lewi i zaczął zagadywać i robić miny, czym co rusz wywoływał jego śmiech. Tobiasz stanął przy przyjacielu.

— Chwała Bogu na wysokościach Jego niebiańskiego tronu, a na ziemi pokój ludziom dobrej woli – powiedział uroczyście, a Marjam skinęła z uśmiechem.

— Dziękuję wam za miłość jaką macie dla mojego Synka – rzekła.

— Otrzymałem wielki dar Pani. To ja Tobie dziękuję – stwierdził uroczyście Symeon. – Jest tak jak powiedział Ci wcześniej Lewi, potrzebowałem pokoju, który przynosi Obiecany. Gdy pozwoliłaś mi przytulić Twojego Syna do serca, zniknął cały ból wspomnienia śmierci mojej córeczki i poczułem, że moja dusza wraca do życia. Wybaczyłem sobie jej śmierć bo poczułem, że i ona mi wybacza. Poczułem, że Najwyższy wybacza mi całą moją nienawiść i przelaną krew. Jakich On cudów dokona kiedy dorośnie skoro już teraz Jego dłonią Najwyższy uzdrawia serca.

— Jedyne czego pragnę to żeby ludzie Go kochali i żeby przyjmowali miłość, którą On chce ich obdarzyć. Niech Adonai będzie błogosławiony za twoje otwarte serce – powiedziała radośnie Marjam.

Gdy wyszli do ogrodu było już ciemno. Przechodząc przez bramę wpadli na Szymona wracającego z Józefem z warsztatu. Szymon niósł zapaloną lampę i kiedy zbliżył się do mężczyzn wychodzących z jego domu oświetlił nią ich twarze. Powitał Izaaka i Tobiasza, a w końcu przyjrzał się trzeciemu gościowi i krzyknął z zaskoczenia:

— Symeon! To naprawdę ty? Myślałem, że nie żyjesz!

— To ja przyjacielu – odrzekł tamten i uśmiechnął się widząc jego zdziwienie. – I miałeś rację, nie żyłem. Poczucie winy i nienawiść zdusiły we mnie życie, ale Tobiasz mnie odnalazł i przyniósł tą wspaniałą nowinę o przyjściu Obiecanego.

— Tak po prostu uwierzyłeś? – zdziwił się jeszcze bardziej Szymon. – Pamiętam cię jako człowieka widzącego w naszej religii raczej zwyczaje niż coś prawdziwego.

— Masz rację Szymonie. Także dlatego nienawiść była pułapką, z której tak długo nie mogłem się wydostać. Jednak Tobiasz zawsze był dla mnie jak brat, znam jego uczciwość i trzeźwy osąd, jeśli więc mówi mi, że widział Anioła, który ogłosił przyjście Mesjasza na świat, to wierzę jego świadectwu. Teraz przyszedłem i przekonałem się sam, że to prawda.

— Czego się w ogóle spodziewałeś idąc tutaj?

— Kiedy powtórzyłem mu słowa Anioła, głoszącego pokój ludziom dobrej woli, z początku nie chciał iść – wtrącił Tobiasz. – Przekonałem go jednak, że jego także dotyczy ta obietnica. W końcu wracając pokazał, że chce zmienić swoje życie.

— I teraz, kiedy ta święta Matka podała mi na ręce swojego Syna, moja dusza uwolniła się od całego bólu przeszłości i od całej nienawiści. Dla mnie tutaj, tego wieczoru, dokonał się cud. Nie żyłem, ale teraz czuję, że prawdziwe życie, życie pełne pokoju, wróciło do moich żył. On jest naprawdę Księciem Pokoju.

Zamilkł, a pozostali nie odzywali się już, rozważając jego słowa. W ciszy późnego wieczoru rozbrzmiewały tylko dalekie głosy owiec i gości w krużgankach gospody. Po chwili Szymon zbliżył się do niego i uściskał go serdecznie.

— Dobrze, że wróciłeś Symeonie. I bardzo mnie cieszy, że czujesz się uzdrowiony. Poznaj proszę Józefa. Marjam, którą już poznałeś, jest jego małżonką, zatrzymali się razem z Małym Jezusem w moim domu.

Symeon popatrzył zaskoczony na Józefa.

— Jesteś więc ojcem...? – wyjąkał po czym skrzyżował ramiona na piersi i skłonił się do samej ziemi.

— Jestem człowiekiem jak ty Symeonie, nie kłaniaj się przede mną – powiedział Józef. – Zresztą, o ile domyślam się kim jesteś, łączy nas jeszcze jedno: jestem tak samo jak ty naggarem.

— Tak, Józef jest tu z dala od domu więc Tobiasz dał mu klucz do twojego starego warsztatu Symeonie, żeby mógł pracować.

— Teraz, kiedy wróciłeś, oddam ci go z powrotem – dodał Józef.

— Nie Józefie – odparł Symeon. – Jestem szczęśliwy, że mój warsztat może posłużyć rodzinie Tego, którego małą rączką Najwyższy mnie uzdrowił. Korzystaj z niego tak długo jak chcesz. Idąc tutaj nie byłem pewny, czy chcę wrócić do Betlejem na stałe, bo wspomnienia o mojej żonie i córeczce są tutaj nadal dla mnie żywe. Teraz nie ma już w nich bólu więc mógłbym zostać, ale urządziłem się już w małej wiosce na zachód od Hebronu i mam tam swój warsztat oraz klientów. Skoro więc mogę Wam usłużyć pozwalając korzystać z warsztatu to zrobię to z radością i za kilka dni wrócę do siebie.

— Dziękuję przyjacielu, niech Najwyższy obdarzy cię za to swoimi łaskami – powiedział Józef.

*****

Wieść o powrocie Symeona rozeszła się po Betlejem jak plama oliwy na lnianym płótnie. Tobiasz ugościł go w swoim domu, szczęśliwy, że jego przyjaciel uwolnił się od ciężaru, który tak długo go przygniatał. Lewi także zauważył przemianę, zarówno w spojrzeniu naggara, w którym nie było już tych strasznych błysków bólu, jak i w całej jego postawie oraz słowach. Symeon wyraźnie cieszył się towarzystwem przyjaciela i możliwością poznania jego żony. Zupełnie też inaczej patrzył na świat: gdy Lewi go poznał miał zwykle spuszczony wzrok, a podnosił go tylko na najbliższe rzeczy czy osoby. Teraz jego spojrzenie wędrowało śmiało, aż na horyzont, na przepływające po niebie chmury lub na dalej położone domy. Czuło się, że patrzy w przyszłość, a w jego oczach widać było pełen zadumy spokój.

Tymczasem pasterze nie zauważyli, że od czasu spotkania Symeona z Małym Jezusem, zmieniło się też zachowanie Izaaka. Wielkolud zazwyczaj był małomówny więc trudno było dostrzec jego niepasujący do wcześniejszej radości smutek. Eliasz zobaczył to jako pierwszy kiedy razem szli odwiedzić Dziecko, a Izaak, zamiast jak zwykle wspominać czas Święta Świateł, odpowiadał półsłówkami, wyraźnie czymś zmartwiony.

— Czy coś się stało Izaaku? – zapytał Eliasz. – Wyczekiwałeś codziennie z niecierpliwością tych spotkań z Małym Jezusem, a teraz zdaje się jakieś chmury zasłoniły twoje oczy.

— Powiedz Eliaszu, kochasz Go i wierzysz w Niego, prawda?

— Naturalnie! Kochamy Go wszyscy, bo przecież słodko jest kochać niemowlę – odparł Eliasz. – Małe dzieci zakradają się do naszych serc po cichu, jak złodzieje nocą. Łapią nas w swoje objęcia i już nie możemy ich nie kochać. Czuję to, choć nie miałem zbyt wiele do czynienia z dziećmi.

— Ale Jego kochamy jeszcze inaczej – stwierdził Izaak. – Widzimy Go w tamtym świetle nowego Święta Świateł, w świetle przyniesionym przez Aniołów.

— Tak, i przez ich słowa. To coś jeszcze piękniejszego niż miłość do zwykłego ludzkiego dziecka. Czym więc tak się trapisz Izaaku?

— Słyszałeś wtedy Judę – Izaak podniósł na przyjaciela zbolałe spojrzenie. – On to wypowiedział, ale nie jest jedynym, który tak myśli. Albo mają swoje własne wyobrażenie o tym jakiego Mesjasza ma posłać Najwyższy, żeby im odpowiadał, albo w ogóle zaprzeczają, że Mesjasz jest potrzebny!

Eliasz przez kilka chwil trawił słowa przyjaciela. W końcu pokiwał głową ze zrozumieniem i przeczesał palcami brodę. Właśnie zbliżyli się do żywopłotu okalającego sad Anny i stanęli przy małej furtce.

— Po tej awanturze z Judą nie byłeś taki smutny. Zauważyłem w tobie zmianę dopiero po przyjściu Symeona – stwierdził Eliasz.

— Tak. – Izaak westchnął. – To było coś wspaniałego zobaczyć jak ten człowiek się odradza.

— Więc? – zdziwił się Eliasz. – Nie rozumiem.

— Eliaszu on uwierzył świadectwu Tobiasza, oddał cześć Obiecanemu i otrzymał łaskę Najwyższego. On, który był tak daleko, tak poraniony i tak bez nadziei. Tymczasem ci którzy są blisko, którzy żyją tuż obok Mesjasza, którzy słyszeli nasze świadectwo zaraz tej samej nocy, nie chcą uwierzyć. – Izaak mówił w uniesieniu, które było zupełnie do niego niepodobne. – Nie przyjmują tej Światłości, która przyszła z nieba! Dlaczego tak jest Eliaszu?

— Chyba właśnie dlatego, że mają swoje wyobrażenia lub wyrobioną opinię. Nie uwierzą niczemu, co do tych wyobrażeń nie pasuje.

— Rozmawiałem wczoraj z Jozjaszem i wiesz co mi

powiedział?

— Co takiego?

— Żebym dał spokój z tymi starymi historyjkami. To niepraktyczne. Mówił, że przecież prorocy dawali takie niejasne przepowiednie, a starszyzna wykorzystuje to, żeby podsycać ducha oporu w narodzie. Poza tym według niego proroctwa to coś należącego do starych czasów i nie mają teraz znaczenia.

— A Odkupienie?

— Też go o to zapytałem. Słyszał jakichś saduceuszy mówiących, że nie jest potrzebne. Bo albo Bóg uwzględnił już wszystkie grzechy w swoim planie, znając z góry wszystkie nasze czyny, więc i tak otworzy bramy nieba, albo te grzechy po prostu nie mają znaczenia.

— Czyli twierdzą, że obietnica Najwyższego jest zbędna?

— Jozjasz mówi, że według nich wyczytywanie w pismach prorockich jakiejś wielkiej obietnicy jest po prostu przesadą.

Eliasz rozłożył bezradnie ręce.

— Więc Najwyższy posyła Obiecanego, żeby zrealizować swój plan Odkupienia a ludzie mówią albo że to w ogóle kiepski plan albo że żaden plan nie jest potrzebny…

— Rozumiesz teraz dlaczego jestem taki przygnębiony. Boję się, że Juda mógł mieć rację. Co jeśli nasz naród kiedyś odrzuci dary, które daje nam Pan?

— Nabi Izajasz wskazał na Mesjasza jako nie tylko mającego podźwignąć Izraela, ale też jako ustanowionego światłością dla pogan – stwierdził Eliasz.

— Ech, sam nie wiem – Izaak wciąż patrzył smutnym wzrokiem w ziemię. – Poganie przecież i tak nie rozumieją naszej wiary. Dla nich to jest wszystko głupstwo i zbędne zamieszanie.

— Nie porzucajmy nadziei Izaaku – pocieszył przyjaciela Eliasz. – Lepiej wierzyć prorokom i samemu Adonai. Przecież chyba On wie najlepiej jacy jesteśmy i jak do nas dotrzeć. – Pasterz popchnął ukrytą w żywopłocie furtkę i wszedł do sadu. – Chodź, pójdziemy ujrzeć nasze Niemowlę. Jego uśmiech na pewno przyniesie naszym duszom pokój.

***

Z początkiem miesiąca Adar Marjam zaczęła wychodzić z Dzieckiem na coraz dłuższe spacery. Jezus był zawsze wygodnie ułożony w chuście, którą Marjam przewieszała sobie z przodu tak, że Dziecko było cały czas do Niej przytulone, ale jednocześnie mogło widzieć jak najwięcej. Maluch rozglądał się, dotykając wszystkiego wokoło Swoim jasnym spojrzeniem, chłonąc to wszystko co pokazywała Mu Mama. Po kilku dniach, gdy było już wystarczająco ciepło i nie padał deszcz, dotarli aż do samej zagrody.

— Spójrz Synku jak Eliasz nalewa wody do koryt – mówiła swoim śpiewnym głosem Marjam, a Mały Jezus odpowiadał jej gruchając. – Zobacz, teraz owieczki będą pić. Chodź, podejdziemy z tej strony to zobaczysz baranka, maleńkiego jak Ty. Patrz, on nie pije wody, woli mleko swej mamy.

Izaak i Jonasz przyglądali się jak Marjam pokazuje Dziecku zwierzęta i uśmiechali się szeroko. Eliasz skończywszy karmić i poić owce wziął małego baranka na ręce i wyniósł przed zagrodę. Gdy postawił go na ziemi Marjam wyjęła Jezusa z chusty i zbliżyła się do zwierzęcia. Baranek podszedł ufnie i zaczął pchać swój mały pyszczek do rączek i brzuszka Dziecka, czym spowodował Jego radosne okrzyki.

— Daj tu rączkę. Tak? Czujesz jaką ma miłą wełnistą sierść? – Marjam poprowadziła małą dłoń na łebek i grzbiet

158

zwierzęcia, a Jezus zanurzył paluszki w wełnie i zacisnął piąstkę. Gdy baranek zabeczał Mały Jezus zareagował gruchaniem i puścił, po czym roześmiał się perliście. Tymczasem owce cisnęły się przy ogrodzeniu w pobliżu Dziecka, pobekując jakby czekały, aż pasterz otworzy bramę i będą mogły wyjść. Tyle, że brama była po drugiej stronie zagrody.

— Patrzcie jak się do Niego garną! – zawołał Izaak. – Gdyby umiał już chodzić, mógłby je wyprowadzić na pastwisko – roześmiał się.

— Nie tylko owce tak robią – stwierdził Eliasz. – Kury w ogrodzie Anny też zawsze towarzyszą Marjam gdy niesie Syna.

— Całe stworzenie zna swojego Pana – rzucił w zamyśleniu Jonasz.

— Jak my to zrobimy? – powiedział nagle Eliasz.

— Co takiego?

— Jak my pójdziemy na wypas, zostawiając tutaj nasze ukochane Dziecko? – Eliasz zapatrzył się na wiodącą na południe drogę.

— Wcale mi do tego nie spieszno, ale wkrótce trzeba będzie wyruszyć – odrzekł Jonasz patrząc na Marjam, która zaglądała z Jezusem przez płot zagrody.

— Tak, będziemy musieli odejść. Ja wyruszam za trzy dni – Eliasz popatrzył na przyjaciół. – Szymonowi kończą się zapasy paszy dla owiec, a pastwiska nadają się już do wypasu. Nie mogę czekać dłużej.

Eliasz zrobił tak jak zapowiedział. W dzień po szabacie wyprowadził owce na wypas po raz pierwszy w tym roku. Postanowił sobie jednak, że będzie układał swoje drogi tak, żeby wracać często do Betlejem. I rzeczywiście wracał, nie mógł inaczej. Zostawiał tu przecież swoje serce. Tydzień później przyszedł na strzyż i został już do święta Paschy, pasąc owce tylko na okolicznych wzgórzach. Pozostali pasterze robili podobnie i tylko Juda z Matatiaszem wyruszyli na dłuższą wędrówkę. Maciej, który pozbawiony przez Judę zarobku, miał teraz co jeść tylko dzięki pomocy przyjaciół, popadł w nędzę. Na szczęście przygarnął go Józef, który w warsztacie naggara miał tak wiele zamówień, że potrzebował pomocnika, więc Maciej znów mógł zarabiać na swój chleb.

Święto Paschy przyniosło ze sobą pełnię wiosny, dzięki której zapachowa pustka zimy wypełniła się teraz feerią wszelkich woni, jak gdyby przyroda chciała nadrobić zaległości. Wszystko wybujało tak samo intensywnie jak w zeszłym roku. Nawet bardziej. Podczas wykotów okazało się, że większość maciorek urodziła po dwa zdrowe jagnięta co nie zdarzało się właściwie nigdy. Rok ten przyniósł więc pasterzom i właścicielom stad wielkie bogactwo i teraz na ukwieconych łąkach rozlegało się wszędzie beczenie owiec, przetykane bardzo wieloma cienkimi głosami małych owieczek i baranków. Na początku miesiąca Sziwan Jezus umiał już siedzieć i Marjam spędzała z Nim wiele czasu w sadzie oliwnym Anny, który obsypany tysiącami biało-żółtych kwiatów wyglądał cudownie. Ułożony na kawałku płótna na trawie Niemowlak, ze swoimi złotymi loczkami sam zdawał się być młodziutką, ale już ukwieconą oliwką. Odwiedzany przez Lewiego, Michała i inne dzieci, bawił się tam roześmiany i coraz szybciej pełzał, wyraźnie zadowolony, że może sam się przemieszczać. Jednocześnie, za każdym razem kiedy w pobliżu przechodził któryś z pasterzy ze swoim stadem, słysząc beczenie owiec Mały Jezus przerywał zabawę i próbował je naśladować, czym rozbawiał wszystkich. Garnął się bardzo do pasterzy, więc gdy tylko Marjam spodziewała się powrotu któregoś z nich z dalej położonych pastwisk, udawała z Jezusem na rękach na drogę. Zawsze był cały roześmiany wychodząc im w ten sposób na spotkanie, a gdy latem Eliasz wracał na strzyż i dochodząc do Betlejem grał na flecie melodię pełną skocznej radości, Jezus zaskoczył wszystkich, próbując klaskać w rączki.

Pasterze nie mogli uniknąć spędzenia najgorętszej części lata poza Betlejem. Tylko w wysokich górach dało się jednocześnie zapewnić stadom dobre pożywienie i ochronić przed morderczym słońcem. Częste powroty do miasteczka, do którego przyciągała ich obecność Małego Jezusa, stawały się coraz mniej możliwe. W połowie miesiąca Aw Eliasz przyszedł przynieść Szymonowi pieniądze za baranki i to miał być ostatni raz przed jesienią.

Tego dnia kiedy miał odchodzić, Marjam przyszła do zagrody wczesnym rankiem, żeby Mały Jezus mógł się pożegnać z pasterzem. Tylko o tak wczesnej porze słońce nie było zbyt silne, dlatego też Marjam często wykorzystywała poranki i wieczory, żeby Jej Syn mógł się bawić na zewnątrz. Eliasz zajęty teraz jeszcze jakimiś pracami przy zagrodzie wyniósł Jezusowi małego baranka. Gdy zwierzak zainteresował się niewielką kępką trawy z rosnącymi na niej kwiatami Marjam położyła Jezusa na ziemi, a Ten piszcząc z radości zaczął szybko do niego raczkować. Baranek nie zwrócił uwagi na Dziecko i położył się na ziemi z nosem w kwiatach. Mały Jezus dotarł do niego i zanurzając rączki w jego runie wspiął się i oparł policzek o bok zwierzęcia. Baranek obrócił tylko łebek i zabeczał cicho, nie ruszając się z miejsca. Widząc tą scenę Eliasz pomyślał, że Chłopczyk ze swoimi jasnymi loczkami jest bardziej jeszcze kędzierzawy niż ten baranek, do którego się przytulił. Marjam przykucnęła przy dwóch malcach.

— Przytuliłeś się do przyjaciela Syneczku? – zapytała pełnym uśmiechów głosem. Jezus odpowiedział Jej swoim gaworzeniem i roześmiał się radośnie.

A kogo jeszcze przytulisz? – zapytała znów Marjam, Chłopczyk rozejrzał się wokoło i przeniósł spojrzenie na mamę, po czym wyciągnął rączki do góry.

— Mamę przytulisz? Jak cudownie! – zaśmiała się Marjam i wzięła Go na ręce, a On przycisnął buzię do jej policzka i potarł noskiem. — O, jak mnie kocha ten mój mały skarb! – zawołała Marjam.

W tym czasie od strony miasteczka nadszedł Maciej i skierował się do Eliasza, z którym zaczął rozmawiać, gdy ten przy bramie zagrody liczył swoje owce. Marjam przerwała całowanie Dziecka w brzuszek, co powodowało salwy roziskrzonego śmiechu i z policzkiem przyciśniętym do Jego policzka, odwróciła się w stronę dwóch przyjaciół.

— Zobacz Syneczku – powiedziała cicho, jakby zdradzała jakąś tajemnicę – przyszedł Maciej. On ma wielkie au w serduszku, tam gdzie mama Ciebie teraz całowała. Boli, boli. – Marjam wzięła rączkę Dziecka i wskazała na mężczyznę, po czym tą samą rączką dotknęła piersi Synka. Malec wpatrywał się w Macieja wielkimi oczami, a gdy on skończył rozmowę i odwrócił się by odejść, Chłopczyk nagle podniósł rączkę i powiedział:

— Ma!

— Tak Synku, Maciej – potwierdziła Marjam.

— Ma! – zawołał tym razem głośniej Mały Jezus. Maciej zdążył już zrobić parę kroków drogą w kierunku miasteczka, a Dziecko wyciągając rączkę rozpłakało się nagle widząc go odchodzącego.

— Macieju, zaczekaj – krzyknęła Marjam. – Jezus cię woła. – To wołanie było raczej wielkim rozżaleniem, zamienionym w płacz, który teraz już dotarł do uszu Macieja. Zatrzymał się i zawrócił w stronę Dziecka. Gdy podszedł, Marjam podała mu Syna, a on wziął Go na nieco drżące ręce. Dziecko od razu przestało płakać i znów powiedziało:

— Ma!

— Tak moje słońce, to ja – powiedział mężczyzna patrząc z bliska w tą pełną światła twarzyczkę.

I wtedy Chłopczyk przytulił policzek do jego policzka, a rączką dotknął jego ucha i znów powiedział:

— Ma!

Eliasz i Marjam zobaczyli w tym momencie wielkie łzy

spływające po policzkach Macieja. Jego twarz przy tym nie wykrzywiła się w grymasie żalu, a zaskoczony Eliasz dostrzegł, że wzruszenie tamtego zamienia się w uśmiech. Pierwszy uśmiech, jaki Eliasz widział u tego człowieka kiedykolwiek.

Goście

— Niby za co jestem ci winny dwa sykle? – zapytał zdumiony Jonatan.

— Czuwałem zamiast ciebie dwie noce zimą – odparł Juda, dłubiąc palcem w zębach. Drugą ręką trzymał kawałek suszonego mięsa.

Stali na trawie przy zagrodzie, obok wydeptanej ścieżki wiodącej do wypływającego nieopodal spomiędzy skał źródła, z którego pasterze czerpali wodę dla owiec. Jonatan i Jonasz właśnie przynosili pełne wiadra, kiedy podszedł do nich Juda.

— Wcześniej ja czuwałem cztery noce kiedy była twoja kolej! – przypomniał mu Jonatan.

— Cztery, tak. I ja potem czuwałem sześć nocy kiedy ty się rozchorowałeś, a nikt inny nie mógł cię zastąpić. Jesteś mi więc dłużny za te dwie noce.

Juda i Matatiasz wrócili z wysokich gór w ostatnim dniu miesiąca Elul, choć wcale nikt za nimi nie tęsknił. Pozostali pasterze również sprowadzili już swoje owce do Betlejem, planując przeczekać najbardziej deszczowy okres, wypasając stada blisko miasteczka. Tego ranka Juda postanowił najwyraźniej poszukać zaczepki i podszedł do Jonatana ze swoimi dziwnym żądaniami.

— Przecież cały czas się wymieniamy i zastępujemy. Przy następnej okazji ja zastąpię ciebie. – Jonatan próbował przemówić tamtemu do rozsądku.

— Nie mam zamiaru czekać! Masz mi zapłacić dwa sykle za ten czas i koniec. – warknął Juda i kopnął stojące na ziemi wiadro. Kałuża rozlanej wody zaczęła wsiąkać w ziemię, a Jonatan zaczerwienił się z gniewu.

— Twoja bezczelność przekracza wszelkie granice Judo! – powiedział, jeszcze opanowując złość. – To, że wczoraj przegrałeś w kości z pielgrzymami w gospodzie, nie jest powodem, żeby chcieć ode mnie pieniędzy.

— Dobrze ci radzę Jonatanie, nie drażnij mnie. Chyba, że chcesz wyglądać jak jagnię po spotkaniu z wilkiem. – Juda mówił to dość spokojnie, ale w brzmieniu jego głosu i w spojrzeniu była groźba.

Stojący obok Jonatana Jonasz zakładał, że Juda nie wywoła bójki tutaj gdzie mógłby mu przeszkodzić Izaak, który, choć łagodny jak baranek, miał siłę niedźwiedzia. Mimo to, z tym awanturnikiem nie było żartów. Widząc, że przyjaciel już się gotuje, stanął blisko niego, gotów zareagować.

— Jeśli myślisz, że wszyscy w Betlejem będą się ciebie bać i robić to co chcesz, to się grubo mylisz łotrze – wrzasnął Jonatan, a Juda momentalnie przypadł do niego i złapał go za ubranie, lekko unosząc do góry.

— Tak mój mały Jonatanie, właśnie tak myślę – wysyczał przez zęby.

Jonasz zobaczył, że Izaak idzie w ich kierunku, ale jednocześnie wydarzyło się coś innego. Jonatan poczuł jak coś łapie go na dole za kraj sukni. Zaskoczony przechylił lekko głowę – Juda ciągle go trzymał – i spojrzał w dół, a za jego spojrzeniem podążył tamten. Oto na trawie, trzymając się teraz nogi i sukni Jonatana, stał Mały Jezus, ledwo trzymając się na słabych jeszcze nóżkach. Główkę unosił do góry, prosząc spojrzeniem, żeby pasterz wziął Go na ręce. Widząc to, speszony nagle, Juda puścił Jonatana, a ten schylił się powoli, tak żeby Dziecko się nie przewróciło, i podniósł Je.

Pasterze zajęci kłótnią nie zauważyli Chłopczyka, który przecież wcześniej bawił się na trawie przy płocie. Marjam często przychodziła z Nim tutaj kiedy trwały prace, a oni, nie widząc Go przez długie letnie tygodnie, nie przyzwyczaili się jeszcze do tego jak szybko już raczkuje.

Juda zrobił pół kroku do tyłu, uciekając teraz

spojrzeniem od Jonatana i Dziecka. Mały Jezus złapał się rączką szyi trzymającego Go pasterza, który, zamyślony, wpatrywał się w Jego jasną główkę, po czym wtulił się w niego. Przez kilka chwil nikt nic nie mówił i nikt się nie poruszył. W końcu Jonatan spojrzał na Judę i odezwał się innym już głosem:

— Wiesz co Judo, dam ci te dwa sykle – obrócił się nieco – Jonaszu, trzymam Małego, mógłbyś proszę wyciągnąć z mojej sakiewki pieniądze? – odezwał się do zaskoczonego przyjaciela.

Juda trwał w bezruchu, wyraźnie nie wiedząc co zrobić. Gdy Jonasz podał mu monety, popatrzył na nie jakby nigdy nie widział pieniędzy. Po chwili jednak wyciągnął rękę, złapał je i szybko odszedł. Mały Jezus natomiast zwrócił uśmiechniętą teraz buzię do Jonatana i dotknął usteczkami jego policzka, po czym, rozglądając się już za czymś innym, pacnął go jeszcze rączką w głowę. Jonatan roześmiał się serdecznie.

— Tak mój Mały, masz rację. Niepotrzebnie się unosiłem – powiedział i położył Malca z powrotem na trawie. Jezus rozejrzał się w poszukiwaniu mamy, po czym ruszył w Jej kierunku, wołając Ją w swoim dziecięcym języku i śmiejąc się radośnie.

Do przyjaciół podszedł Izaak i obaj z Jonaszem jednocześnie zawołali do Jonatana:

— Ale dlaczego mu ustąpiłeś?

— Wiecie, on prawdopodobnie przegrał wczoraj w kości wszystko co miał na swoje utrzymanie. Będzie miał teraz przynajmniej chleb na tydzień czy dwa. – odpowiedział im pasterz.

— Przecież mógł poprosić – odparł Jonasz.

— Juda nie potrafi prosić, za dużo od niego oczekujesz. Salomon zapłaci mu dopiero za kilka tygodni, więc Juda gotów by był kogoś napaść przez ten czas. Z nami trzema nie dałby sobie rady, ale mógłby okraść jakiegoś samotnego podróżnego.

— Zachciało się łajdakowi grać w kości, a teraz zachciało mu się twoich pieniędzy. To niesprawiedliwe Jonatanie – Jonasz wyraźnie nie mógł odpuścić tej sytuacji.

— Niesprawiedliwe? Chyba tak. – uśmiechnięty szeroko Jonatan popatrzył na przyjaciół. – Tylko widzisz, dałem mu te pieniądze, żeby spróbować go ochronić przed nim samym. Wam się może wydawało, że nasz Malec złapał mnie za nogę albo za szyję, ale On mnie złapał za serce i dzięki temu zrozumiałem, że to tak trzeba się zachować.

— Tylko że jeśli będziesz tak rozdawał pieniądze to sam nie będziesz miał na swoje utrzymanie Jonatanie – stwierdził Jonasz.

— Być może, przyjacielu – Jonatan poklepał go po ramieniu spoglądając mu w oczy z jakimś wzniosłym spokojem. – Ale widziałeś jak On się śmiał? I dał mi całuska! Dla takiej zapłaty mogę głodować.

Judy nie udało się jednak ochronić przed nim samym. Kilka tygodni później znów grali z Matatiaszem w kości z jakimiś dwoma wędrowcami w gospodzie Salomona. Pokłócili się przy tym i pobili, choć to akurat nie było nic nadzwyczajnego. Salomon ze swoimi synami zrobił porządek z awanturnikami i mieszkańcy Betlejem byliby może szybko zapomnieli o sprawie, gdyby nie fakt, że dwa dni później wędrowcy zostali znalezieni przy drodze do Hebronu. Z poderżniętymi gardłami.

Nie można było oczywiście udowodnić wprost, że sprawcami byli Juda i Matatiasz, ale obaj zniknęli i nie powrócili już do Betlejem, a przy podróżnych nie znaleziono sakiewek. Miasto huczało więc od plotek, że oto synalek już całkowicie poszedł w ślady ojca. Wszyscy mieli tylko nadzieję, że tak jak zapowiadał, poszedł dołączyć do tajemniczego Judy Galilejczyka, o którym tyle mówił i nie będzie się kręcił w pobliżu Betlejem, tak jak wcześniej jego ojciec.

Wraz ze zniknięciem obu swoich pasterzy Salomon pozostał z wielkim kłopotem. Musiał znaleźć kogoś do opieki nad stadem, co wcale nie było takie łatwe. Poproszeni o pomoc doświadczeni betlejemscy pasterze stwierdzili, że jedyne rozwiązanie to zaangażowanie Izaaka i Macieja. Ten ostatni co prawda już od dłuższego czasu pracował jako pomocnik naggara, ale przecież wcześniej nauczył się sporo o pasterskim fachu wędrując z Matatiaszem i Judą. Pasterze wspólnie ustalili, że Izaak będzie pracował w parze z Jonatanem, a Maciej z Jonaszem, więc problem został rozwiązany. Stado Salomona było największe w Betlejem, dlatego Jonatan przyjął na pomocnika Dawida, najmłodszego syna Szymona i Anny, który od ubiegłego Święta Świateł kręcił się cały czas przy zagrodzie i wyraźnie interesował się pracą pasterzy.

***

Judea, polewana przez siedem tygodni padającymi prawie bez przerwy deszczami, zmyła z siebie całkowicie pył i skwar lata. Odświeżona w ten sposób przyroda, nosząca na sobie ślady trudu żniw i zbiorów, mimo majaczącej na horyzoncie czasu zimy, dawała teraz cudowne wytchnienie ludziom i zwierzętom. Rolnicy wykorzystywali ten czas na orkę i wszelkie prace przygotowujące pola pod kolejny zasiew. Właściciele winnic pielęgnowali winorośle po zbiorach. W sadach oliwnych zbiory rozpoczynały się właśnie teraz i miały potrwać jeszcze długo. W tym wszystkim ludzie trwali w wielkim pokoju i radości. Z łaski Najwyższego przyroda obdarowała ich dostatkiem i cieszyli się, że wystarczy wszystkiego aż do następnych zbiorów.

Eliasz wykorzystywał ten czas wypasając owce na pastwiskach leżących nie dalej niż dwa dni drogi od Betlejem. Wędrując samotnie ze stadem tęsknił za Tym, który był słońcem jego duszy, a jednocześnie będąc z dala od Niego, rozmyślał wiele o wszystkim co wydarzyło się od poprzedniej wiosny. Nosił w sobie ogromną wdzięczność i wyrażał ją Najwyższemu w każdej berace, w każdym psalmie i w swojej muzyce. Czasem właściwie nie mógł uwierzyć, że Adonai okazał mu tak wielką dobroć, pozwalając być świadkiem przyjścia na świat Obiecanego. Jego właśnie, prostego pasterza, który nie miał ani mądrości, ani piękna, ani bogactwa, Najwyższy chciał jako jednego z pierwszych przyprowadzić do biednej kołyski Swego Syna, którą był bydlęcy żłób. Tym większa była wdzięczność pasterza im bardziej dostrzegał w tej pokorze Narodzin Obiecanego miłość. O ile kiedyś jedynie wewnątrz siebie czuł, że Jahwe nie jest tym przerażającym w Swej sprawiedliwości i potędze Bogiem, jakim chcą Go przedstawiać rabini, i chciał raczej wierzyć tym słowom Pism, które mówiły o Jego dobroci, to teraz już to po prostu wiedział. Widział ją w każdym wydarzeniu, przez które Bóg doprowadził go do tamtej Nocy i później do pokochania Jego Mesjasza całym sobą. Pasterz czuł, że patrząc na te wszystkie wydarzenia i na Małego Jezusa, i tak widzi zaledwie maleńki kawałek nieskończonej miłości Najwyższego. Czuł, że żyje w czasie jaki się już nigdy nie powtórzy. W tym szczególnym czasie, kiedy Nieskończony jest na świecie w tak wielkiej pokorze Swojego uniżenia do postaci Dziecka. Nie umiał tego wszystkiego nazwać. Czuł jednak, że to czas wyjątkowy i nie chciał, żeby on się skończył. Jednocześnie jego serce pragnęło płynąć dalej i dalej, z tym strumieniem wydarzeń, w których miesiąc po miesiącu, rok po roku, musiał Najwyższy kiedyś doprowadzić do końca Swoje dzieło Odkupienia, tak żeby nastało panowanie Mesjasza w pokoju bez granic. I kiedy Eliasz, pełen takich rozmyślań wracał w końcu do Betlejem, przybiegał szybko tam gdzie Mały Jezus już na niego czekał, roześmiany, klaszczący w małe rączki do muzyki fletu pasterza, raczkujący po trawie między owcami i wyciągający ramionka, żeby Eliasz Go podniósł i przytulił. Nic innego się już wtedy nie liczyło, tylko być tu i teraz z Nim. Eliasz czuł się najbogatszym z ludzi i tych chwil nie zamieniłby na żadne królewskie skarby, ani na długie życie w zdrowiu, ani na biedne ludzkie radości, których tak łaknęło wielu innych.

Któregoś wieczoru, na ponad miesiąc przed Świętem Świateł, Eliasz wracał późno z południowych pastwisk. Inni pasterze zdążyli już oporządzić owce i pójść do domów gdy on dopiero wprowadził swoje stado i zaczynał przynosić wodę dla zwierząt. Przy zagrodzie tej nocy mieli czuwać Maciej i Izaak. Eliasz dokończył pracę, pożegnał przyjaciół i wszedł na wiodącą ku miasteczku wschodnią ścieżkę, którą dochodziło się wprost do domu Szymona i Anny. Noc była dość ciepła, bez chmur, ale i bez księżyca. Jedynie gwiazdy świeciły nad śpiącymi wzgórzami. Przeszedłszy trzecią część wznoszącej się lekko drogi pasterz zatrzymał się i tknięty nieokreślonym odczuciem odwrócił się w stronę Jerozolimy. Moria była w większości zasłonięta przez niższe wzgórza leżące wzdłuż drogi do Betlejem, ale to nie Święte Miasto chciał dojrzeć Eliasz, co innego przyciągnęło jego uwagę. Oto w oddali, nad tamtą drogą, widoczna była gwiazda, która zdawać się była opuścić swoje siostry świecące na wysokim niebie i teraz była jakby lampą zapaloną wysoko nad drogą z Jerozolimy do Betlejem, chyba trochę powyżej szczytów otaczających ją wzgórz. Eliasz był pewien, że gdy był przy zagrodzie gwiazdy nie było w tym miejscu.

Zdumiony stał bez ruchu obserwując to dziwne zjawisko. Gwiazda była bardzo jasna. Wyraźnie widoczna w ciemności nocy, oświetlała lekko drogę, ale wydawała się jednocześnie płynąć w powietrzu. Pasterz przez chwilę nie był pewien czy mu się to wydaje, jednak w końcu stwierdził, że gwiazda rzeczywiście się porusza. Pomyślał, że wygląda to jakby niewidzialny Anioł leciał bardzo powoli nad drogą trzymając zapaloną i widoczną lampę z białym światłem. Gwiazda zdawała się teraz zbliżać do Eliasza, tak że pasterz nieco się zaniepokoił. Po chwili zrozumiał, że przemieszcza się ona w tym samym kierunku, w którym szedł. Światło uniosło się nad dom Szymona i Anny i zatrzymało się nad dachem na tyle wysoko, że mogło być widoczne z daleka, a jednocześnie na tyle nisko, że Eliasz nie miał wątpliwości, że wskazuje właśnie ten konkretny dom. W śpiącym głęboko Betlejem chyba nikt nic nie zauważył. Pasterz zbliżał się do domu, cały czas wpatrując się w światło. Gwiazda świeciła teraz jeszcze jaśniej, pulsując lekko niczym bijące serce.

Eliasz dochodził dopiero do pierwszych zabudowań miasteczka gdy kątem oka zauważył ruch na leżącej kilka stadiów od niego po prawej stronie głównej drodze do Betlejem. Wiele osób niosących lampy szło piechotą pomiędzy karawaną co najmniej czterdziestu wielbłądów. To właśnie te lampy było widać ze ścieżki, na której stał Eliasz i dzięki nim można było zobaczyć zwierzęta i ludzi. Betlejem, leżąc na szlaku między Jerozolimą a południowymi granicami kraju, często miewało jako gości bogatych kupców, przewożących wiele towarów. Stąd wielkość gospody Salomona i jego stajni. Eliasz nie pamiętał natomiast, żeby kiedykolwiek tak duża karawana, idąca z Jerozolimy, dotarła do miasta nocą. Poza tym coś mu mówiło, że kimkolwiek byli goście, przyszli tu prowadzeni przez gwiazdę.

Dotarł na miejsce w tym samym momencie, w którym karawana dotarła do głównego placu miasta od strony gospody. Nie widziany przez nikogo stał między domami, obserwując plac i przybyszów. Kilkunastu służących rozbiegło się z lampami po placu robiąc oświetlone miejsce dla trzech bogato przystrojonych wielbłądów, na których siedzieli osobliwie, ale również bogato ubrani mężczyźni. Idący przy każdym z nich wielbłądnicy zatrzymali zwierzęta i cmoknęli, a wtedy wielbłądy uklękły najpierw na przednie kolana, a potem, wprawiając swoich pasażerów w dziwacznie rozkołysany ruch, usiadły całkiem na ziemi. Jeźdźcy zsiedli powoli. Nie tylko ich stroje, ale również sposób poruszania się wskazywał, że są wielkimi panami. Ich gesty i kroki były pełne godności, spokoju i powagi.

Eliasz stał za daleko, żeby dobrze zobaczyć twarze, widział jednak wyraźnie jak mężczyźni robią kilka kroków przez pokryty zdeptanym błotem plac, wpatrując się cały czas w gwiazdę unoszącą się nad domem Anny i Szymona. Zatrzymali się z podniesionymi głowami, a gwiazda, ciągle pulsując, obniżyła się lekko ponad dachem domu, świecąc wyraźnie ponad izbą, w której spał Mały Jezus. Na ten ruch gwiazdy wędrowcy natychmiast upadli na kolana, nie dbając o to, że ich szaty zanurzają się w błocie. Skłonili się w kierunku domu, spojrzeli na siebie i wstali. Zaczęli teraz wydawać jakieś polecenia sługom, po czym skierowali się do gospody. Ktoś z karawany zdążył już w tym czasie obudzić Salomona, który stał teraz zdumiony wpatrując się w gości i dopiero po chwili ocknął się i wszedł gładko w rolę gospodarza.

Jego synowie biegali między sługami gości i wskazywali stajnie dla zwierząt. Spieszyli się też, żeby dostarczyć im paszę i wodę. Słudzy natomiast rozjuczali wielbłądy i zanosili coraz to nowe pakunki do pokojów, które usłużny Salomon wskazał trzem mężczyznom. Tupot stóp, parskania wielbłądów, nawoływania ludzi i gwar głosów przenikały nocne powietrze. Tak duża liczba zwierząt i ludzi narobiła wystarczająco dużo hałasu żeby wyciągnąć mieszkańców z domów. Co niektórzy, stojąc w progach, pokazywali sobie świecącą nad domem Anny i Szymona gwiazdę i komentowali to zjawisko. Eliasz wahał się przez chwilę, ale ciekawość wzięła górę i przeszedł przez plac do gospody. Teraz z bliska mógł zobaczyć wyraźnie, ku swojemu zaskoczeniu, że słudzy i wielbłądnicy są bardzo różnych ras. Cześć z nich miała skórę czarną jak smoła, jak to ma miejsce w krajach leżących jeszcze za Egiptem. Inni, choć także mieli ciemną skórę, przypominali trochę mieszkańców Egiptu, z tym że mieli zupełnie inne rysy twarzy. Jednak najbardziej zaskakujący dla Eliasza byli słudzy mający mocno okrągłe twarze z wąskimi i lekko skośnymi oczami. Pasterz przyglądał się dłuższą chwilę tej krzątaninie. W pewnym momencie podszedł do niego czarnoskóry sługa i skłonił się przed nim.

— Czy jesteś mieszkańcem tego miasta? – zapytał.

— Znasz nasz język? – zdziwił się Eliasz. – Tak, mieszkam tutaj. – odpowiedział na pytanie tamtego.

— Czy to prawda, że narodził się tu Wielki Król? – zapytał sługa tonem, który sugerował, że odpowiedź jest dla niego bardzo istotna. – Tak twierdzi mój negus. I przyprowadziła nas tu gwiazda. Poszliśmy do Jerozolimy pytać o drogę. Nie znam waszego języka, ale odkąd te trzy karawany spotkały się nad Morzem Słonym, wszyscy zaczęliśmy mówić i rozumieć wasze słowa. – dodał jakby chodziło o rzecz najzwyklejszą.

— Skąd przychodzicie? – zapytał pasterz.

— O, z daleka, z bardzo daleka – mężczyzna podniósł dłonie do góry, żeby podkreślić swoje słowa. – Ja i inni słudzy naszego negusa przychodzimy z królestwa Aksum. My znamy Izrael. Przodek naszego negusa był synem Makedy, królowej Saby i waszego negusa Salomona, którego mądrość była tak wielka, że wieść o niej dotarła aż do naszych krain. Stamtąd idziemy.

— I szukacie tu króla? – Eliasz wypytywał tamtego nie bardzo chcąc zdradzić, że domyśla się o kogo chodzi.

— Mój negus jest wielkim mędrcem. Bada gwiazdy i ich historie. Wiele miesięcy temu ogłosił całemu Aksum, że zobaczył na niebie nową gwiazdę, której imię jest Syn Boży. Wiosną zebrał karawanę i wyruszył w drogę, żeby oddać pokłon Narodzonemu. Nocami wskazywał nam świecącą nad północnym horyzontem gwiazdę. Gdy po wielu trudach doszliśmy nad Morze Słone spotkaliśmy tam dwie inne karawany. Ich panowie to również mędrcy, którzy badając niebo odkryli nową gwiazdę i poszli za nią oddać pokłon Wielkiemu Królowi. Jeden z nich wędrował ze wschodu aż pół roku, żeby tylko dojść do granic królestwa Partów.

— Skąd więc oni przychodzą? – jeszcze bardziej zdumiał się Eliasz.

— Myślę, że z drugiego końca świata.

— Mówiłeś zdaje się, że poszliście do Jerozolimy.

— Gwiazda znikała nam z oczu w ciągu dnia, a minęliśmy już Jerycho. Negus i tamci panowie zdecydowali się więc nie czekać na noc, a zamiast tego wejść do Jerozolimy, myśląc, że Mesjasz pewnie narodził się w stolicy Izraela.

— Ale nie znaleźli Go tam?

— Zapytali o Niego króla Heroda – odparł sługa. – On przyjął ich gościnnie i pytał kiedy zobaczyli gwiazdę. Jego uczeni wyliczyli dzięki temu, że Mesjasz musiał się narodzić podczas waszego Święta Świateł. Król Herod powiedział negusowi i panom, że według proroctwa Mesjasz ma narodzić się w Betlejem. Wskazał im drogę i uprzejmie poprosił, żeby, gdy znajdą Narodzonego, przyszli mu o tym powiedzieć, gdyż i on chce się pokłonić Wielkiemu Królowi.

Te słowa spowodowały, że przez plecy Eliasza przebiegł zimny dreszcz. Uprzejmość pasowała do Heroda jak jagnię do skóry wilka. Pasterzowi trudno było też uwierzyć, że Herod miałby się chcieć komukolwiek kłaniać, a w dodatku słowa sługi oznaczały, że wieść o narodzinach Mesjasza jest już znana w Jerozolimie wszystkim. Skończył się więc czas kiedy Mały Jezus był tylko dla nich tutaj, w Betlejem. Ta myśl napełniła pasterza dziwnym niepokojem, choć zawsze przecież pragnął, żeby wszyscy poznali Mesjasza i uwierzyli w Niego.

— Więc to prawda? – zapytał Eliasza człowiek z Aksum.

— Wasi panowie są o tym przekonani – odparł Eliasz. – Widziałeś przecież, że pokłonili się przed domem, nad którym zatrzymała się gwiazda. – Pasterz skłonił się przed przybyszem i dodał – Jestem Eliasz, syn Ananiasza, pasterz. I podczas ostatniego Święta Świateł byłem jednym z kilku, którym Anioł, Boży posłaniec, ogłosił Narodziny Mesjasza.

Czarnoskóry, z błyszczącymi oczami, skrzyżował ręce

na piersiach i również się skłonił.

— Jestem Tesfa Kebbede, pierwszy sługa Bazina Danidada, negusa Aksum. Czy zechcesz Eliaszu usiąść z nami przy ogniu i opowiedzieć nam o tym co się wydarzyło w poprzednie Święto Świateł?

Eliasz wrócił do domu dopiero koło trzeciej straży. Długi czas spędził ze sługami z karawany, opowiadając im o wszystkich wydarzeniach związanych z Nocą Narodzenia. Oni zaś opowiadali mu o swoich wielomiesięcznych wędrówkach przez cały świat, wędrówkach których celem było dotarcie właśnie tutaj, do Tego, którego on już znał. Eliasz dowiedział się od sług, że poza Bazinem Danidadem z Aksum, dwaj pozostali panowie są również wielkimi mędrcami w swoich krajach, daleko na wschodzie, łącząc ogromną wiedzę z bogactwem i szacunkiem swoim rodaków. Każdy z nich niezależnie obserwował niebo, badając historie gwiazd, i każdy niezależnie odkrył na niebie nową gwiazdę, która według ich wiedzy oznaczała narodziny Wielkiego Króla – Syna Boga. Zapragnęli oni pozostawić wszystko i wyruszyć w tą daleką drogę, żeby oddać Mu pokłon i nie zraziły ich żadne przeciwności ani nie powstrzymały ich żadne napotkane przeszkody. Słudzy z dumą opowiadali jak mędrcy podtrzymywali nadzieję w swoich towarzyszach i z jakim uporem dążyli do swojego celu. Teraz dotarłszy na miejsce wszyscy – i słudzy i panowie – z drżeniem oczekiwali spotkania z Tym, którego szukali.

Tak więc Eliasz spał tej nocy bardzo krótko, a zaraz wczesnym rankiem pobiegł napoić i nakarmić owce w zagrodzie. Nie wychodził na pastwisko ponieważ chciał być świadkiem spotkania mędrców z Małym Jezusem. Podczas pracy opowiedział przyjaciołom o wszystkich wydarzeniach z tej nocy, a także o tym czego się dowiedział od sług. Gwiazda zniknęła z nadejściem świtu ale w nocy widziało ją bardzo wielu mieszkańców Betlejem. Teraz gdy pasterze doszli do domu Anny i Szymona ścieżką od strony zagrody, ujrzeli zdziwieni wielbłądy gotowe do drogi. Przez plac przechodził właśnie Tesfa, który skierował się wprost do domu Anny i zapukał do drzwi. Otworzyli mu Szymon i Józef. Tesfa chwilę z nimi rozmawiał, po czym skłonił się i odszedł do gospody, zapewne przekazać swemu panu i pozostałym mędrcom, że wykonał swoje posłannictwo. Pasterze stali pomiędzy domami, rozmawiając cicho i czekając na rozwój wydarzeń. W tym czasie słudzy połączonych karawan przygotowali zwierzęta do wymarszu, choć nie wyglądało na to, że kierunkiem ma być Jerozolima gdyż wszystkie ustawione były na południe.

Po pewnym czasie z domu wyszedł Szymon i w ogrodzie pod oknem izby, w której mieszkali jego Goście, postawił mały stołek. Zaraz potem pojawiła się Marjam, ubrana w bladobłękitną suknię, trzymająca na rękach Jezusa w białej koszulce. Chłopczyk uśmiechał się radośnie, trzymając mamę za szyję, i rozglądał się swoim pogodnym spojrzeniem. Marjam usiadła na stołku, a Jezusa posadziła sobie na kolanach. Powiedziała coś do Dziecka i pocałowała Je w złote loczki. Józef stanął tuż za nią, jak strażnik. Na drugim końcu wielkiego placu zrobił się teraz ruch. Z gospody wyszło trzech gości, każdy ze sługą niosącym okuty kufer. Szli powoli, majestatycznym krokiem przez zryty owczymi kopytkami plac, a z tyłu i po bokach dołączali do nich mieszkańcy Betlejem. Gdy się zbliżyli Eliasz mógł się im przyjrzeć w świetle dnia. Człowiek o całkowicie czarnej skórze był na pewno Bazinem Danidadem. Był mężczyzną co najmniej pięćdziesięcioletnim, o gładkiej twarzy, bez zarostu. Jego nakrycie głowy wyglądało jak rulon z przeszywanego złotymi nićmi białego materiału, zamknięty od góry na płasko. Z jego krawędzi zwieszały się niewielkie frędzle. Szaty były barwne i pokryte klejnotami. Negus Aksum miał błyszczące inteligencją oczy, które teraz były wyraźnie napełnione wzruszeniem. Obok niego szedł starzec, o skórze także ciemnej, ale bardziej złotobrązowej. W jego pełnym godności kroku widać było trudności spowodowane podeszłym wiekiem. Miał sięgającą do piersi brodę, w której czerń przeplatała się z pasmami siwizny. Na zoranym zmarszczkami czole nosił znak wykonany białą farbą, złożony z dwóch pionowych linii, połączonych u dołu linią poziomą. Na głowie miał ozdobiony klejnotami turban, a na szyi złoty łańcuch z grubych ogniw. Trzeci mędrzec należał do rasy jakiej Eliasz nie widział aż do wczorajszej nocy, gdy zobaczył jego sługi. Wyróżniał go bardziej okrągły kształt głowy, blady kolor skóry, lekko skośne oczy i całkiem czarne, proste włosy, splecione na szyi i głowie w skomplikowany węzeł. Jego szaty również znacznie się różniły od innych. Wykonane były z gładkiego, błyszczącego materiału, w złotym, niebieskim i czerwonym kolorze. Wszyscy trzej szli przez plac z oczami utkwionymi w domu, nad którym nocą zatrzymała się gwiazda.

Pasterze zbliżyli się teraz do ogrodzenia domu Szymona, chcąc dobrze widzieć i słyszeć, podczas gdy mędrcy przeszli pod winoroślami i upadli na kolana przed Małym Jezusem. Dziecko wpatrywało się w nich wielkimi zdziwionymi oczami, zachwycone tym morzem kolorów i błysków. Chłopczyk zaśmiał się krótko i machnął rączką w ich stronę, a mędrcy, którzy najpierw znieruchomieli pod jego spojrzeniem, chłonąc widok Jego twarzyczki, jakby to był jakiś umówiony znak, przypadli czołami do ziemi. Trwali tak przez chwilę, podczas gdy Dziecko teraz ciche i skupione, zdawało się dotykać spojrzeniem ich głów. W końcu podnieśli się, ale pozostali na klęczkach, oparci na piętach, wciąż w lekkim ukłonie. Pierwszy odezwał się najstarszy.

— Moje imię Aleem Aloke – powiedział głośno, tak że usłyszeli go nawet mieszkańcy stojący całkiem daleko – niech będzie chwała Tobie, który przychodzisz od Boga Najwyższego!

— Moje imię Bazin Danidad – powiedział przybysz z Aksum – niech będzie chwała Tobie, który przychodzisz od Boga Najwyższego!

— Moje imię Maodun – odezwał się trzeci – niech będzie chwała Tobie, który przychodzisz od Boga Najwyższego! Jakie jest Twoje Imię?

W ciszy, która zapadła po tym hołdzie, było słychać tylko oddechy betlejemczyków i sług gości. Eliasz popatrzył na twarze tych, którzy przedtem nie chcieli wierzyć świadectwu pasterzy. Wyrażały zdumienie i zaskoczenie.

— Jego Imię jest Jezus – powiedziała Marjam.

— Jezus! Bóg ratuje i naprawia zło! – powtórzyli jednocześnie trzej przybysze.

Znów przypadli czołami do ziemi, ale zaraz się podnieśli.

— Najwyższy Bóg Niebios – najstarszy podniósł teraz ramiona do góry i zaczął mówić uroczyście, śpiewnie, jakby recytował psalm – którego każdy z nas zna pod innym imieniem ale wszyscy wiemy, że jest tym samym, jedynym Bogiem, nieskończonym, wszechmocnym i przenikającym wszystko co istnieje swoją Obecnością, dał każdemu z nas trzech wielki dar. Prawie rok temu, badając w naszej samotnej pracy wędrówki gwiazd, każdy z nas zobaczył nowy klejnot nocnego nieba. Gwiazdę, której nie było, a pojawiła się nagle. My dwaj, przychodzący z krain leżących wiele miesięcy drogi na wschód stąd, ujrzeliśmy tę gwiazdę na zachodzie. On – tu przybysz wskazał na gościa z Aksum – ujrzał gwiazdę na północy. Najwyższy Bóg Niebios dał mądrość naszym umysłom i sercom, i zrozumieliśmy, że gwiazda ta jest znakiem przyjścia na świat Jego Syna, Wielkiego Króla, dzięki któremu wszystko się zmieni.

Tu starzec patrzył przez chwilę w oczy Małego Jezusa, który uśmiechał się, bawiąc się jasnymi włosami Marjam, wystającymi spod jej białego welonu.

— Każdy z nas zapragnął pójść i uczcić Tego, który się Narodził – mówił dalej gość. – Nie bacząc na przeciwności ruszyliśmy w drogę, nie wiedząc o sobie nawzajem. Po miesiącach wędrówki spotkaliśmy się wszyscy nad Morzem

Słonym i choć byliśmy sobie obcy to potrafiliśmy się zrozumieć. Od teraz gwiazda, która dla nas zeszła z wysokiego nieba, prowadziła nas nocami, przemieszczając się w górze przed naszymi połączonymi karawanami. W końcu doprowadziła nas tutaj, do celu naszej drogi.

Mędrzec skinął dłonią na sługi, którzy wysunęli się lekko do przodu i postawili na ziemi przyniesione kufry. Otworzyli je, a zaglądający przez płot betlejemczycy aż westchnęli z wrażenia.

Teraz zabrał głos trzeci mężczyzna.

— Synu Najwyższego Boga, oto przynosimy Tobie dary: złoto, które należy się królowi, kadzidło, które jest potrzebne kapłanowi i mirrę, która jest potrzebna każdemu człowiekowi zrodzonemu z niewiasty.

— Święta Matko – Bazin Danidad zwrócił się teraz do Marjam – Twój Syn jest Mesjaszem, ale urodził się jako człowiek. I jak się urodził tak będzie musiał umrzeć. Teraz jest między nami, czym rozradowuje nasze serca, ale potem wypełni dzieło, do którego przeznaczył Go Najwyższy.

Marjam zadrżała słysząc te słowa. Pocałowała Jezusa w główkę, jakby chcąc Go chronić przed niebezpieczeństwem, a On odwrócił się lekko i zaczął zsuwać z Jej kolan na ziemię. Postawiła Go więc na trawie i Malec natychmiast przeraczkował kilka dzielących Go od gości kroków, zbliżył się do starca i wspiął się na jego kolana. Wzruszony mędrzec wziął Dziecko na ręce i przytulił do siebie, z pełnymi łez oczami. Dwaj pozostali przyglądali się temu także w wielkim wzruszeniu.

— Zobaczyliśmy Tego, którego pragnęły nasze serca — powiedział zmienionym głosem starzec. – I teraz musimy ruszać w drogę powrotną, tak jak nakazuje nam Niebo. Zabierzemy ze sobą widok Jego oblicza wyryty w naszych sercach.

Marjam wstała i podeszła do gości. Choć nie miała w sobie ani krzty wyniosłości czy dumy, mędrcy skłonili przed

Nią głowy jak przed królową.

— Błogosławieni, którzy przyjmują Światło przychodzące z Nieba. Błogosławieni, którzy kochają Jezusa – powiedziała powoli, miękkim, ciepłym głosem, a oni ponownie się skłonili.

— Dziękujemy wam za waszą miłość i wasze dary – dodała jeszcze. Jezus tymczasem wyciągnął do Niej rączki, więc podniosła Go i stojąc czekała aż przybysze powstaną i wyjdą z ogrodu na plac. Tłum betlejemczyków rozstąpił się przed nimi. Jezus wyciągnął rączki w dół, chcąc żeby mama położyła Go na ziemi. Gdy to zrobiła złapał się szaty najstarszego z przybyszów, wyciągnął do niego rączkę, drugą podał Mamie, i powolutku, kroczek za kroczkiem, zaczął iść przez plac w kierunku czekających nieopodal wielbłądów. Uśmiechał się przy tym, najwyraźniej bardzo zadowolony z tego, że idzie. Ten widok Jezusa idącego pomiędzy Mamą i obcym, przybyłym nie wiadomo skąd, starcem, zapadł w serca pasterzy na resztę ich życia.

Po odjeździe gości Eliasz długo rozważał to co zobaczył i usłyszał. Był pod wrażeniem wiary jaką mieli ci przybysze: wystarczyła im gwiazda, ich wiedza i wsłuchanie we własne serce. I mając tak niewiele potrafili wybrać się w długą podróż, ufając że Ten który ich wzywa sam się zatroszczy o ich ścieżki.

Pasterz nie mógł też się pozbyć uczucia, że od teraz nic już nie będzie takie samo, że ten szczęśliwy czas się kończy. Z tego właśnie powodu nie wyprowadził już tego dnia owiec na pastwisko, ale spędził go prawie cały z Małym Jezusem, bawiąc się z Nim, wywołując Jego śmiech i prowadzając Go w Jego coraz częstszych próbach chodzenia.

To była dobra decyzja.

Kiedy bowiem następnego dnia, po oporządzeniu owiec, przyszedł do domu aby przed wyruszeniem na pastwiska pożegnać się z Dzieckiem, zastał tylko pustą izbę. Marjam,

Jezus i Józef zniknęli bez śladu, przez nikogo nie widziani, jakby zapadli się pod ziemię. Dla Eliasza życie zatrzymało się w tej chwili.

Wieść błyskawicznie obiegła całe Betlejem. Pasterze, i nie tylko oni, spędzili całe godziny, chodząc wszędzie i pytając wszystkich, szukając jakichkolwiek śladów czy powodów tego co się stało. Przepełniało ich uczucie, jakby od świata oderwało się podłoże, jakby grunt usuwał się im spod nóg. Ich małe Słońce zostało im odebrane i pytali Najwyższego dlaczego na to pozwolił. Odwieczny jednak milczał.

A potem wszystkie te pytania straciły sens, ustępując pomieszanemu z przerażeniem uczuciu ulgi, gdy minęła trzecia noc od zniknięcia Rodziny. Była to noc straszliwa. Noc, którą poprzedzał, jako zwiastun grozy, widok połyskujących w świetle zachodzącego słońca mieczy i włóczni żołnierzy królewskich, na drodze z Jerozolimy do Betlejem.

Rachela znów zapłakała nad swoimi synami.

Epilog

Krzepki mężczyzna, z siwiejącymi włosami i równie mocno siwiejącą brodą na zniszczonej życiem twarzy, schodził w kierunku Jerycha przez wąwóz Adomin. Szedł powolnym krokiem osoby przygniecionej smutkiem, ze spuszczoną głową i przygarbionymi ramionami. Adomin był niebezpiecznym miejscem. Była to najkrótsza droga z Jerozolimy do Jerycha więc nierzadko zdarzało się, że na podróżnych czyhali bandyci, ukryci między skałami. Mężczyzna jednak zdawał się na to nie zważać, jakby nie obchodziło go co się z nim stanie, albo jakby wiedział, że stać się nic nie może.

Wychodząc spomiędzy skalistych ścian wąwozu na zalesiony grzbiet schodzący na nizinę, usłyszał czyjś płacz. Zatrzymał się i rozejrzał zdziwiony. Lekki wiatr, który poruszał czubkami drzew, był zbyt słaby, żeby wywoływać jakieś dźwięki. Ptaków nie było słychać, a okolica wydawała się opustoszała. W ogóle od wczorajszych strasznych wydarzeń przyroda była jakby martwa, albo raczej pozbawiona swojego zwykłego pulsu, jakby zatrzymało się krążenie w jej żyłach. Mężczyzna pomyślał, że to właściwie logiczne. Teraz, w tym braku naturalnych dźwięków wędrowiec wyraźnie słyszał szloch. Dopiero po dłuższej chwili udało mu się dostrzec na granicy lasu i skał skuloną postać człowieka, wciśniętego między dwa głazy. Mężczyzna podszedł bliżej i pochylił się nad płaczącym nieznajomym. Był to silnie zbudowany, około sześćdziesięcioletni człowiek, o ciele poznaczonym bliznami, z włosami i brodą w całkowitym nieładzie. Ubranie miał w strzępach, stopy bose, a na przegubach, na których miał teraz podpartą twarz, widniały czarne ślady, jakby niedawno miał mocno związane ręce.

— Czy mogę ci jakoś pomóc bracie? – zapytał przechodzień płaczącego mężczyznę. Ten zaskoczony podniósł gwałtownie głowę i podskoczył, jakby chciał uciekać. Jego oczy były pełne obłędu i rozpaczy.

— Zostaw… – zasłonił się ramieniem – zostaw mnie… ja nie chciałem… nie chciałem, żeby go zabili – wyjąkał, z trudem łapiąc powietrze, jakby się dusił.

— Spokojnie bracie, nie obawiaj się mnie – powiedział łagodnie pierwszy i przysiadł na kamieniu naprzeciw tamtego. Obdartus ze zdziwieniem podniósł na niego rozgorączkowane oczy. – Domyślam się, że mówisz o Jezusie z Nazaretu. Ja też nie chciałem Jego śmierci. I wielu innych. A jednak większość tego chciała, domagali się tego.

Na te słowa tamten wbił wzrok w rozciągający się nad drogą horyzont, ale jego oczy nie patrzyły na leżące w dole Jerycho. Wyglądał jakby sobie przypominał wczorajsze wydarzenia.

— Tak… wołali: Barabasza! Uwolnij Barabasza, zamiast Jezusa! Tamtego na krzyż!… – obłęd w jego oczach znów zaczął narastać. – Wołali: Ba-ra-ba-sza! Ba-ra-ba-sza! – powtarzając to rytmicznie, ściszył głos, przerwał i znów zaczął szlochać. Po chwili przestał niespodziewanie, i nie patrząc na siedzącego przed nim nieznajomego, mówił dalej normalnym głosem:

— Myślałem sobie: kochają mnie! Myślałem: nie umrę dziś na krzyżu! Oni wołają: Ba-ra-ba-sza! Ba-ra-ba-sza! Piłat będzie musiał mnie uwolnić. Będę wolny! A potem kiedy schodziłem ze schodów pretorium, ciągle związany… - tu jego głos znów stał się gorączkowy, źrenice rozszerzyły się, a ręce zaczęły się trząść – a oni dalej wołali: Ba-ra-ba-sza!… schodziłem i spojrzałem na Niego… stał tam, niewinny, ręce miał związane z przodu, twarz całą zalaną krwią bo tamte wieprze wbiły Mu na głowę wieniec z poplątanych, ostrych cierni… płaszcz i tunika przesiąkały krwią, wargi i oczy miał spuchnięte, a nos złamany… we włosach kawałki zwierzęcych odchodów i plwocin… skatowany prawie na śmierć jeszcze przed wydaniem wyroku… stał tam i patrzył… patrzył na tamtych, co wołali:

Ba-ra-ba-sza! W Jego spojrzeniu nie było lęku ani nienawiści. Był smutek. I ja pomyślałem, że to niesprawiedliwe... i nagle On popatrzył na mnie!

Przy tych słowach mężczyzna zerwał się na nogi i złapał siedzącego przed nim nieznajomego za ramiona. Tym razem swój pełen obłędu wzrok wbił w jego oczy, jakby chciał mu przekazać jakąś niezwykłą wieść.

— On popatrzył na mnie i w Jego spojrzeniu była litość! Dla mnie! – mężczyzna prawie krzyczał. – Wszyscy mnie nienawidzili. I mieli rację, bo ja też ich nienawidziłem. Zabijałem, okradałem, dręczyłem. Bali się mnie. O tak, bali się! Tu właśnie, w Adomin, napadałem na ludzi. A On patrzył na mnie z litością. A potem poszedł za mnie na śmierć!

Upadł na ziemię i wbił twarz w dłonie, znowu płacząc. Drugi mężczyzna, który słuchał tego osłupiały, wpatrywał się w niego od jakiegoś czasu z bezbrzeżnym zdumieniem, nie będąc w stanie wydusić z siebie słowa.

— Juda? To naprawdę ty? – odezwał się w końcu, ale bardzo cicho.

— Juda... Od ponad trzydziestu lat nikt mnie już tak nie nazywa. – tamten podniósł twarz, również zaskoczony. – Najpierw pogardliwie, za moimi plecami, nazywali mnie bar Abbasem, a potem już nikt się z tym nie krył. Ja sam wiedziałem, że stanę się taki jak mój ojciec. Kiedy Juda Galilejczyk został zabity sam zacząłem siebie nazywać Barabaszem... ale ty... skąd wiedziałeś?

— Jestem Maciej, nie poznajesz mnie Judo? – mówiąc to Maciej podniósł tamtego z ziemi za ramiona i ustawił naprzeciw siebie, patrząc mu w twarz. Juda badał jego zmienione przez czas oblicze, szukając wspomnień i czytając jego historię.

— Tak pamiętam... – mówił teraz już spokojniej – pracowałeś z nami przy owcach. Widzę, że i ciebie życie nie oszczędzało.

— Tak… potem, po tamtej masakrze, Betlejem wypluło nas z pogardą i nienawiścią… – zaczął Maciej, ale spojrzenie Judy znów stało się pełne gorączki i złapał go za ramiona.

— Macieju, Macieju, ja nie chciałem żeby Go zabili… tamci wołali: Ba-ra-ba-sza, Ba-ra-ba-sza… ten ich krzyk ciągle brzmi w mojej głowie… i On poszedł za mnie na krzyż! Na krzyż! To powinienem był być ja… to niesprawiedliwe – Juda teraz znowu krzyczał i szarpał swoje włosy w szaleństwie. Maciej chwycił go mocno za nadgarstki.

— Judo, przestań! Wyrzuty sumienia cię dręczą i to dobrze, ale musisz mnie posłuchać, bo ty nie wiesz kim On był. Usiądź.

Juda pokonany stanowczością tamtego wbił swój niespokojny wzrok w jego twarz. Usiadł. Maciej usiadł naprzeciwko niego.

— Pamiętasz wtedy w Betlejem? Mówiliśmy wam wszystkim, że Aniołowie nam powiedzieli o Narodzinach Mesjasza i my poszliśmy Go adorować, położonego w zwierzęcym żłobie.

— Pamiętam, że drwiłem z ciebie… – wtrącił Juda.

— To nieważne. Mnie też było trudno w to uwierzyć, a przecież to wszystko widziałem. Od tamtego czasu przeszedłem długą drogę. Drogę, na której On uzdrowił rany mojego serca. Bo to był właśnie On, Jezus z Nazaretu, Mesjasz, narodzony wtedy w Betlejem! On, który umarł wczoraj na Krzyżu.

— Więc zabiłem Tego, którego posłał Bóg? – Juda zerwał się na nogi z przerażeniem.

— Uspokój się, nie zabiłeś Go – Maciej przycisnął jego ramię, każąc usiąść.

— Gdy Jezus trzy lata temu rozpoczął swoją misję wśród ludzi, odnalazł nas, pasterzy, którzy wtedy przyszli Go powitać na tym świecie, i uczynił nas swoimi uczniami i przyjaciółmi – opowiadał dalej Maciej.

— Wyobraź sobie, że On znał nasze imiona, Jego Matka powtarzała Mu je jako imiona Jego pierwszych przyjaciół. Chodziłem za Nim przez te trzy lata i poznawałem naukę, którą głosił. Widziałem cuda, które czynił. Natura, demony i choroby – wszystko było Mu poddane. On mówił apostołom i nam uczniom, że musi złożyć Ofiarę. Że to On będzie Barankiem Paschalnym, którego Krew przywróci na nowo przymierze między Bogiem i ludźmi. Odnowi Przymierze, które zostało zniweczone przez zdradę pierwszych ludzi i potem nadal było deptane przez wieki grzechów. Pamiętam, jak jeszcze kilka tygodni temu nam to mówił: że oddaje Swoje życie za nas, Sam je oddaje, że ma moc je oddać i potem je znów odzyskać. Przypomnij sobie Izajasza Judo! Schodząc ze stopni pretorium widziałeś Męża Boleści z jego proroctwa!

Juda patrzył teraz jak po policzkach Macieja płyną łzy. Jego dawny towarzysz był wyraźnie złamany przez żal, ale nie było w jego oczach rozpaczy. Przez kilka chwil obaj milczeli. Juda przeniósł wzrok na swoje bose stopy, brudne i zakrwawione od biegu po ostrych kamieniach Adomin.

— „… a myśmy Go za skazańca uznali, chłostanego przez Boga i zdeptanego… a Pan zwalił na Niego winy nas wszystkich…” – powiedział cicho.

— Nabi Izajasz widział wiele lat temu to co my widzieliśmy wczoraj – odparł Maciej ocierając łzy. – Co zrobiłeś gdy cię uwolnili?

— Uciekłem z miasta, żeby przypadkiem się ktoś nie rozmyślił – stwierdził smutno Juda.

— Ja szedłem za Nim gdy niósł Krzyż Maciej zapatrzył się w dal i jego oczy znów napełniły się łzami. – Wczoraj w Jerozolimie nie było ludzi tylko same demony!

— Więc te rzymskie wieprze Go ukrzyżowały… – zaczął Juda, ale Maciej mu przerwał.

— Oni wykonywali wyrok, ale to nasi rodacy się go domagali. Nie tylko zresztą oni, Jerozolima była pełna przyjezdnych i widziałem jak wszyscy byli zjednoczeni w nienawiści. Kapłani i Starsi zrecznie manipulowali tym tłumem i w końcu zmusili Piłata, żeby zrobił to co chcieli. A ja sam widziałem jak potem Rzymianie okazali litość Jezusowi: najpierw setnik wybrał krótszą drogę przez miasto, potem pozwolił żeby Jego Matka mogła do Niego podejść, w końcu kazał jakiemuś człowiekowi nieść Krzyż, żeby Jezus mógł iść swobodniej.

— Nawet Jego Matka tam była?... Ale teraz On nie żyje. Umarł. – stwierdził Juda i ukrył twarz w dłoniach.

— Tak. I ja płaczę nad Jego cierpieniem… ale czuję że to nie koniec – odparł Maciej.

— Co ty mówisz? Śmierć to śmierć. Koniec.

— Nieważne. Chodź ze mną Judo. Pójdziemy do domu mojego przyjaciela. Da ci jakieś ubranie i doprowadzisz się do porządku. Zaczynasz przecież nowe życie.

Eliasz

Zaczynało właśnie świtać kiedy dotarł na miejsce. Od dwóch dni błąkał się po okolicy, nic wiedząc co ze sobą począć. Spał na skałach albo w przydrożnym rowie, a w ciągu dnia tułał się jak pijany, to zbliżając się do Jerozolimy, to znów do Betlejem, to wchodząc na wzgórza, to znów zstępując w doliny. Żywy był czy martwy? Skoro szedł to najwyraźniej żył, ale jednocześnie nie czuł się żywy. Wydawało mu się, że umarł trzy dni temu, tam na wzgórzu, zalany oceanem nienawiści, która pokonała chodzącą po świecie Miłość. Teraz, obchodząc bardzo szerokim łukiem miasto, dotarł od południa, nie widziany przez nikogo, do miejsca, do którego ciągnęło go zawsze kiedy czuł się nieszczęśliwy.

Ścian stajni dawno już nie było. Deski spróchniałe ze starości rozpadły się i teraz widać było wnętrze samej groty, ze skalnymi ścianami poczernionymi dymem, ze stojącymi jeszcze kawałkami jaseł wśród walających się wszędzie części desek, ściółki i śmieci. Dochodząc tutaj pomyślał przez chwilę, że może znajdzie choć trochę ukojenia, ale teraz ten smutny widok spowodował, że oczy na nowo napełniły mu się łzami. A przecież wypłakał już wszystkie.

— Już wtedy… O, Panie… byłeś z nami mniej niż rok… tak niewielu Cię rozpoznało – wyszeptał – i zaraz potem nienawiść wyciągnęła swoje piekielne macki za Tobą.

Głos mu się załamał. Ukrył twarz w dłoniach i wstrząsany przerywanym szlochem, klęcząc w pyle przed betlejemską grotą, wylewał na nowo łzami cały swój ból. Przed jego oczami przesuwały się setki obrazów. Żołnierze Heroda wyłamujący drzwi domów i wyrywający dzieci matkom. Przenikliwe krzyki rozpaczy niewiast. Symeon, który na jego oczach rzuca się pomiędzy jakąś matkę z niemowlęciem i żołnierza, po czym zostaje przebity mieczem. Ojcowie rwący garściami włosy z głowy nad zakrwawionymi ciałkami swoich dzieci. Matka zasłaniająca swoimi plecami ciało dziecka, przebita razem z nim włócznią. Przeraźliwy zgiełk nienawiści i krzywdy przez nią wyrządzonej jest ostatnią rzeczą, która do niego dociera zanim uderza go miecz żołnierza, którego próbuje powstrzymać.

Eliasz płacząc zaciskał oczy żeby nie widzieć. Zakrył sobie głowę ramionami, wbijając czoło w ziemię. Widział jednak dalej. Tłum rzucający kamienie, żwir, a nawet zwierzęce odchody w Niewinnego, prowadzonego za związane postronkami ręce i pas. Domaganie się krwi. Głosy zadowolenia i śmiechy kiedy On, słaniający się na nogach z wycieńczenia, niepodobny już do człowieka, upada twarzą na ostre kamienie drogi, przygnieciony okrutnym ciężarem. Szyderstwa i przekleństwa, rzucane na Niego już przybitego do Krzyża, rzucane wraz z kamieniami i odchodami, wciąż i wciąż, jakby nie mogli się nasycić. Wycie i ujadanie jakby stada zdziczałych z wściekłości zwierząt. Nie – demonów. Ten jazgot to wycie samego piekła, które miało swoją chwilę tryumfu.

— Eliaszu!

Czy to był szept czy ktoś głośno zawołał go po imieniu? Leżał na ziemi, z twarzą w pyle, z którym mieszały się jego łzy. Uszy miał tak pełne piekielnego wycia sprzed trzech dni, że nie pamiętał już czy na świecie są inne dźwięki. Przygnieciony bólem wspomnień czuł się teraz jeszcze bardziej martwy niż godzinę temu. Nie mógł się poruszyć.

Poczuł dotknięcie w lewe ramię. Teraz niespodziewanie zdało mu się, że trochę życia wraca do niego. Wciąż leżąc, obrócił głowę w lewo i uniósł nieco twarz. Wstające słońce świeciło z tyłu – mocne już teraz – oświetlało go brzaskiem tak jasnej jutrzenki, że zaskoczenie kazało Eliaszowi się podnieść. Osłonił oczy ramieniem i starał się coś dostrzec, ale uświadomił sobie, że przecież wschód jest po jego prawej stronie.

— Eliaszu! – teraz już wyraźnie usłyszał swoje imię,

wypowiedziane głosem pełnym uśmiechu i czegoś jeszcze. Czegoś uroczystego i potężnego.

Oświetlająca go jutrzenka przestała być tylko światłem. Wyłoniło się z niej Oblicze tak dobrze mu znane. Najpierw zobaczył to Oblicze, a potem całą postać Tego, którego opłakiwał. Patrzył teraz w jaśniejące oczy swojego Nauczyciela, pił Jego uśmiech, który przez trzy lata uszczęśliwiał tak wielu. To te oczy i ten uśmiech były źródłem wielkiej jasności, zalewającej miejsce, w którym się znajdował. Jezus wyciągnął do niego dłoń i podniósł go z ziemi.

— Nie płacz już więcej przyjacielu – powiedział do niego.

Ponownie usłyszany ten jedyny w swoim rodzaju głos oraz dotyk ręki Nauczyciela pozwolił Eliaszowi zrozumieć, że to nie sen.

— Zmartwychwstałem Eliaszu! Miłość na wieczność pokonała nienawiść i śmierć. Moja Ofiara przyniosła Odkupienie – głos Jezusa zabrzmiał w pełni tryumfu wśród rodzącego się dnia.

— I dziękuję ci mój przyjacielu.

— Za co, Panie? – Eliasz stał naprzeciw Jezusa nie pamiętając już o wcześniejszym bólu.

— Twoja twarz była jedną z pierwszych, które ujrzałem na tym świecie. Była też jedną z ostatnich. Była wśród tych niewielu pełnych miłości i współczucia twarzy, które Moje zalane krwią oczy widziały tam na Golgocie. Kochałeś Mnie od początku, do końca – od betlejemskiej groty, do miejsca kaźni.

— Nie chciałem odchodzić Nauczycielu, ale starsi grozili niewiastom i musieliśmy je stamtąd zabrać. Dlatego nie było mnie tam już gdy umierałeś – powiedział ze smutkiem Eliasz.

— Wiem przyjacielu – uśmiech Jezusa zdawał się

głaskać jego duszę. – A jednak tam byłeś, tak jak i tutaj. Byłeś przy Mojej śmierci w swoim duchu. I teraz całym sobą jesteś świadkiem Mojego Zmartwychwstania, tak jak potem będziesz ze Mną w chwale.

Czerwiec 2023

Pan jest moim pasterzem, nie brak mi niczego.
Pozwala mi leżeć na zielonych pastwiskach.
Prowadzi mnie nad wody, gdzie mogę odpocząć:
orzeźwia moją duszę.
Wiedzie mnie po właściwych ścieżkach
przez wzgląd na swoje imię.
Chociażbym chodził ciemną doliną,
zła się nie ulęknę,
bo Ty jesteś ze mną.
Twój kij i Twoja laska
są tym, co mnie pociesza.
Stół dla mnie zastawiasz
wobec mych przeciwników;
namaszczasz mi głowę olejkiem;
mój kielich jest przeobfity
Tak, dobroć i łaska pójdą w ślad za mną
przez wszystkie dni mego życia
i zamieszkam w domu Pańskim
po najdłuższe czasy.

(Psalm 23)

pamięci Jana Dobraczyńskiego

Kalendarz hebrajski

Nisan	Marzec – kwiecień
Ijar	Kwiecień – maj
Siwan	Maj – czerwiec
Tamuz	Czerwiec – lipiec
Aw	Lipiec – sierpień
Elul	Sierpień – wrzesień
Tiszri	Wrzesień – październik
Cheszwan	Październik – listopad
Kislew	Listopad – grudzień
Tewet	Grudzień – styczeń
Szwat	Styczeń – luty
Adar	Luty – marzec